司令还乡

徐贵祥★著

长江出版传媒 | 长江文艺出版社

北京长江新世纪文化传媒有限公司
www.cjxinshiji.com
出品

目 录
CONTENTS

三尺布

一

清河根据地有个清河支队，清河支队有个特务营营长孙大竹，孙大竹有个绰号“三特”——特别能吃，特别能吹，特别能打。这个绰号是支队司令员杨蓼夫给他起的。

这年正月十五，詹家店日军启动“猎狐计划”，偷袭根据地，国民党军队独立旅在西北，清河支队在东南，两线作战，各打各的。独立旅参谋长郑亦雄本想借此机会一振雄风，让清河支队看看，马王爷到底长了几只眼，哪知道部队还是不争气，一打起来乱糟糟的。最窝囊的是，营长张谋金临阵脱逃，凤岗阵地失守，郑亦雄急火攻心，差点儿一口气没上来。相比之下，南线就要好得多，清河支队搞了个假转移，孙大竹的特务营冒充主力，将日军引诱到抗日沟打游击战，打了半天半夜，双方伤亡差不多，但是有个重要的战果：当天夜里，就从鬼子的手里把凤岗夺了回来。

两天后到纵队送战利品，到达莒南那天下午，一群机关干部、战士围着孙大竹，听他讲元宵战役经过。

孙大竹起先还半推半就，渐渐找到了感觉，就口若悬河起来：“什么叫‘猎狐计划’？就是要打大个儿的。但是杨司令神机妙算，命令骑兵营和特务营各两个连，乔装打扮，带着坛坛罐罐、机关文书……”

一个干部说：“听说这次你出大风头了，成了总指挥？”

孙大竹说：“嘿嘿，不瞒同志哥，本人，小小的，特务营营长，但是杨司令让我当一回假司令，拿出支队司令员的威风。我指挥四个连队，给他转啊转啊，转了六圈，就在鬼子眼皮底下，转啊，转啊……转着转着……”孙大竹声音低下去了，眼珠子骨碌着瞅向圈外。

圈子外面，来了三个女兵，是纵队文工团的演员，为首的名叫林沂。

来了女兵，孙大竹有点儿不好意思，摆摆手说：“同志哥，我们清河支队打仗那是没说的，可是我这嘴呢，笨，别让我讲走样了。欲知后事如何，且听下回分解！”说完，就想往人堆外挤。

林沂大大方方地走到前面说：“清河支队的同志，你出息一点儿，别看见女兵就想溜。”

孙大竹被说愣住了，扭头看着林沂问：“溜？我溜了吗？”

林沂说：“没溜你就接着说啊，你刚才还手舞足蹈的，为什么见我们来了就‘下回分解’了？”

孙大竹说：“嘿嘿，这个同志，嘴巴好厉害，跟我到清河支队吧，管教俘虏顶呱呱的。”

林沂说：“去你的，我管教你还差不多！”

孙大竹说：“管教我？我有什么好管教的？”

林沂说：“看看你的棉裤！”

孙大竹一怔，赶紧低头看棉裤，原来棉裤上有一块补丁，是红花布的。

林沂说：“别人挂花在身上，孙营长挂花在棉裤上。你这么条汉子，怎么穿个花棉裤啊？”

众人哄堂大笑。孙大竹气鼓鼓地看着林沂说：“你这个同志，笑话穷人啊，我跟你讲，俺们清河支队还有花棉裤穿，你要是到了别的部队，连花棉裤都没有！”

林沂说：“说说看，我们正要收集素材写剧本呢。”

孙大竹清清嗓子说：“这位女同志要把俺们的事迹写成大戏，那俺就给你再说一段。说得不好，别笑话。”

林沂说：“谦虚什么，把故事说清楚就行了。”

孙大竹定定神，拉开架势说：“说时迟，那时快……啊，不对啊，俺刚才说到哪里了？”

林沂说：“说时迟，那时快……”

女兵杜彦凝说：“不对，说到你们四个连队了。”

孙大竹一拍脑门说：“对了，对了。俺们四个连队，红旗招展，兵强马壮，转啊转啊，转了六圈。鬼子以为这就是清河支队主力和行署机关，他们就按捺不住了，跟着追了过来。只听杨司令一声令下，八匹枣红马腾空而起，杨司令一马当先，挥舞战刀，风展红旗，突入敌阵……”

孙大竹又不说了，他看见林沂正目不转睛地盯着自己。

女兵任小町说：“孙营长，接着说啊，后来呢？后来怎么样了？”

孙大竹回过神来，怔怔地说：“后来？什么后来？没有后来了。”

杜彦凝说：“那鬼子上当了吗？”

孙大竹说："当然，鬼子都被俺们引到抗日沟里了。"

林沂也问："后来呢？"

孙大竹咧嘴笑了，说："后来还用说吗，把鬼子消灭了呗。其实也没有都消灭，反正是被俺们打跑了！"

孙大竹和林沂这就算认识了。

晚上吃饭的时候，孙大竹和他的兵在伙房吃大灶，一边吃一边对纵队的兵发牢骚，说："俺们送来那么多东西，就让咱啃黑面窝头喝稀饭？"正说着，林沂过来了，东张西望找凳子。纵队的兵说："别找了，蹲着吧，当八路就得学会蹲着吃饭，哪有那么多凳子？"

林沂端着饭碗走过来，对孙大竹说："你也吃这个？你不是功臣吗？"

孙大竹得意了，端着碗吸溜了一口说："纵队的同志要是都像你就好了，知道怎么对待功臣。"

林沂很费劲地想蹲下，东看西看，还是蹲不下去，似乎觉得不雅，眉头皱了起来。孙大竹把自己的棉袄脱下来，铺在地上，殷勤地招呼林沂，说："来，坐这儿。"

林沂皱着眉头说："有没有虱子啊？"

孙大竹嘿嘿一笑说："都一样，早晚你也得有。"

林沂尖叫一声，端着碗走了。孙大竹冲她背影喊道："跟俺到清河支队吧。在纵队天天吃黑面窝头，脸就吃黑了。俺们那里天天吃白面，小女子一个个全是细皮嫩肉的。"

林沂回头说："你骗人。"

孙大竹说："骗你是小狗。你看俺的牙。"

林沂好奇地问："你的牙怎么啦？"

孙大竹说："杨司令说了，清河支队，不仅要成为最能打仗的部队，也要成为牙齿最白的部队。"

林沂惊讶地问："牙齿最白的部队？"

孙大竹说："是啊，俺们每个战士都发了一把牙刷，一个班一支牙膏。"

林沂笑笑说："可是我看你的牙并不白！"

孙大竹说："这才刚刚开始。俺们司令员说，往后，打仗之前、打球之后，部队要洗澡洗衣服抓虱子。还要给俺们每个人发一瓶雪花膏呢。"

林沂惊喜地问："真的？"

孙大竹到纵队去了一趟，认识了一个林沂，再回到清河支队，心里就放不下了，经常在副营长余河沿的面前炫耀，那个天仙啊，长得鼻子是鼻子，眼睛是眼睛。下次再见到她，一定穿一条好裤子，再也不穿这条花补丁棉裤了。

二

仗打得不怎么样，还把凤岗丢了，郑亦雄如鲠在喉，下了两道死命令：一是要从八路军手里要回凤岗，必要时动用武力；二是重金悬赏缉拿张谋金，何时抓住何时枪毙。

第一道命令，清河支队司令员杨蓼夫压根儿不理睬。杨蓼夫说："只要郑亦雄敢打凤岗的主意，我亲自到凤岗去跟他拼刺刀。"

第二道命令倒是很快就实现了，作战科科长田齐鲁带人蹲守，终于把张谋金抓住枪毙了。但是，因为这支部队是土匪改编的，团长和营长多是张谋金的把兄弟，一团团长王可范和二团团长马边锋一合计，同他们的绿林大哥——如今的“皇协军”师长张云杰联起手来，要在二月二这天让郑亦雄人头落地，郑亦雄拟在这天攻打凤岗。

郑亦雄得到这个情报的时候，日军和“皇协军”已经出城，准备接应叛乱部队。灭顶之灾离郑亦雄只有半天了。

副参谋长叶乃伍指出一条路，那就是向杨蓼夫低头。骑虎难下之际，郑亦雄只好同意。郑亦雄对田齐鲁说：“老田，你去求援，但是不能太低三下四，如果杨蓼夫以此要挟，那就放弃，我就是弹尽粮绝，也不能丧失气节。”

国民党军队独立旅要挑衅凤岗的消息早就传到清河支队，这天一大早，杨蓼夫交代孙大竹带领一个连队在前沿警戒，随时做好增援凤岗的准备。孙大竹等了一个多小时没见凤岗方面有什么动静，到了中午，排长王虎带着几个战士，给他捆来一个人。孙大竹一看就笑了，阴阳怪气地说：“这不是田少校吗？别来无恙？”

田齐鲁一边挣扎一边喊道：“放开我，我是来执行重要任务的。”

孙大竹说：“狗屁重要任务，前年你们搞摩擦，老子屁股上还有一颗子弹，就是你小子的部队打的。这下好了，等会儿我把屁股上的弹头挖出来，把它打进你的屁股。”

田齐鲁说：“孙大竹，都什么时候了，你还在记仇！误了大事，你就是千古罪人！”

王虎说：“营长，这伙计说有十万火急的情报要送给杨司令。”

孙大竹还是不紧不慢，打量着田齐鲁说：“是吗？什么十万火急？郑亦雄不是要攻打凤岗吗？这时候你跑到这里来干什么？莫非是刺探我军情报？”

田齐鲁被扭住双臂，顿足大叫道：“你放开我，我确实有重要情报，我要面见杨司令！”

孙大竹皮笑肉不笑地说：“面见杨司令？好大的口气！”说完，给了田齐鲁一巴掌。

田齐鲁愤怒地盯着孙大竹，吼道：“孙大竹，你要对你的行为负责！”

孙大竹说：“好汉做事好汉当，给我打，要他老实交代，到我抗日根据地，到底是搞什么奸细活动。”

王虎兴高采烈，冲上去就是一阵拳打脚踢，打得田齐鲁抱头乱滚。打了一阵，王虎觉得不对劲，摸摸田齐鲁的鼻子，对孙大竹说：“好像没气了。”

孙大竹慌了，觉得把这个人打死，可能会有麻烦，黑起脸来训王虎，训了两句，亲自去摸田齐鲁的鼻子，当真给打死了。

孙大竹站起来，想了想，交代王虎，挖个坑把田齐鲁埋了。王虎担心地说：“营长，这合适吗？万一他真的有紧急情报……”

孙大竹说：“我说埋就埋，先把他的裤子给我扒下来。”

王虎傻傻地看着孙大竹说：“裤子？营长你什么意思？”

孙大竹说：“脱，老子要他那条裤子。”

王虎迟疑了一下，对战士说：“好咧！来，帮帮忙。”

几个人把田齐鲁身上的绳索解开，很快就把他的裤子扒了下来。孙大竹换在身上，美滋滋地说：“哈哈，这个国民党，临死还给我送了一条新裤子，啊，还是马裤呢的校官服！”

王虎说：“营长，再到纵队，穿这条裤子去，纵队文工团那姑娘就不会笑话你了。”

孙大竹眉飞色舞地说：“哈哈，那当然，啊……怎么搞的，这皮带怎么扣不上？”

王虎和战士七手八脚地帮助孙大竹扣皮带。正忙活着，躺在地上的田齐鲁突然一跃而起，将孙大竹撞了个四脚朝天。孙大竹倒在地上大叫道：“不好，反动派金蝉脱壳了！”

王虎回过神来，掏枪去追田齐鲁。田齐鲁纵身上马，飞奔而去。孙大竹的裤带还没有扣上，提着裤子喊道：“哈哈，这家伙还会诈尸呢！”

三

杨蓼夫这天心情很好。早晨还没吃饭的时候，副司令龙捷三向他报告，郑亦雄拟在龙抬头这天武力强占凤岗，杨蓼夫说：“他打他的凤岗，我打我的篮球，多大个事儿啊。”

到了中午，詹家店地下组织送来情报说，郑亦雄内部两个团长秘密勾结汉奸，要举事叛乱。龙捷三这才知道，为什么司令员如此淡定。

中午正吃着饭，情报站又送来消息，郑亦雄一意孤行，到叛军队伍谈判，已经被叛军首领扣留了。

围绕要不要出兵解救郑亦雄，龙捷三和副政委肖菏泽吵得不可开交。龙捷三认为这是一个绝好的机会，借营救郑亦雄之机，正好向北推进防线。肖菏泽则认为，郑亦雄虽然抗日卖力，但是反共更积极，帮助郑亦雄，无异于农夫救蛇。

杨蓼夫听完二人的意见，说："你们公说公有理，婆说婆有理，我咋办？我不跟你们纠缠了，还得去找朱大爷下棋呢。"

杨蓼夫说完，出了门，竟然哼起了小调："我正在城楼观山景，耳听得城外乱纷纷，旌旗招展空翻影，却原来是司马发来的兵，你此番进兵我就早料定……"

一曲还没有唱完，迎头撞上满身泥土的田齐鲁。田齐鲁一看到杨蓼夫，就像丢失的孩子见到了爹娘，禁不住大喊一声："杨司令！"顿时泪流满面。

杨蓼夫惊讶地看着田齐鲁问："怎么回事？你是谁？"

田齐鲁上身穿着黄呢子军装，下身只有一条衬裤，声泪俱下，说道："杨司令，我是独立旅作战科科长田齐鲁，本部发生危机，马边锋、王可范叛乱。同是抗日军队，贵军不能见死不救啊！"

杨蓼夫故作恍然大悟状，说道："原来如此。田少校起来吧，我们商量商量再说。"

田齐鲁说："杨司令，独立旅危在旦夕，事不宜迟啊！"

杨蓼夫看看身后的龙捷三和肖菏泽，笑笑说："听说贵军要打我凤岗，我们正准备应战呢，哪里想到贵军内讧呢！我说要帮你，可是我的部队不同意，他们还想在凤岗跟贵军拼刺刀呢。”

田齐鲁看着杨蓼夫，扑通一声跪了下去，说：“杨司令，本部……本部长官一时糊涂，攻打凤岗不过是一时气话，看在抗战的情面上，求求杨司令，拉我们一把……杨司令，贵军要是袖手旁观，我独立旅朝不保夕啊！”

杨蓼夫还是微笑，说：“你先起来吧，起来说话。我看你好像挂彩了，怎么回事？是鬼子打的吗？”

田齐鲁想说是孙大竹打的，话到嘴边又忍住了，只是说：“杨司令，我受这点儿小伤不足挂齿，但愿贵军火速发兵，我独立旅避过此劫，一定效犬马之劳……”

杨蓼夫看看龙捷三，又看看肖菏泽。肖菏泽无动于衷。龙捷三忍不住说话了，说：“田科长，难得你一片忠心，可是，杨司令确实也有难处，我们的同志意见很不统一，容我们商量一下。你先起来吧。”

肖菏泽也说：“你这样跪着不成体统，好像我们八路军摆谱似的。”

田齐鲁仍然跪着，说：“杨司令，各位长官，十万火急啊！詹家店的鬼子汉奸都出动了。”

杨蓼夫脸上的笑容不见了，皱着眉头问：“鬼子汉奸出动了？情报可靠吗？”

田齐鲁说：“绝对可靠。独立旅陷入绝境，恳请贵军火速发兵。”

杨蓼夫的表情急剧变化，看了看龙捷三，又看了看肖菏泽，说：“同志们啊，看来，这一下，情况就复杂了。”

杨蓼夫交代，通知支队首长到作战会议室议事，同时让警卫员王进阶去把朱茂煊朱大爷请来。肖菏泽跟龙捷三嘀咕说："老杨怎么回事，帮不帮郑亦雄，还要算卦？"龙捷三笑笑说："我跟你打赌，老杨一请朱大爷，这个仗就打定了。"

肖菏泽年底才调到清河支队，来了就听说，清河镇有个半疯半傻的私塾先生，号称神机妙算，杨蓼夫每次打仗前，都要向他请教。前不久的元宵节战役，据说朱茂煊也支着了，杨蓼夫还给他封了个"高参"的头衔。肖菏泽对这件事情很有看法，还没有来得及调查，没想到，这回又要把朱茂煊请过来，肖菏泽倒要看看，这个老疯子到底是哪路神仙。

不一会儿工夫，支队首长都到齐了。杨蓼夫站在沙盘前说："今天是个不寻常的日子，风云变幻，一波三折。首先是郑亦雄意欲侵犯我凤岗，我们不予理睬；接着是王可范、马边锋叛乱，我们不明真相；而现在，新的情况出现了，鬼子插手了，日军一个大队和汉奸两个团扑向琅琊州，前锋离琅琊州只有两个小时不到的路程了。我们是作壁上观还是施以援手呢？请各位斟酌斟酌。"

肖菏泽说："独立旅一直搞摩擦，元宵节战役把凤岗丢给日本人，我们牺牲了几十名官兵才从鬼子手里夺回来，他们居然要跟我们动武，简直是破坏抗日。我们为什么要帮它？"

杨蓼夫说："老肖说得对，多大个事儿啊，他打他的琅琊州，我钻我的抗日沟，我们完全可以睡大觉看笑话。"

田齐鲁一声惨叫，说："杨司令，不能啊！独立旅有对不起八路军的地方，可我们也是抗日军队啊！"

参谋长贺荣海看看田齐鲁，突然笑了，说：“嘿嘿，怎么下面只穿一条裤子？”

大家向田齐鲁看去，顿时哄堂大笑。

田齐鲁的下身穿着一条破破烂烂的衬裤，冻得两条腿瑟瑟发抖。

杨蓼夫说：“关于独立旅发生兵变，我们至少可以拿出三个态度：一是按兵不动，让他们狗咬狗；二是命令我凤岗守军，就地围攻独立旅，将其歼灭，清除后患；三是以凤岗守军周杰宁团为先头部队，另派主力，驰援郑亦雄，共同平息叛乱。”

肖菏泽说：“我同意第一个态度，就算我们不落井下石，也没有必要给我们的敌人挡子弹，我们战士的生命是宝贵的，不能做无谓的牺牲。”

田齐鲁又是一声惨叫，说：“万万不可亲痛仇快啊！杨司令，民族大义面前，我们要摒弃前嫌，同舟共济……”

肖菏泽说：“闭嘴，再多嘴就滚出去！”

杨蓼夫看着龙捷三说：“看看，这等大事，确实很难决断。上级不答复，同级不统一，那怎么办？”

龙捷三与杨蓼夫心照不宣，说：“我看，只能发扬我们清河支队的光荣传统，民主决策。”

杨蓼夫说：“好！今天这个民主，我们来个彻底的民主。我们请来了我们的父老乡亲、我们的乡亲代表，由他来决定，对独立旅，是打还是帮。”

众人四处寻找，这才发现，朱茂煊不知道什么时候已经来到了作战会议室。

朱茂煊惊恐地看着大家说："杨司令，我，我的羊角风又犯了，我啥也不知道。"

杨蓼夫笑笑说："老人家，我知道，你在该疯的时候疯，在不该疯的时候坚决不疯。老人家，我问你一句，我们刚才的话你都听清楚了吧？"

朱茂煊茫然地看着杨蓼夫，先摇头，接着又使劲地点头。

杨蓼夫说："那好，独立旅现在面临灭顶之灾，您老人家说，我们是来个火上浇油，还是袖手旁观，或者帮他们一把？"

朱茂煊揉着眼窝，愁眉苦脸地看着杨蓼夫说："这么大的事，让我一个老疯子说了算？"

杨蓼夫说："老人家，我们不听疯子的，我们听老百姓的。您现在就是老百姓，您代表着清河老百姓的愿望。"

朱茂煊说："那我真的说了。"

田齐鲁紧张地看着朱茂煊，想说什么，又闭嘴了。

田齐鲁的这个动作被肖菏泽看见了，肖菏泽从绑腿上撕下一块破布，招呼一个战士，把破布递给他，交代了几句。

朱茂煊几次欲言又止，终于开口道："要我说，干脆从背后再给他们一家伙！龟孙遭殃军不是好东西，鬼子那年发动六路攻势，他们跑得比兔子还快，这样的遭殃军，要他们干啥？"

田齐鲁大叫道："大爷，不能啊！那不是独立旅，六路攻势那年，独立旅还没有成立。大爷，您高抬贵手，说句好话吧！"

杨蓼夫说："大爷，听你的意思，咱跟鬼子汉奸合伙，两面夹击？”

朱茂煊怔怔地说：“跟鬼子汉奸合伙？那哪儿成啊！要我说，咱谁也别帮，让他们拼个你死我活，咱八路军正好歇息几天。”

杨蓼夫说：“大爷，听你这话，咱袖手旁观？”

朱茂煊点点头说：“谁也不得罪，自己不亏啥。”

田齐鲁正要喊叫，一个战士一把将破布塞进他的嘴里。田齐鲁的嘴里呜哇了几声，就沉寂了。

杨蓼夫说：“大爷，那我们就按你的意思，按兵不动了？”

朱茂煊又点点头。田齐鲁绝望了，闭上眼睛。杨蓼夫若有所思，转身高喊：“参谋长！”

贺荣海应了一声，刚要上前，朱茂煊突然摇头，一把拉住杨蓼夫问：“杨司令，你真的让俺说了算？”

杨蓼夫说：“君子一言，驷马难追。大爷，你就说吧。”

朱茂煊左顾右盼，嘴唇嚅动了两下，说：“那……那……那大爷就说了，说错了你们别怪俺啊，俺是个疯子啊！”

田齐鲁一怔，心中燃起了希望的火星，睁开了眼睛，紧张地望着杨蓼夫。杨蓼夫看了田齐鲁一眼，说：“举头三尺有神明，老百姓就是咱们的神。大爷，您就直说吧。”

朱茂煊擦擦嘴角，揉揉眼窝，挺挺胸脯，看着门外的天说：“还是，还是……帮帮他们吧，好歹，好歹，他们也是俺中国人啊！”

一时间，作战会议室里鸦雀无声。田齐鲁突然往上蹿了一下，两行热泪涌出，滚滚而下。

杨蓼夫下令，说：“参谋长，按一号计划实施！”

作战会议室里出现了前所未有的寂静，肖菏泽回过神来，突然大喊道：“我反对！”

杨蓼夫比他的声音还大，喊道：“反对无效！”

四

杨蓼夫命令特务营以最快的速度赶到芽子谷，解救郑亦雄。孙大竹虽然很不情愿，但是有一条新裤子穿在身上，还是觉得精神多了。正行进间，田齐鲁心急火燎地追了上来，给孙大竹指了一条近道。

田齐鲁说：“我要去救我的长官，你们不认识他。”

孙大竹说：“那个反动派，把他烧成灰我也认识。要不是看在杨司令的面子上，就是救下来，我也把他毙了。”

田齐鲁说：“郑长官是抗日军官，你要尊重。”

孙大竹说：“狗屎，这家伙来到渤海，没做过什么好事。”

田齐鲁说：“孙大竹，你要搞清楚，郑长官是徐州会战的英雄，当年的敢死队队长……”

孙大竹看看田齐鲁，悄悄伸出一只脚，田齐鲁没防备，被绊了一跤，额头碰了一个大包，脸上还被石头划破一块。田齐鲁爬起来，擦擦额头，看了孙大竹一眼，沉默了一阵，还是忍住了，继续往前走。孙大竹反倒有点儿不好意思，讪讪地说：“老田，咱俩也算有缘分，我还穿着你的裤子呢。等会儿救下你那个狗长官，我就把裤子脱给你。”

田齐鲁冷冷地说：“你要是喜欢，你就接着穿吧。”

孙大竹说：“嘻嘻，要不是因为我的棉裤挂花了，我才不穿你这条国民党的破裤子呢。打完这一仗，我得搞条新的。”

果然是近道，只用了不到半个小时的工夫，孙大竹的部队就接近了叛军。田齐鲁急着要打，孙大竹说：“你确实很蠢，现在打干什么，老子跟在后面，看看他们往哪里走。”

走了一阵子，叛军王可范手下的一名军官觉得不对劲，回头一看，多出几十个人，而且面生得很。军官把枪横过来，大喝：“有八路！”孙大竹把田齐鲁往前一推，田齐鲁说：“什么八路，老子是旅部的田科长。”

军官一时没有反应过来，上上下下地打量着田齐鲁问：“你的裤子呢？怎么穿了一条灰裤子，像土八路？”

孙大竹往前一站，嘿嘿一笑说：“他的裤子在老子的身上。”

军官疑惑地看着孙大竹，正要动作，孙大竹手一挥，余河沿率领几个战士从路边树林里出其不意地扑过来，把他的枪下了。然后接着往前追。

孙大竹的队伍摸到叛军队尾的时候，郑亦雄还在义愤填膺地怒骂王可范、马边锋是卖国贼，忽然感觉脚下有动静，低头一看，原来是田齐鲁。田齐鲁蹲在地上，一边给郑亦雄解绳子，一边说：“参座，别停，接着骂！”

郑亦雄回过神来，继续高声道：“你们这两个逆贼就等着吧，不是你们给我收尸，就是我给你们收尸！”

田齐鲁解完绳子，对郑亦雄说：“好，参座，看清前面那块石头了吗？”郑亦雄试着活动一下手脚，回答道：“看见了。”

两发炮弹在前面爆炸，腾起一股烟雾，田齐鲁拉着郑亦雄迅速躲到那块巨石下面。

孙大竹见郑亦雄脱险，让战士发射了三发红色信号弹。这是向杨蓼夫报告，郑亦雄解救成功，可以总攻了。

五

接应的日军还没到芽子谷，就被特务营打了个伏击，带队的少佐见势不妙，指挥部队迅速后撤。孙大竹见目的达到了，派余河沿护送郑亦雄回旅部。郑亦雄说："我留下来，抓住王可范和马边锋这两个汉奸，剥其皮食其肉。"

田齐鲁说："参座，你已经身心俱疲，何必亲自上阵？我留下来就行了。"

孙大竹说："你们这些反动派都滚蛋，去商量搞摩擦吧。打鬼子打汉奸，还是交给咱们八路军。"

郑亦雄的脸瞬间拉长了，阴沉沉地看着孙大竹。田齐鲁正色道："孙大竹你放尊重点儿，站在你面前的是徐州会战赫赫有名的敢死队队长，独立旅上校参谋长。"

孙大竹冲郑亦雄龇牙咧嘴一笑，说："嘿嘿，狗屁，摩擦专家，要不是杨司令下命令，王八蛋才来救你。"

田齐鲁正要发作，被郑亦雄一把拉住。郑亦雄低声对田齐鲁说："算了，这个土八路，就像个土匪，别跟他一般见识。你留在这里，争取活捉叛匪。"

余河沿护送郑亦雄离开之后，孙大竹让王虎在芽子谷路口架上机枪，封死马边锋和王可范的唯一出路，朝死里打。

田齐鲁在一旁说：“不能这样打。”

孙大竹盯着田齐鲁问：“那你说怎么打？”

田齐鲁说：“围三阙一，抢占左侧高地，把那个路口放开，打伏击。”

孙大竹鄙夷地说：“你自己都成丧家犬了，还指挥老子？老子偏要这么打。”

田齐鲁无奈，看着孙大竹，唯有苦笑。

马边锋和王可范困兽犹斗，带着部队杀出一条血路，在芽子谷遭到特务营的封杀，进不能进，退不能退，索性集中全部火力，向特务营阵地倾泻，顿时伤亡几名战士。孙大竹火冒三丈，吼道：“这些败类还挺难打，机枪！机枪！”

王虎猫腰跑过来说：“营长，这样打不行，汉奸出不来，我们进不去，最后的结果是鱼死网破啊！”

孙大竹瞪着眼珠子问：“那你说怎么打？”

王虎瞟了田齐鲁一眼，低声说：“营长，田齐鲁说得没错，就应该放一个口子。你看那条小路，让三班假装撤退，这边集中火力把叛军撵过去，前面就是峡谷。”

孙大竹说：“还是听他的啊，我怎么能接受反动派的指挥？”

王虎说：“营长，这个反动派不是一般的反动派，他是个战术专家，独立旅的作战科科长啊！”

孙大竹说：“我偏不听他的，我偏要这么打。”

田齐鲁在一旁听得明白，插话说：“孙大竹，你可以不听我的指挥，可是你也用不着赌气，牺牲的可都是抗日军人。”

孙大竹怔住了，说：“这么说，你也安了好心？”

田齐鲁说：“我是抗日军人，中国人。”

孙大竹想了想说：“那好吧，这回咱们就听你一次，不过，不是听你指挥，咱们是听你建议。”

田齐鲁苦笑说：“好好好，你说什么就是什么。”

孙大竹把兵力做了调整，故意留了一个薄弱环节，马边锋和王可范的队伍夺路而逃。孙大竹举着望远镜观察，兴奋地对王虎说：“嘿嘿，田齐鲁还真有两下子，虎赶羊群，羊进圈了。”

叛军逃到芽子谷阵地下方，王可范一抬头，顿时觉得不妙，不知不觉中他们已被孙大竹驱赶到峡谷里了。王可范大叫道：“中计了，土八路搞了个陷阱！”

王可范对着田齐鲁方向喊：“八路弟兄们，你们为什么听田齐鲁的指挥？他是郑亦雄的左膀右臂，今天你帮了他，等他明天舔好了伤口，他还会反咬一口的！”

对面阵地上，孙大竹挤眉弄眼地对田齐鲁说：“老田，听到没有，那个团长很了解你啊。没准儿你们以后缓过劲来，真会恩将仇报呢。干脆，我还是把你和郑亦雄交给马边锋他们算了。”

田齐鲁说：“孙大竹，你放尊重点儿，士可杀不可辱，你如此戏弄国民党军队长官，岂有此理！”

孙大竹嘿嘿一笑说：“你一个寄人篱下的人，还跟老子摆谱？我不跟他们打了，我把他们放过来，我看你还嘴硬不嘴硬！”

田齐鲁恼怒地大吼道：“你，你混账！我要向杨司令告你，八路军竟有你这样的无赖，我宁肯战死，也不稀罕你来救我！”

孙大竹不紧不慢地说：“哈哈，告我？我就不信，杨司令会听你的？老子是杨司令的得力干将……”孙大竹正说着，对面机枪声突然猛烈起来，他赶紧卧倒。叛军集中最后的力量，企图打开突破口，向山坡冲来。田齐鲁悲愤交加，拎起孙大竹的机枪，突然站了起来，冲出了掩体。

一阵子弹扫射过来，田齐鲁的帽子被打飞了。

孙大竹眼见不妙，跳出战壕，纵身一跃，将田齐鲁扑倒在地，嘴里不停地说：“老田，老田，田少校，开个玩笑，何必当真？”

田齐鲁竭力将孙大竹掀开，怒喝道：“你给我放手，让老子跟他们拼了！”

孙大竹怔了怔，突然上前，一个下勾拳打在田齐鲁的肚子上，田齐鲁当场倒下。孙大竹扛起田齐鲁就往回跑，一边跑一边嘟囔：“老田，你太小心眼了，开个玩笑你生什么气？你要是把命跟他们拼掉了，往后，谁给俺们送裤子呢……”

田齐鲁揉着肚子说：“孙大竹，你这个蠢材要是听我的，战斗早就结束了。”

孙大竹说：“嘿嘿，我为什么要听你的，这股敌人，已经是我刀板上的菜了，我用不着结束战斗，我就这么慢慢地打，猫捉老鼠，我快活。”

田齐鲁正要说什么，突然眼前一亮，原来是叶乃伍带着卫士排赶到了。几个方向同时夹击，叛军很快被消灭了。可惜没有抓住两个叛匪首领。

六

这次战斗结束后，春天就像春天了。

郑亦雄因祸得福，不仅平叛成功，还重创詹家店日军一个小队，仗虽然主要是八路军打的，但缘由是援助独立旅，所以功劳还是算在郑亦雄的身上，一纸委任状下来，他晋升为旅长。水涨船高，田齐鲁也升任副参谋长。

比起田齐鲁，孙大竹的运气就差远了。

有一次打篮球，孙大竹所在的黑队对杨蓼夫所在的白队，打得正激烈，来了一个女观众，是民运科的科长章慧。杨蓼夫一见章慧，立刻抓住球不放，想在章慧面前露一手，可是连续两次上篮，都被孙大竹盖了帽。杨蓼夫不禁大怒，连声喊裁判。

担任裁判的余河沿宣布暂停，杨蓼夫把双方球员集合起来，问余河沿："孙大竹今天犯规几次？"

余河沿说："七次。"

杨蓼夫嘿嘿一声冷笑说："犯规七次你还不给他罚下？你这个裁判怎么当的？"

余河沿说："你也犯规七次，我得等他比你多犯规一次再罚。"

杨蓼夫向场外观望，看不见章慧，不禁嘟囔起来："到哪里去了？人呢？怎么转眼就不见了？"

孙大竹以为杨蓼夫在找自己，理直气壮地说："报告司令员，我在这里！”

杨蓼夫没好气地说：“我是找你吗？你在这里有什么用！”

孙大竹东张西望，说：“那你找谁？”

杨蓼夫火了，叫道：“我找谁也不找你，我找……我……我在找龙副司令。老龙，老龙！”

龙捷三一边答应一边从场上跑过来，问杨蓼夫：“什么指示？”

杨蓼夫说：“把孙大竹给我关起来，反省三天，每天半斤小米。”

“什么？司令员，你说什么，我没听错吧？”龙捷三不相信自己的耳朵，瞪着眼睛看着杨蓼夫。

杨蓼夫重复强调，说：“把孙大竹关到禁闭室。还有，把他那条裤子给我扒下来，让他穿裤衩蹲禁闭。”

孙大竹大叫道：“司令员，我犯了什么罪？我再也不敢盖你的帽了！就算我犯规多一点儿，你也不能关我的禁闭啊！”

杨蓼夫说：“平叛战斗之前，友军派田齐鲁来求援，你把人家的裤子扒了不说，还把人打得半死，差点儿耽误了大事，这笔账我一直给你记着，今天一起算。”

七

农历三月初二，郑亦雄率独立旅要员前往清河支队表示感谢，几辆卡车拉着物资，堆放在清河祠堂外面的平地上，琳琅满目。

郑亦雄的感恩之心是真的，但是，也有趁机讨价还价的意思。因为在平叛战斗中，不仅凤岗没有收回来，还丢了另外一个据点南李庄。

杨蓼夫自然知道郑亦雄的心思，但常言道，伸手不打笑脸人，所以，杨蓼夫命令部队，热情接待，体现清河支队的风度。

这一天，司令部大伙房里杀鸡宰羊，像是过年。特务营作为门户，土墙挂上了横幅——欢迎友军莅临慰问。

早晨杨蓼夫特意交代余河沿，今天是个特别的日子，不许孙大竹放风，以免友军看见。

所谓的禁闭室，其实就是房东家一间放农具的土屋，余河沿在土屋的外面安了一个铁栅栏，还上了一把很大的铜锁。

快到晌午了，外面就热闹起来。孙大竹下身裹着破床单，踮脚探头张望，看了一阵，对哨兵说："去，把副营长给我叫来！"

哨兵说："那不行，司令员有交代，你现在是隔离反省阶段，你没有权力指挥我。"

孙大竹说："嘀，你这小子吃了豹子胆了，你就不怕我出去收拾你？"

哨兵说："杨司令说了，谁想打击报复，我随时报告司令员。"

孙大竹嘟囔说："你这小子，真够死心眼儿的。哎，外面干什么呢？"

哨兵故作神秘地说："我跟你讲，你可不能告诉别人。"

孙大竹跺脚大叫道："我关在禁闭室里，我跟鬼讲啊。"

哨兵得意一笑说："那我就告诉你了。遭殃军郑亦雄来了，支队部杀鸡宰羊待客。"

孙大竹吃了一惊，说："当真？"

哨兵说："要是说假话，你出来把我眼珠子抠了。"

孙大竹失神地望着窗外，嘴里念念有词："好哇，杨司令，你也太狠了，我打国民党，你把我关了几天。国民党来了，你杀鸡宰羊。这是什么感情哦，你也太不觉悟了！"

八

午饭安排在祠堂里。主桌设在东厢房，从识字班搬来几张大桌子拼在一起，上面还铺了缴获的军毯。自然，客气归客气，进入到实质阶段，少不了唇枪舌剑。这次郑亦雄不提凤岗了，单说南李庄，希望杨蓼夫高抬贵手，把南李庄还给他。杨蓼夫哼哼哈哈，一个劲儿地劝酒，就是不接郑亦雄的话茬。

祠堂院子里，双方军官围了一大桌，气氛倒是热烈。田齐鲁左顾右盼，没有看见孙大竹，感觉奇怪。清河支队一团团长周杰宁告诉他，孙大竹就是因为打了他，还霸占了他的裤子，被杨司令关起来了。

田齐鲁听周杰宁一说，反而有些愧疚，一个劲儿地说："哎呀，你看这事闹的！其实，孙大竹他对我……虽然他打了我，还抢了我的裤子，可是，平叛战斗，能把我们旅长救出来，多亏他啊，是我害了他。"

国民党军队一名营长感叹道："八路军维护统一战线，是有诚意的，这一点，我们自愧不如。"

田齐鲁说："老孙他在哪里呢？咱们在这里大鱼大肉，老孙却被关禁闭，我这心里啊……我真想去看看他。"

周杰宁说："田少校没有必要自责，把孙大竹关几天，对他有好处。"

田齐鲁想了想说："我出两块大洋，买一只鸡腿，周团长能不能帮我一个忙，派人给孙大竹送去？"

周杰宁挠挠头皮说："按说这个要求不过分，可是，杨司令有话，就是要让孙大竹尝尝苦头，这时候给他送鸡腿，万一被杨司令知道了，怪罪下来……"话没说完，田齐鲁站起来就走。周杰宁一把拉住问："田少校，你干什么？"

田齐鲁说："我去向杨司令求情，把孙大竹放出来，兄弟喝杯酒。孙大竹虽然打了我，但是我军理亏在先，再说，孙大竹后来在平叛中舍生忘死，还打死了不少鬼子，我不能让他因为一条裤子受这么大委屈。"

周杰宁说："田少校你别着急，虽然你重情重义，可是你的忙我还是不能帮，我也不能让你去找杨司令。"

田齐鲁问："为什么？"

周杰宁说："这会儿工夫，你们郑旅长一定又跟杨司令讨要南李庄，两个人肯定都在气头上。你去找杨司令，杨司令也许会卖你这个面子，可是你们郑旅长见你对八路军特务营营长有这份情谊，他心里肯定不是滋味。"

田齐鲁说："你这么一说，我还真的要去，人非草木，孰能无情？郑旅长和我是黄埔校友，虽然他对贵部……有很多对不起的地方，但是，做人，感恩之心他还是有的。”

在座的人听田齐鲁这么一说，都有些感动，议论说：“我们两军本来都是中国人，国难当头，理应齐心协力打走日本鬼子。可是总有人搞摩擦争地盘，我们中国搞成这样，难道只是日本人造成的？……”

田齐鲁说：“不管是国民党也好，共产党也好，我们首先是中国人，这一点郑旅长心如明镜，在抗日的战场上，我们是兄弟。你们说要解放全人类，现在首先就要解放孙大竹。”

大家都说：“田少校有这样的胸怀，那还有什么话说？咱们一起到东厢房请愿，把孙营长放出来。”

周杰宁左思右想觉得不合适，可是大家已经乱哄哄地站了起来，想拦已经拦不住了。

趁着混乱的当口，田齐鲁从桌上抓起一只鸡腿，包了一碗小米干饭，塞到周杰宁手上。田齐鲁说：“请周团长帮我一个忙，也算我个人掏腰包请孙大竹的客，请把这点儿心意送给孙大竹。”

周杰宁咧嘴一笑说：“也好，但这鸡腿嘛，还是以杨司令的名义给他。孙大竹那家伙要是知道你可怜他，说不定他还不领情呢。”

田齐鲁说：“我心意到了就行。”

九

孙大竹正在昏睡，梦里五花八门，一会儿是那个鼻子是鼻子、眼睛是眼睛的天仙，一会儿是清河祠堂里面香喷喷的饭菜。呼噜扯得很响，哈喇子流得很长。

正做着美梦，余河沿在外面喊道："哎，伙计，醒醒，醒醒！"

孙大竹翻了个身，嘀咕道："一天半斤小米，我干吗要醒着？我睡着了肚子不饿。"

余河沿隔着窗子说："好事啊，纵队文工团来了。"

孙大竹拉过床单蒙住脑袋说："纵队文工团来了，关我什么事，又不给我带粮食……"刚说到这里，似乎意识到什么，坐了起来，看着外面的余河沿问："什么？你说谁来了？"

余河沿说："纵队文工团。俺们都看见你那个天仙了，长得鼻子是鼻子，眼睛是眼睛。"

孙大竹一跃而起，床单掉在地上，他大喊："裤子，老余，给我借条裤子！"

余河沿说："你要干什么？别忘了你在蹲禁闭。"

孙大竹愣住了，转过身颓然坐下，愤懑地说："娘哎，忘了这个茬，老子还是戴罪之身哪。都是牲口田齐鲁害的，早晚有一天犯到老子手里，我打掉他的门牙。"

余河沿开门进来说："你小子，癞蛤蟆想吃天鹅肉！天鹅肉没有，癞蛤蟆倒给你送来了。"

孙大竹闻到味道了，呼啦一下站了起来，说："什么？哪里有肉香？这是什么？"

余河沿说："司令员还惦着你哪，看看，我都没吃上，你这个关禁闭的倒是……"

说着蹲下，手里是一只鸡腿、一碗小米干饭。

孙大竹大喜过望，两眼放光，抓起鸡腿就啃。余河沿看着孙大竹，咽了一下口水道："好家伙，饿狼似的。"

孙大竹看着余河沿，小心翼翼地说："要不，你也来一口？"

余河沿说："算了，脏兮兮的，口水都搞到上面了。"

十

东厢房里，热酒喝得冷飕飕的。

郑亦雄面无表情，叶乃伍不断出汗，只有副旅长冯德山为了调节气氛，不断地邀人碰杯。清河支队这一方，肖菏泽一直冷眼旁观，只有龙捷三配合冯德山。

杨蓼夫说："既然平叛战斗中贵部已放弃南李庄，我军是从叛军手中夺取了南李庄，那么，按照约定俗成的惯例，南李庄还是暂由本部防守为宜。"

郑亦雄说："这个……上峰何长官一日数报，对我丢失南李庄大加斥责，郑某左右为难啊，还请杨司令见谅。"

叶乃伍说："是啊，何长官电文措辞严厉，指责旅座，打一仗丢一个地方，我们确实难办啊！"

杨蓼夫说："我们山东纵队也有指示，曰：'独立旅如果有精诚团结抗日之精神，则应把精力用于对敌斗争，倘若纠缠南李庄，则可视为居心叵测，应警惕太河惨案再次发生。'这个指示的含意，郑将军应该是清楚的，我们同样压力巨大。"

郑亦雄见杨蓼夫始终不松口，脸色更难看了，刚和叶乃伍耳语了两句，忽然听到门外一声接着一声“报告”，抬头看看，杨蓼夫也愣住了。原来是院子里的军官拥在门口，推推搡搡探头探脑。

还是杨蓼夫最先反应过来，哈哈一笑说：“大家是来敬酒吗？那就进来，一醉方休！”

首先进门的是周杰宁和田齐鲁，二人看看屋里的气氛，觉得有点儿不对头。田齐鲁稳住神，举起酒碗说：“我先给杨司令敬个酒，杨司令不必喝，我先喝为敬。”

僵局转眼间就缓和了，杨蓼夫站起来说：“好啊，田少校，我们是老朋友了，平叛战斗你可是立了大功啊。”说完，又回过头来对郑亦雄说：“郑将军，你手下这个田少校，是我杨蓼夫见过的骨头最硬的军人。求援那天，他被孙大竹打得半死，还抢了一匹马来报信，一瘸一拐还要亲自去救他的长官……啊，这个你放心，我那个混账营长孙大竹，已经被我关了禁闭。”

郑亦雄笑笑，警觉地看着杨蓼夫说：“误会，误会，杨司令赏罚分明，那个孙大竹我见过，是有些鲁莽。不过，事情都过去了，也没有必要关他的禁闭。再说，也幸亏有他，不然，我，我就……”

杨蓼夫接过话头说：“郑将军不必给孙大竹说情，这小子不仅霸占了田少校的裤子，还侮辱友军长官，我要他好好反省，不认识错误，我再关他三个月！”

杨蓼夫一言既出，田齐鲁当真了，把酒碗从右手换到左手，举起右臂给杨蓼夫敬了个礼，恳切地说：“杨司令，卑职来敬这个酒，就是想求个情，看在国共合作的情分上，看在……把孙大竹放出来，兄弟们一起喝碗酒吧！”

说完，仰起脑袋，把酒碗喝了个底朝天。

杨蓼夫看看田齐鲁，又看看郑亦雄，郑亦雄似乎也有些动容，但是很快就镇静了。叶乃伍站起来说：“杨司令，我也给孙大竹求个情，看在孙大竹抗日有功的分儿上……”叶乃伍说着，向拥进来的国民党军队军官递了个眼色，几个军官一起端着酒碗给杨蓼夫敬礼，七嘴八舌地给孙大竹求情。

杨蓼夫一一扫视他们，转过身来对郑亦雄说：“郑将军你看，这下麻烦了，我本来认为，孙大竹冒犯国民党军队长官，理当治罪，可是你的下属却为孙大竹求情，这件事情啊……”

郑亦雄笑笑说：“小事一桩，杨司令自有分晓。”杨蓼夫说：“郑将军手下有几个田少校这样赤胆忠心的干才，是你的福气。说真的，平叛战斗，很大程度上是田少校促成的，三个孙大竹都比不上一个田齐鲁。”

郑亦雄说：“杨司令过奖，不过话说回来，我这个校友，不仅忠勇，还是个战术专家。”

杨蓼夫说：“是啊，我为什么要把孙大竹关起来？因为一想到田少校当初受的委屈，心里就难过。田少校你不必为孙大竹求情，孙大竹咎由自取，我关他是他活该。”

这时候龙捷三站了出来说：“孙大竹霸占田少校的裤子，纯属误会，至于侮辱国民党军队长官，其实……也是误会。既然友军宽宏大量，我看就把他放出来吧，一起喝杯酒，一笑泯恩仇啊！郑将军你说是不是？”

郑亦雄说：“要是以人情论，孙大竹确实没有大错，戏弄本人两句，也情有可原。但是自古带兵各有规矩，杨司令的规矩，我不能破坏。杨司令你说是不是？”

郑亦雄这么一说，形势急转直下。杨蓼夫自然听出了郑亦雄的弦外之音，接过郑亦雄的话头说：“郑将军言之有理，你我都是带兵的人，各有各的规矩，按照规矩办，谁都出不了格，一旦坏了规矩，不仅事情办不成，还有可能伤了和气。”

杨蓼夫说得一本正经，郑亦雄暗暗叫苦，等于是他自己挖了个坑自己跳下去了，因为，联合抗战协议白纸黑字写着：“但凡被日军占领的地盘，国共双方部队均有权收复，谁收复归谁守备。”——这也是规矩。在平叛那天，南李庄是叛军首领王可范的辖区，王可范主动撤离南李庄，从而被清河支队骑兵营占领。当然，南李庄同凤岗情况不大一样，不是直接从日军手里夺来的，但是，杨蓼夫一口咬定，是从汉奸手里夺取的，这一点也不是妄言。平叛战斗结束后，叛军确实被国民政府定性为汉奸。

田齐鲁没有听出杨蓼夫话里的机锋，他关心的是孙大竹，还在不屈不挠地求情。郑亦雄突然脸一沉说：“什么样子，没大没小的，这是你们起哄的地方吗？放不放孙大竹，由杨司令说了算，喝你们的酒去！”

郑亦雄把话说到这个份儿上，几个营长连长相互递个眼色，溜走了。田齐鲁还想争辩，周杰宁附在他耳边说：“田少校，何必为孙大竹让长官不高兴？你要是觉得对不起孙大竹，一会儿我带你去看看他。”

听周杰宁这么一说，田齐鲁才悻悻地离开。

十一

田齐鲁等人出门之后，东厢房又恢复了僵持的局面。郑亦雄生硬地说：“如此说来，南李庄，贵部是断然不肯交出了？”

杨蓼夫说：“郑将军不要着急，事情还是要解决的。本人倒是有一个办法，既能心平气和地解决，又有充分的理由禀报各自的长官。”

郑亦雄疑惑地说：“有这等好事？郑某洗耳恭听。”杨蓼夫对身后的战士说：“去，请朱大爷。”

朱茂煊进来了，国民党军队军官好奇地看着这个衣衫褴褛、眼神犹疑的老人。杨蓼夫上前拉住朱茂煊，把他请到自己身边的座位上，然后说：“郑将军，各位长官，请允许我介绍，在我们渤海地区抗战中，有一位重要的人物，他就是清河镇上有名的私塾先生朱茂煊大爷。至于南李庄的归属，我们不妨听听老人家的意见。”

叶乃伍向郑亦雄瞟了一眼，郑亦雄表情冰冷。叶乃伍说：“可是，可是，此老者身居清河，受贵部恩惠，态度难免有失偏颇。这个，我们不能接受。”

杨蓼夫说：“我先讲一段历史。当年，陈奇仁在琅琊州拉队伍，一群土匪、兵痞、二流子叫嚷着要抗日，国民政府给了一个治安团的名义，我们的老百姓就信以为真，有钱出钱，有粮出粮，有人出人。朱大爷变卖了房屋、土地、家产，只留下一口棺材一口锅。老人是掏心掏肺地把抗日的希望寄托在治安团身上，可是，鬼子六路围攻，治安团在哪里？跑得比兔子还快。朱大爷的儿子、儿媳妇和两个孙子，一家四口，被日本人残害。这件事情，在清河家喻户晓。”

叶乃伍说：“杨司令，当年陈奇仁他们做的事情，账不能算到我们头上啊。自从郑亦雄……郑亦雄将军来到渤海，部队整编为独立旅，打鬼子我们从来不含糊。”

杨蓼夫说：“不含糊？那我问你，你们独立旅成立一年来，歼灭了多少鬼子？”

叶乃伍说：“这个……我们也想同鬼子决一雌雄，可是，鬼子一直不到琅琊州，他们老是找贵部的麻烦……”

杨蓼夫笑道：“哈哈，他们为什么一直不到琅琊州？我跟你说，因为他们看不起你们。他们为什么老是跟我们打？因为我们主动出击。你说，以贵部这样的战斗作风，我再把南李庄给你，我能放心吗？问问朱大爷，他能放心吗？”

朱茂煊睁着一双迷蒙的眼睛，东张西望，局促不安。

郑亦雄终于坐不住了，站了起来，拍打着手套说：“杨司令，兄弟此次来，一是向贵部致谢，二是商量南李庄的问题。贵部帮助我独立旅渡过了艰难的一关，兄弟和在座同僚没齿不忘。但是，杨司令不能借此事一再羞辱本部。兄弟可以接受指责，但不能接受羞辱。”

杨蓼夫说：“羞辱？郑将军，我在陈述事实。”

郑亦雄隐忍了一下，苦笑说：“杨司令，陈奇仁的队伍，拉大旗作虎皮是不假，可我部现在已整编为独立旅，情形与过去大不相同，不能把历史老账作为依据。”

杨蓼夫说：“郑将军，你误会了。你是否知道，在独立旅遭受灭顶之灾的时候，我部断然出击，拯救郑将军和贵部于危难之中，是谁做出的决定？”

郑亦雄说：“哦……郑某愿闻其详。”杨蓼夫说：“我可以坦然地跟你讲，在得到贵部叛乱消息的时候，我们内部有两种截然不同的意见：第一种是出兵对贵部夹击，一举消灭独立旅；第二种态度是，援助独立旅，团结抗战。当然，也有第三种态度，那就是袖手旁观，所谓‘鹬蚌相争，渔翁得利’，我们也是可以借鉴的。可是，后来，我们还是决定出兵助你平叛，就是因为这个老人的一句话。”

郑亦雄惊讶地说：“还有这样的事情？”

杨蓼夫说：“贵部的田齐鲁少校始终在场，是不是请田少校给你介绍一下？”

郑亦雄不置可否，杨蓼夫派人到院子里把田齐鲁又请了过来。郑亦雄问田齐鲁：“平叛战斗，清河支队出兵援助我部，就是凭这个老人的一句话，这是真的？”

田齐鲁毫不含糊地回答：“旅座，是真的。”

田齐鲁想起了当初决策的那一幕，眼睛很快就湿润了。他从头到尾讲了那个经过，特别是朱茂煊最后的那句话。田齐鲁说：“虽然支队的长官有不同意见，朱大爷对独立旅也是恨铁不成钢，可是，朱大爷的最后那句话，才是独立旅起死回生的关键。”

郑亦雄期待地看着田齐鲁问：“那句话是怎么说的？”

田齐鲁说：“我永远不会忘记，朱大爷最后说，‘杨司令，各位八路军首长，还是帮帮他们吧，好歹，好歹，他们也是俺中国人啊！’”

郑亦雄的眼眶有些湿润，站了起来，向朱茂煊深深地鞠了一躬，抬起头来说："大爷，谢谢，谢谢！郑某有眼不识泰山，多有得罪，请大爷海涵。"

朱茂煊说："一家人不说两家话，只要你们铁心抗日，老百姓是不会怪罪你们的。"

杨蓼夫笑呵呵地看着郑亦雄，说："怎么样郑将军？举头三尺有神明，老百姓就是咱们的神。关于南李庄，我们还是听听老百姓的愿望。"杨蓼夫转过身对朱茂煊说："您老人家认为，南李庄是交给独立旅，还是交给我们清河支队，交给谁您最放心？"

朱茂煊不假思索地说："这个我晓得，交给你们我更放心。"

杨蓼夫说："老人家，您既然这么说了，我们是不是可以明确了，南李庄就是我们的了？"

朱茂煊看着郑亦雄，说："那，那，你也同意？"

郑亦雄说："我当然不同意。可是老先生，我希望你一碗水端平，能够说出一个让我们大家都能接受的意见。"

朱茂煊犹豫着，思忖良久。厢房内的空气骤然紧张，大家屏住呼吸，等待朱茂煊的那句话。

朱茂煊说："要俺说啊，你们打一场球，谁赢了，南李庄就归谁！"

杨蓼夫一屁股跌在凳子上，"啊，这么个结果？"

"打球？"郑亦雄怔怔地看着朱茂煊，突然激动起来，风度也不顾了，起身喊道："好！老先生，不，朱大爷，你这个办法太好了！"

十二

双方离开饭桌，到祠堂的几个厢房里休整。肖菏泽跟在杨蓼夫的屁股后面嘀咕道：“开玩笑，就凭这个疯老头子的一句话，来决定南李庄的归属，简直儿戏，太不严肃了！”

杨蓼夫说：“是儿戏，但是很严肃。”

龙捷三说：“游击队不一定打不过正规军，我军当年都是游击队。”

杨蓼夫说：“不要再说了，丢了南李庄，我个人承担责任。”

一小时以后开战。

开局不到十分钟，清河支队就落后两个球。打着打着，摔伤了一个球员。

打着打着，主力队员余河沿和龙捷三又犯规了。球场东边，临时放了几张桌子板凳，杨蓼夫、肖菏泽和郑亦雄、叶乃伍等人坐在那里，权当看台。眼看比分差距越来越大，杨蓼夫尽管上身挺得笔直，可是桌面以下却暴露了他内心的焦灼，双脚都快把地磨出坑了。郑亦雄斜眼看见了杨蓼夫的脚，微微一笑说：“杨司令，以打球来裁定南李庄的归属，兄弟反而觉得不公平，上场的几个伙计，可都是正规军啊！如果杨司令觉得不妥，咱们就算打着玩，南李庄的事从长计议。”

杨蓼夫意识到什么，猛地一缩脚，又赶紧伸出去，笑笑说：“君子一言，驷马难追，打球输了，我心甘情愿交出南李庄。”

郑亦雄说：“那就恭敬不如从命了。杨司令磊落大气，令人敬佩。”

看台一侧，肖菏泽皱着眉头盯着朱茂煊说：“都是你朱大爷出的馊主意，眼看南李庄就丢了，这下你该高兴了吧？”

朱茂煊说：“我看你们天天打球，咱清河支队几千人，独立旅才来三十几个人，还打不过他们？”

肖菏泽说：“你以为是打架啊？打球得讲规矩，咱们土包子，还没训出规矩，你看，罚下了两个，上面只有三个人会打了，技术还差，能打过他们吗？还好，国民党军队的裁判没有跟咱较真，他要是较真，那咱就没人打了。”

朱茂煊悔恨交加，唉声叹气，忽然起身就走。肖菏泽问：“朱大爷你干什么？”

朱茂煊说：“我得去跟那个郑长官说明白，我这个老疯子，说话不算话，这球咱不打了。”

肖菏泽连忙把朱茂煊拉住说：“朱大爷，覆水难收，哪能言而无信？你就老老实实待在这里，再也不要添乱了。”

朱茂煊这才抠抠眼角，坐下来不动了。

一团有个殷福塘，投弹大王，投篮也是一样，可以正着投反着投，左手投右手投，命中率极高。中午接到电报，从凤岗飞马驰往清河。殷福塘上场后情况虽然好了点儿，但是比分仍然越拉越大，清河队基本上没有希望了。最要命的是，随着余河沿犯规满五次，清河队再也没有替补队员了，别说反败为胜，就连坚持到底都很困难。杨蓼夫看得清楚，国民党军队的裁判不仅没有吹黑哨，而且极度偏向清河队。这时候，就连他都后悔，确实不该搬出朱茂煊，真是出了个馊主意。

没想到，就在杨蓼夫坐卧不安的时候，孙大竹灰头土脸地出现在场上。杨蓼夫一看见孙大竹，吃了一惊，问肖菏泽："谁把孙大竹放出来的？"

孙大竹在场上大声回答："我把房顶捅了个窟窿，自己跑出来的。司令员，让我打完这一场球，你再把我关起来，我又没有犯死罪，难道连个打球的资格都没有？"

杨蓼夫看着郑亦雄，郑亦雄也看着杨蓼夫。杨蓼夫说："你看这事闹的！"又对场上说："孙大竹，你给我滚回去，回到你的禁闭室去！"

孙大竹梗着脖子说："杨司令，你就是把我枪毙了，我也不滚回去，等我打完这场球，不用滚，我爬回禁闭室去。"

田齐鲁看到孙大竹，连忙迎上去，拍着孙大竹的肩膀说："老孙，你可是出来了，我对不起你啊！"

孙大竹却不领情，甩开田齐鲁的手说："别跟我假惺惺的，你们这些反动派都没安好心，我都听说了，打球是假，抢占南李庄是真，我孙大竹跟你们拼了！"田齐鲁知道三言两语说不清楚，扯着嗓子向看台上喊道："杨司令，就给孙大竹一个机会吧，就当是放风了，一个小时过后，你再关他不迟。"

杨蓼夫面有难色，看着郑亦雄说："你看这事，哈哈，给他放风一小时，也有道理，郑将军你说呢？"

此时郑亦雄的心里充满了自信，离终场只有十几分钟了，差了二十多分，别说来了一个孙大竹，就是上来三个，也无法改变结局，何不做个顺水人情？郑亦雄矜持一笑说："放风一小时吧。"

杨蓼夫对场上的孙大竹说："还不谢谢郑长官！"

孙大竹昂着脑袋说："管天管地管不了拉屎放屁，我放一个小时的风是我的自由，我谁也不谢。"

杨蓼夫说："这小子，这小子，打完球，我再多关他二十天。"

郑亦雄说："算了杨司令，别为难他了，打球吧。"大家都有了面子，重新开战。

孙大竹上场之后，很快从篮下抢到篮球，田齐鲁从左边赶到中间拦截孙大竹，孙大竹边运球边骂道："老子真不该救你们，全是狼心狗肺！"

田齐鲁说："亲兄弟明算账，好好打你的球。"

孙大竹运球突围，田齐鲁假装防不胜防，露个破绽，然后出其不意地将球截获，转着圈子逗孙大竹。孙大竹左拦右阻，那球就像粘在田齐鲁身上，水泼不进。孙大竹说："老田，把老子当猴耍啊！你等着！"孙大竹说完，猛然扑过去就是一巴掌，田齐鲁忍痛投篮，球进了。

两分有效。其实孙大竹犯规了，裁判假装没看见。

接下来对方发球，孙大竹一边跑，一边对田齐鲁恶狠狠地说："田齐鲁，你就等着我打你黑枪吧！"田齐鲁低声说："老孙，不能这样打！"孙大竹疑惑地问："你说什么？"田齐鲁说："告诉你的队友，我们队员个子高，你们低空进攻。"孙大竹说："你是说，从下面传球？"田齐鲁说："对。只要我抓住球，你先左后右，第二圈我就会失手，这时候就是你投篮的机会。"

孙大竹愣住了。

球从左边飞来，田齐鲁腾跃，截住篮球，一边运球一边说："老孙别愣着，快下手。"

孙大竹回过神来，按照田齐鲁的吩咐，左右拦截，在一个恰到好处的位置上，夺球在手，从容上篮，球进了。

在田齐鲁的指导与配合下，孙大竹连连得手，很快就进了四球。这时候场上情况大变，独立旅球队失去了指挥，很快就乱了阵脚。看台上郑亦雄终于看出蹊跷，连忙招呼叶乃伍调整战术，可是为时已晚。

球赛终于结束了，七十八比七十六，清河队以两分的优势保住了南李庄。

十三

清河支队接到电报，纵队副司令率纵队机关干部不日到达清河，随行的还有文工团的创作人员。

孙大竹得到这个消息，像是火烧屁股，回到特务营就追着余河沿要裤子，就是当初从田齐鲁身上扒下来的那条。余河沿说："你被关禁闭期间，司令员命令，那条裤子还给人家了。"

孙大竹说："你胡扯！我跟那个国民党和解了，他当着我的面说，裤子送给我了。让你保管两天，你就想昧起来？门儿都没有。"

余河沿咧嘴一笑说："裤子倒是有，可是司令员明确规定，不许你穿，除非有重大接待任务。"

孙大竹说："赶快给我找出来，我现在就有重大接待任务。"

孙大竹说的重大接待任务，是接应纵队首长，当然，里面还有一个林沂。清河支队连战连捷，在纵队声名大噪，林沂和队友任小町、杜彦凝主动申请到清河支队工作，这次正好跟副司令一起来了。

中午时分，孙大竹带领一个连，从八分区接上了副司令一行。孙大竹一个人扛了三个人的背包，脚下生风。

路上，林沂问："孙营长，你不是吹牛吧，你们真的天天吃白面馒头？"

孙大竹说："当然不是吹牛，不过，俺们现在白面馒头都吃腻了，改吃杂粮了。"

林沂说："还是吹牛！"

任小町说："林沂，你怎么老说吃？"

林沂说："看一支部队吃什么，就知道他们能不能打仗。"

杜彦凝说："这话不科学。国民党天天吃香的喝辣的，照样不能打仗。"

任小町说："再说，咱们在纵队，这几个月也吃上细粮了，听说都是清河支队送的。"

孙大竹吧嗒吧嗒嘴说："那是啊，杨司令把支队的好粮食都调给纵队了，所以俺们都勒紧裤腰带了。"

林沂说："你这么说，咱们还得感谢你们是不是？"

孙大竹咧嘴一笑说："感谢什么，都是一家人了。往后，你们这些文化人，多教教俺们学文化，给俺们当先生，比什么都强！"

杜彦凝说："学文化？我们不是文化教员，我们是文工团员。"

孙大竹说："都一样，反正你们肚子里的文化多的是，教一点儿给俺们，也亏不了本。"

杜彦凝说："那你就拜林沂为师吧，她肚子里的文化有五马车。"

孙大竹瞪大眼睛，吃惊地问："啊？这么多？"杜彦凝说："那当然，她学过戏剧编剧。"

孙大竹说："啥叫戏剧编剧？"

杜彦凝说："说了你也不知道，这么跟你说吧，就是会写文章。"

孙大竹惊呼道："我的个天，五马车学问，那该有多少啊？林沂，不，林老师，你就当俺的老师吧，你把你那五马车学问分一独轮车给俺，俺就保证你天天用上雪花膏。"

林沂矜持地说："再说吧，先送一瓶雪花膏来。"

孙大竹高兴地说："好咧，回到清河，我就想办法。"

任小町打量着孙大竹，惊讶地问："孙营长，你的裤子……你怎么穿国民党的裤子？"

孙大竹得意地说："嘿嘿，咱这条裤子，可是有来历的。"

林沂说："我劝你还是脱掉，你原来那条裤子，破是破了点儿，可那是咱八路军自己的裤子。你穿国民党的裤子，长他人志气，灭自己威风，多难看啊！"

孙大竹傻眼了，难看？为了这条裤子，我被关了几天禁闭，你还说难看，这事闹的！

十四

第二天，林沂采访孙大竹，话题绕来绕去，问他的那条裤子。孙大竹没好气地说："裤子？我的裤子有什么好说的，你昨天还说穿国民党的裤子，长他人志气，灭自己威风。"

林沂说："听说为了这条裤子，你把国民党军官打了一顿？"

孙大竹说："谁说的？我打他是因为他想搬我们去帮他平叛，我那时候想不通，不想替国民党卖力。"

任小町嬉皮笑脸地说："可是，你把人家的裤子脱了，穿在你自己的身上，是不是为了给林沂看啊？"

林沂说："别瞎说，他是为了把他自己那条破裤子换了。"

任小町说："那也是因为你，还不是你说他那条裤子太破？"

林沂说："那是两码事。哎，你说，你和那个国民党军官合穿一条裤子，是怎么回事？"

孙大竹说："什么怎么回事，这不很简单嘛，他的裤子送给我了，不就是合穿一条裤子吗？"

林沂说："不是你抢的吗？怎么又成送给你的了？"

孙大竹说："哎呀，说来话长。这么跟你说吧，咱们帮助国民党平叛，他们感恩戴德，就给咱送来了粮食啊、布啊。但是国民党反动派贼心不死，想把咱的南李庄再要回去，那哪儿成啊？咱也不跟他打仗，咱跟他打球。打球的时候呢，那个姓田的还讲点儿良心，有几次他明明可以盖我的帽，但是他手下留情了。我问他为什么要帮咱。他说，咱俩合穿一条裤子啊！你看，就这么简单。”

杜彦凝说：“这个故事好，很精彩。”

林沂说：“是啊，很有寓意，出戏的地方很多。我们可以写个吕剧，名字就叫‘抗战裤’。”

林沂文思如泉涌，很快就写了一个剧本初稿。肖菏泽兴冲冲地拿去给杨蓼夫看，杨蓼夫看过之后，也很高兴，召集林沂等人开了一个小会，主要提了一个意见——一条裤子里面有两个人的故事，现在八路军这个角色写好了，可是国民党军队那个角色还差点儿火候，比如他对联合抗战的看法，对国共关系的认识，还有他自己的抗战经历，要再了解一下。总之，这个戏里，写八路要像八路，写国民党军队要像国民党军队。

杨蓼夫一席话，讲得林沂心潮澎湃，因为杨司令讲的都是行话。肖菏泽告诉她，杨司令虽然只读过三年私塾，但是在延安抗大期间，演过话剧，懂戏。

杨司令提的要求，写八路像八路，这个好办，身边的故事很多，孙大竹就是素材；可是写国民党军队要像国民党军队，特别是要像田齐鲁，就比较难办，因为她从来没有见过田齐鲁，从外到内都不了解。林沂把困难向杨蓼夫汇报了，杨蓼夫说：“孙大竹有办法，让他把田齐鲁约到根据地，让你见见，问题不就解决了吗？”

林沂大喜，不仅是因为写戏，她也很好奇，很想见见这个同孙大竹穿一条裤子的国民党军官。林沂把想法跟孙大竹一说，孙大竹有点儿发蒙，琢磨司令员这个点子的背后是不是有什么名堂。但是见田齐鲁，特别是还能同林沂一起去见，简直是美差，孙大竹很快就做了安排。

南李庄由周杰宁的一团驻防，因为比邻国民党军队防区卧龙岗，所以就成了两支部队相互来往的中间地带。孙大竹让人到卧龙岗送信，说要请田齐鲁去南李庄见面。田齐鲁很高兴，没有多想，也没有向郑亦雄报告，利用到卧龙岗检查防务的机会，来到南李庄，还给孙大竹带了一只篮球做见面礼。

见面地点是南李庄的姚记豆腐坊，孙大竹带着林沂和杜彦凝、任小町，一大早就赶了一驾马车来了，连会晤加换豆腐，一举两得。等到晌午，几个国民党军队军官骑马赶到南李庄，田齐鲁老远就翻身下马，孙大竹迎上前把田齐鲁抱住了，又哭又笑，真的亲如兄弟。林沂赶紧把这一幕记下来，心里想，要不是亲眼看到这个情景，怎么也想象不出来八路军和国民党军队还有拥抱的动作。

当天中午，在姚记豆腐坊吃饭，桌上还有田齐鲁带来的罐头，三个女兵也是第一次吃到这种洋玩意儿，孙大竹一个人就吃了半碗。

吃饱喝足，林沂把创作构思讲了，田齐鲁说："我很小的时候念书，就听先生讲'一箭易断、十箭难折'的道理。为什么日本那么小的国家能打到中国来，还长驱直入，就是因为他们抱团。我们吃了不少败仗，不是日本人强大，而是因为我们中国人一盘散沙。"

林沂说："故事起因就是一条裤子，我们打算用这条裤子做结构的经纬，以田长官和孙营长的抗战经历为基本素材，通过下级官兵的交往，表现团结抗战的主题。"

田齐鲁出主意说："可以把人物集中在一个家庭，就是老大老二，象征国民党军队和八路军，在一个国家里，我们本来就是兄弟。戏里再增加一个角色，一个穷母亲，象征着我们的国家。抗战爆发，两个儿子都要上战场，母亲手里只有做一条裤子的布，兄弟两个让来让去，但最后都走上了抗日战场。"

林沂大喜，觉得剧本这样写好多了。

一个下午，收获很大，两个忧国忧民、有胆有识的中国军官形象就有了轮廓。后来田齐鲁建议，把"抗战裤"这个名字改成"断金裤"，二人同心，其利断金，断金裤就是团结裤。

孙大竹虽然不懂写戏，但是田齐鲁和林沂的话他还是听明白了。二人报了年龄，田齐鲁长孙大竹一岁，一个军官说："不打不成交，我看田长官和孙营长惺惺相惜，何不换个帖子义结金兰？"

孙大竹不懂义结金兰是什么意思，田齐鲁说："就是拜把子的意思。"孙大竹连忙摆手说："那可不行，咱们八路军不兴拜把子，这事要是让杨司令知道，又得关我禁闭。"

田齐鲁说："都是抗日军人，不拜把子也是兄弟。以后有了冲突，咱们兄弟有分寸。"

趁上茅房的工夫，田齐鲁避开随行的几个军官，把孙大竹拉到一边说："兄弟，你是不是对那个姓林的姑娘有点儿意思？"

孙大竹有些不好意思，挠挠头皮说："是有点儿，兄弟我都二十九岁了，也该有个女人了。"

田齐鲁从怀里掏出一个绸缎包裹，打开是一把勃朗宁袖珍手枪。田齐鲁对孙大竹说："兄弟，这是去年反秋季扫荡我从日本人手里缴获的，把它送给那个姑娘，就算大哥我的一点儿心意，希望兄弟早日实现心愿。"

孙大竹大喜，说："大哥重情重义，我没有什么报答的，真是惭愧。"

田齐鲁说："你我兄弟，记住一条，国家是咱们大伙的，咱们大伙是国家的。打走鬼子，解甲归田，大哥请你们到鲁南田家庄，亲自为你主婚，把喜事办了。"

孙大竹说："好，有大哥这句话，兄弟我一定卖力打鬼子。不过，也不能光我办喜事，大哥……"

田齐鲁笑笑说："大哥我是有妻室的人，你嫂子在鲁南，就等着咱们打走鬼子回家团圆呢。"

上完茅房，几个人又聊了一会儿，因为田齐鲁要赶回旅部，不便久留，大家便依依惜别。

回来的路上，林沂兴奋地对孙大竹说："孙营长，虽然说你很能打仗，可是，你得像田少校学习，看看人家那风度，谦虚儒雅，彬彬有礼。"

孙大竹恼火地说："我怎么啦？你怎么老是长他人志气灭我的威风？"

林沂说："下次跟友军一起吃饭，再也不要狼吞虎咽了。"

孙大竹说："田齐鲁是我兄弟，兄弟在一起客气个啥？"

十五

从清河返回独立旅，郑亦雄做的第一件事就是调查清河球赛的真相，输球的罪魁祸首当然是田齐鲁。郑亦雄和田齐鲁长谈了一次，田齐鲁直言不讳，说清河支队帮了咱们那么大的忙，咱们不能过河拆桥。咱们是正规军，不能欺负人家。

郑亦雄很想给田齐鲁两个耳光，可是又下不了手。上峰查问南李庄的事，郑亦雄搪塞，说是打球大意了。好在郑亦雄刚刚接管独立旅，又是何长官的心腹，这件事情就不了了之了。

夏至过后，独立旅得到秘密通报，日军一个辎重部队冒充民用商队，押送一批军需物资从烟潍公路运往詹家店，何长官命令郑亦雄，务必拦截这批物资。

郑亦雄召集叶乃伍和田齐鲁在地图上研究了半天，最后选择在十字岭打伏击，那里的地形有点儿类似平型关，可以关门打狗。

伏击战那天，独立旅安顿了后方，以七个连队的兵力组成十字岭伏击圈。到了预定的时间，鬼子果然来了，显然日军也发现了十字岭的地形特殊，所以就把队形拉得很长，宁可冒着被分割的危险，也绝不集中行进，这就给伏击战带来很大的麻烦。眼看前锋已经过了伏击圈，后部还在伏击圈外，郑亦雄等不及了，下令出击，结果打了个半生不熟，只拦截了一辆卡车，消灭鬼子不到一个班，大队鬼子掉转车头，仓皇逃窜。

这股鬼子沿原路逃跑，还没有跑出三里地，在王尧渡遇上清河支队特务营。一场遭遇战下来，余下的鬼子虽然没有被全歼，但是有四辆卡车的物资被清河支队缴获，里面有枪支弹药、粮食布匹，还有电台、药品。郑亦雄接到长官部通报，才明白他费了很大的力气把桩拔了，牛却被清河支队牵走了。郑亦雄急火攻心，眼前发黑。

他让卫兵搬过一张躺椅，半躺在上面，把情报和地图一起放在腿上，一会儿看地图，一会儿看情报。

这期间，政训处处长过来汇报了一个重要情况，半个月前，田齐鲁利用检查卧龙岗防务的机会，到南李庄秘密接触了八路军特务营营长，中午一起吃的饭。这次伏击战之前，田齐鲁派卫兵到南李庄送过一个文件，他怀疑是伏击战的情报。

郑亦雄大睁着双眼，看着窗外，一个上午没有说话，一个下午还是没有说话。到了晚上，他说了一句话，把田齐鲁的枪下了，带到马场关起来，好饭好菜伺候，离开马场半步，看守枪毙。

郑亦雄当然不相信日军拉长队形是田齐鲁出卖了情报，但是清河支队特务营和逃敌遭遇，确实很有戏剧性，只能理解为清河支队掌握了独立旅打伏击的情报，跟在他们屁股后面捡了个大便宜。那么，清河支队从哪里掌握的这个情报？郑亦雄把账算到了田齐鲁的头上。

还是叶乃伍查明了事情的原委，清河支队特务营那天出现在王尧渡，并非得到了情报，而是例行巡逻。叶乃伍拿出卧龙岗阵中日志，白纸黑字证明，清河支队特务营每个礼拜四的下午都有一次巡逻，从莫宁岗到南李庄，再到王尧渡。至于派卫兵到南李庄送文件，确有其事，但那个文件不是情报，而是八路军一个演员写的剧本，里面有田齐鲁的故事，请田齐鲁润色的。

这时候郑亦雄才清醒过来，确实不关田齐鲁的事。

可是，事已至此，骑虎难下，刚刚把田齐鲁关起来，马上就放出来不合适，反正田齐鲁和八路军眉来眼去，关他几天也不算冤枉。

倒是田齐鲁，莫名其妙地被抓，反而心平气和，在监狱里当了几天活神仙，并且放出话来说，关起来正好，可以修身养性。等郑亦雄的火气平息下来，叶乃伍苦口婆心劝说，郑亦雄答应把田齐鲁放出来。

前往马场的路上，叶乃伍对郑亦雄说："老田这个人，虽然有些书生气，但对旅长忠心耿耿，这一点是不含糊的。"

郑亦雄说："但他确实经常帮倒忙。上次在清河打球，我眼睁睁地看着他让了几个球给那个孙猴子。"

叶乃伍说："那也情有可原。毕竟，在平叛的时候，清河支队有恩于他，也是有恩于我独立旅，知恩不报非君子啊！"

郑亦雄冷笑道："你这是什么意思？难道你和老田都是君子，就我郑亦雄是小人？"

叶乃伍一愣，字斟句酌地说："旅座，我不是这个意思，我是说，老田他让几个球，其实就是还个人情，没有什么政治企图。毕竟，我们和清河支队的关系，剪不断，理还乱。"

郑亦雄无语，阴沉沉地看着叶乃伍。

吉普车驶进马场大门，一个军官发现来了长官，要去报告，郑亦雄摆摆手。叶乃伍说："旅座随便看看，不要惊动别人。"军官老老实实地敬了个礼，闪身把路让开了。

从前院走到后院，就是牢房了。郑亦雄和叶乃伍并肩站在房间里，远远地看着院内。田齐鲁在院子里悠闲自得地晒太阳，没有发现郑亦雄。倒是两边的牢房里，平叛时被抓获的叛军营长马森看见有人来了，马上来了精神，抓住铁窗对田齐鲁喊道：“伙计，伙计……”

田齐鲁回头问马森：“你这个汉奸，谁是你的伙计？”

马森说：“识时务者为俊杰，你不是说郑亦雄是个蠢货吗？跟这样的人混日子不会有好果子吃的。咱们一起合计合计，怎么逃脱这鬼地方，去找张云杰大哥吃香的喝辣的。”

田齐鲁气愤地说：“你们这些叛匪，死到临头了，还做美梦。郑亦雄确实是蠢货，但是我宁肯跟蠢货打鬼子，也不会去当汉奸。”

马森说：“其实都一样，郑亦雄还暗算八路军，这跟汉奸有什么两样？”

田齐鲁说：“郑亦雄暗算八路军，那是兄弟之间的纠纷，同卖国是两回事。你们这些汉奸，不思忏悔，还在这里搬弄是非，等我出去，非枪毙你不可！”

马森说：“嘿嘿，你还想出去？咱们听说了，郑亦雄怀疑你通共，我看你是很难出去了。”

旁边的几个犯人也嚷嚷道：“田少校，没想到你也有今天，你是通共犯，你把情报送给孙大竹，郑亦雄对你恨之入骨，你就在这里好好坐你的牢吧！”

田齐鲁说：“你们是想让郑亦雄把我一直关在这里是不是？那好，我老田巴不得躲在这里避避风头，免得去背国共摩擦的黑锅，也省得跟那个白痴受气。”

房间里，叶乃伍不安地看着郑亦雄。郑亦雄微笑着说：“说得好，老子就是白痴。”

叶乃伍说：“旅座，咱们不跟他打哑谜了，放出来，很多事情，离了老田玩不转啊！”

郑亦雄说：“走，先看看再说。”

十六

田齐鲁在院子里跟犯人们磨了一阵嘴皮子，这才明白，他之所以被稀里糊涂关进马场，同清河支队孙大竹有关。田齐鲁的心里突然闪过一个念头，其实在这里蹲班房，倒是挺清静的。

这么想着，他晃晃悠悠地回到自己的监舍，一抬头，不禁愣住了。对面像墙壁一样站着郑亦雄。

郑亦雄转身问叶乃伍：“这个人是谁？我怎么不认识？”

叶乃伍目瞪口呆地看着郑亦雄说：“旅座……”

田齐鲁似乎明白了什么，稍微站直了身体，一言不发，看着远处。

叶乃伍说：“老田，旅座是来放你出去的，你收拾一下，跟我们走。”

郑亦雄举起手说：“不，我改主意了。”

叶乃伍说：“旅座，你是说，刚才那些汉奸……他们信口雌黄，明显是戏弄老田的，难道旅座你……”

郑亦雄说：“我有那么傻吗？刚才这个人说我是白痴，你相信了？”

叶乃伍张口结舌道：“那……那咱们……”

郑亦雄说：“我们本来打算把田齐鲁带回去，可是现在我们找不到田齐鲁了。”

叶乃伍吃惊地看着郑亦雄说：“旅座，你是不是气糊涂了？老田，田齐鲁，他就在你身边啊！”

郑亦雄说：“不，这个人我不认识。这个人口口声声国共摩擦，动不动就要躲风头，这哪里是田齐鲁，这分明就是一个势利小人啊！”

叶乃伍说：“老田，你向旅座认个错，咱们就走，没时间在这里打嘴皮子官司。”

田齐鲁说：“我为什么认错？错的是你们，把我抓错了。”

叶乃伍低声下气地说：“哎呀老田，你不能得理不饶人啊。丢了凤岗和南李庄，这次又被八路军捡了便宜，旅座心里着急，你何必跟自己人较真呢？”

郑亦雄爆发地说：“老叶，你不要劝他。他以为他是谁？自从平叛立了一功，他就把自己当作独立旅的菩萨，明修栈道，暗度陈仓，同清河支队眉来眼去。他做的好事，远远不如坏事多。他要愿意坐牢，我成全他，在抗日战争结束之前，我就一直让他坐着好了！”

叶乃伍说：“旅座，万万使不得啊，咱们，咱们不能跟老田一般见识啊！”

郑亦雄还是一言不发，突然转身，向门外走去。叶乃伍推了田齐鲁一把，说：“老田，何必呢？”

田齐鲁说：“我该怎么做？我明明没有给八路军送情报，却要我认错。我明明不想出狱，是你们要我出狱的。我难道反过来求情？”

叶乃伍说："旅座的脾气你又不是不知道，过了这一阵，烟消云散，咱们还是好搭档！"

田齐鲁思忖片刻，说："那好吧，我就认这个不是错的错，官大一级压死人，谁让咱官小呢。"

田齐鲁说着，突然握拳，抱在胸前，跑步超越郑亦雄，立定，转身，气贯长虹地大喊道："报告旅座，卑职田齐鲁，冒犯长官，错上加错，诚心认错，请旅座原谅！"

郑亦雄怔怔地看着田齐鲁，突然一拳砸在他的肩膀上，说："老田，对不起，对不起！仗没打好，我失态了，让你受委屈了。"

田齐鲁抱着郑亦雄的肩膀说："旅座，别说了，我这心里也不好受啊！"

十七

秋季反攻中，清河支队收复了詹家店外围最大据点墨镇，这是抗战以来八路军第一次占领县城。进驻墨镇后，部队采取了一系列措施，争取民心。中秋节头天，特务营在县城中学的操场上搭了个戏台，前卫剧社编排的吕剧上演了，戏名还叫"抗战裤"，因为杨司令不同意改成"断金裤"，认为还是"抗战裤"这个名字提气，响亮。

最先出场的是老母亲，老母亲由龙捷三扮演。龙捷三捏着嗓子唱道："青菜豆腐度日月，日子不甜也不苦。自从鬼子进中国，烧了房子地荒芜。热血儿男出门去，要打鬼子走远路。两个儿子两条裤，家中只有三尺布。为娘横竖难下手，狠下心来叫媳妇。老大家的，老二家的！”

林沂和杜彦凝扮演的两个小媳妇应声上场。

老母亲唱道：“各家男人上战场，不能同穿一条裤，为娘只有三尺布，你们妯娌把主意出。”

杜彦凝扮演的老大媳妇唱道：“老大去投中央军，有吃有穿有政府，三尺粗布给老二，穿条裤子投八路。”

林沂扮演的老二媳妇唱道：“粗布三尺万根线，根根都是情意连，大嫂好意妹领情，裤子还是大哥穿。”

老母亲唱道：“你推我让好媳妇，为娘心里热乎乎，来来来，你们二人来抓阄，听天由命这块布。”

这天来看戏的，除了清河支队官兵外，还有墨镇士绅名流。一个阔佬忘情地看着，对身边的肖菏泽说：“哎呀，没想到抗日部队这么困难，连裤子都穿不上。”肖菏泽说：“三年前，我们清河支队有一半人是穿短裤过冬的。”

演出结束了，散场的人群簇拥着离开剧场，议论纷纷：“看看，老大就是穿了一条裤子参加抗战，当了国民党军队的军官。”

“老二更厉害，当了八路军的营长，还是个抗战英雄。”

“那条裤子最后落到谁的手里了？”

“你没看明白？”

“后来我老婆哭起来了，我把她送到黄包车上，再回到剧场，就散场了。”

“先是老大穿了裤子当了国民党军队，领了一条军裤，队伍路过村里，老大就把原先那条裤子交给了老二。老二穿着这条裤子参加了八路军。后来国共合作抗日，当了国民党军队连长的老大，在死人堆里发现了这条裤子，找到了快要死掉的老二，并把老二救活了。”

“后来呢？”

“后来老大保管了这条裤子。在反六路围攻的时候，老二派人给老大送信，说老母亲被鬼子打伤了，弟兄俩一起回家看老母亲。老母亲临死之前交代老大老二，你们是一间屋子里长大的，穿的是一条裤子，永远不要分家。”

“后来呢？”

“后来？后来我身边很多人在哭，又是喊口号，又是骂鬼子，我啥也没听清楚，大幕就拉上了。”

《抗战裤》连演三天，到了第四天上午，清河支队就收到军裤三千多条，有工商人士送的，有知识界送的，还有一个杀猪的屠夫，也让妻子做了三条军裤送了过来。

清河支队司令部驻在田家大院，这天一大早，杨蓼夫起床，穿上衬衣，找不到裤子了。把警卫员喊过来，才知道他的裤子被一位老人家借走了。

杨蓼夫没有裤子穿，出不了门，警卫员又不知道那个老人家姓甚名谁家在哪里。正在为难，一个老者进了院子，手里提着一个盒子，到处打听：“同志，同志，杨司令在哪里？”

杨蓼夫低头看看自己只穿着短裤，急火火地对警卫员说：“快去，去告诉老人家，我不在。”

警卫员跑出门，不一会儿拿来两条裤子，一条新的，一条旧的。杨蓼夫疑惑地换上新裤子，才明白是老者比照他的旧裤子做了一条新裤子，他不禁高兴地说：“哈哈，没想到啊，孙大竹办了一件好事。”

十八

随着抗战形势的发展，根据地出现了短暂的宁静。杨蓼夫派民运科科长章慧到独立旅洽谈，要给他们演戏。章慧到了独立旅旅部，郑亦雄以礼相待，但是提及演戏的事，他马上警觉起来。郑亦雄问田齐鲁：“这件事情该怎么办？”田齐鲁说：“今年初春，我们到清河打了一场球，现在他们来演一场戏，依我看，也是礼尚往来。”

郑亦雄看了看田齐鲁，沉吟道：“言之有理，言之有理。”他又对章慧说：“我听说贵军那场戏里面的主人公，原型还有我们的田副参谋长，我看你们干脆不要演员了，就让我们的田副参谋长去客串算了。”

章慧说：“戏剧的原型不是哪个具体的人，它反映的是我们中国人在抗战中的一种普遍状态。当然，田长官和我军有来往，在元宵节战役之后的平叛战斗中，田长官不畏生死，到我军求援，又引领我军特务营，冒着极大的风险，从叛军手里救出郑将军，这些故事在我军确实广泛流传。我相信，这些动人的事迹在贵军也一定不是秘密。我们把它编成戏剧，感召官兵，鼓舞士气，对于抗战，有百益而无一害，郑将军何必拒之门外？”

郑亦雄说：“当然，如果仅仅是演戏，倒也无伤大雅。怕就怕贵军戏外有戏，借此戏演彼戏。说实话，我们这些行伍，跟贵军打交道，一不小心本部就要……哈哈，怎么说呢，一不小心就要上当。我是如履薄冰，不得不防啊！”

叶乃伍在郑亦雄耳边低声说：“杨蓼夫要做的事情，你不让他做，恐怕不行，无非就是演一场戏，太抵触了，恐怕不好收场。”

这样一说，郑亦雄才勉强答应。

章慧回到支队，布置前卫剧社做好到独立旅慰问演出的准备。第二天一大早，林沂等人正在收拾行装，孙大竹来了，一本正经地说：“你们去独立旅演出，特务营负责警卫，我要看看你们的装备。泄密的东西不能带，比如有字的纸、笔记本，还有书。”

林沂说：“废话，我们去演戏，又不是搬家，带书本干什么？”

孙大竹嘿嘿一笑，神秘地从怀里摸出一个东西说：“这个可以带。”

林沂起先以为是雪花膏，打开一看，傻眼了，原来是几截大葱。孙大竹得意地说：“正经的章丘大葱。”

林沂厌恶地指着大葱说：“把这东西拿走。”

孙大竹说：“为什么要拿走？我特意给你送来的。”林沂说：“你特意送这个干什么？”

孙大竹说：“送给你吃啊，这可是好东西。”

林沂说：“我才不吃呢，吃了大葱，嘴臭三天。”孙大竹嘻嘻一笑说：“是啊，就是要你们嘴臭。”林沂瞪眼看着孙大竹，奇道：“你？”

孙大竹说：“听说国民党军官假斯文，咱们去演出，还要搞联欢，男男女女搂在一起跳舞。”

林沂问：“你听谁说的？”

孙大竹得意地说：“你知道的啊，我大哥田齐鲁说的。”

林沂更奇怪了，说：“跳舞怎么啦？”

孙大竹说：“那哪儿成啊，咱八路军的女干部都是金枝玉叶，哪能跟国民党军官跳舞？你们把这个带上，只要跳舞，就啃两口，臭他。”

林沂怔怔地看着孙大竹，突然哈哈大笑道：“孙营长，你笑死我了，你啊……可真有你的。”

孙大竹被林沂笑得有些恼火，忽然又从怀里掏出一个东西来，对林沂说：“看这是什么？”

林沂眼前一亮，惊喜地喊道：“多精致的手枪！给我的？”

孙大竹说：“我大哥田齐鲁给他弟媳的，你愿意当他弟媳吗？”

林沂怔了一下，明白过来，出其不意地做了个假动作，把枪抢在手里，快乐地笑道：“听不懂你的话，但是这枪归我了！”

十九

前卫剧社要到独立旅慰问演出的消息不胫而走，国民党军队官兵也很期待，可是就在演出的前一天，田齐鲁向郑亦雄递交了辞呈。

郑亦雄差点儿就把辞呈扔到了田齐鲁的脸上，指着他怒道：“刚刚过了两天太平日子，你就给我来这一手，辞职，给我撂挑子？你老田到底受了什么委屈，非要以这种极端手段对待我？”

田齐鲁说：“旅座，卑职自担任副参谋长以来，在夹缝里生存，不能表达自己的思想，不能实现自己的意志，深感痛苦。我觉得我不适合当这个副参谋长，我看，你还是让我告老还乡吧！”

郑亦雄盯着田齐鲁说：“告老还乡，你也有脸说？我已经三十二岁了，孤家寡人，风餐露宿，跟着士兵一起摸爬滚打，哪一次作战我退后过？你今年刚刚三十岁，身后娇妻幼子一应俱全，你就算为国捐躯，也可以瞑目了。可是你不思报效党国，关键时刻，居然提出辞职。我告诉你，抗战时期，作为军人，没有辞职一说，除非你临阵脱逃。”

田齐鲁说：“那你把我放下去，当个营长连长都行！”

郑亦雄说：“不就是因为八路军来演出吗？我已经答应了，让他们在卧龙岗连演三天，你、我，还有八路军，都有面子了。你还要怎么样？”

田齐鲁说：“可是，政训处安排特务，准备在人家演出的时候扔石头，这是什么行为？”

郑亦雄吃了一惊，说：“什么？扔石头？有这个事？”

田齐鲁说：“旅座，你真的不知道？”

郑亦雄说：“我确实不知道，我只是布置加强警戒，这你是知道的。”

田齐鲁说：“旅座，我能相信你吗？”

郑亦雄说：“如果你不相信我，你可以把这个情况告诉杨蓼夫。”

田齐鲁说："那好，我这就去找政训处，你明确过的，八路军演出的保卫工作由我分管，由司令部直属连负责。谁要是滋事捣乱，以汉奸罪论处。"

郑亦雄说："下流之人，可以枪毙。"

田齐鲁这才从地上捡起辞呈，转身离开。

通过田齐鲁的严密组织，演出的时候，秩序井然，只是出现了一个小小的骚动。

林沂和杜彦凝上场之后，两个军官在下面议论，一个说："你说这八路军的戏子，会不会也要跟当官的睡觉？"话音刚落，一颗石子准确地打在他的嘴上。

这个军官惨叫着站起来，四下张望，大声嚷嚷道："谁暗算老子？！"

另一个军官一把扯住他说："老兄你坐下，田副参谋长有令，破坏演出秩序，格杀勿论！"

演出这天风和日丽，卧龙岗阵地搭了一个很大的戏台，上千名官兵坐在地上看戏，神情专注，泪流满面，掌声一浪高过一浪。

龙捷三等人谢幕后从台上下来，田齐鲁迎上去说："龙副司令，演得太好了，没想到你这个战将还会演戏。"

肖菏泽在一旁介绍说："龙副司令是老票友了，在延安就会演戏，客串花旦，跟梅晓风同过台。"

龙捷三说："贵军纪律严明，演出过程中没有喧哗，令人肃然起敬啊！"

田齐鲁说："今天是我们两家又一次合作成功的范例。"

几个人正在议论，部队出现一阵骚动，让出一条路来。

杨蓼夫不知道何时也来到了演出场地，身边陪伴着郑亦雄和叶乃伍，后面还跟随着孙大竹。杨蓼夫红光满面，边走边向国民党军队官兵招手致意。

走到场地中央，郑亦雄说：“今天是个好日子，难得独立旅和清河支队这么多官兵聚在一起，杨司令给部队讲讲话？”

杨蓼夫微微一笑，说：“好啊，可是讲什么呢？郑旅长给我出个题目。”

郑亦雄说：“杨司令雄才大略，讲讲打鬼子的事也行。”

杨蓼夫沉吟片刻，看看郑亦雄，又看看身边的军官们，突然转身，大步走上戏台，高声喊道：“部队听我口令，起立——”

坐在地上的国民党军队官兵，听到杨蓼夫的指令，不知道发生了什么事情，本能地站了起来，齐刷刷地立正，目瞪口呆地看着戏台上的杨蓼夫。

杨蓼夫两臂一挥，起了个头：“团结就是力量——预备——唱！”

歌声从上千个胸腔里爆发，响彻卧龙岗阵地上空：

团结就是力量，团结就是力量！
这力量是铁，这力量是钢！
比铁还硬，比钢还强！
向着法西斯蒂开火！
让一切不民主的制度死亡！
向着太阳，向着自由，
向着新中国发出万丈光芒！

识字班

一

清河地界，自从三支队办起了识字班，大老爷们儿、小伙子，称呼年轻妇女，通常都叫识字班。识字班设在金家祠堂，先是办夜校，后改在后晌上课，女人下地忙活了半天，也好歇歇脚。识字班教员章慧，是三支队民运科的干部。章慧不光教妇女们认字，也给她们讲道理，拿出一些讲鬼子屠杀中国人的报纸挂在黑板上，让大伙看个仔细。章慧说："鬼子就在詹家店，离咱清河并不远，就百十里路，时常会有奸细化装成生意人来根据地刺探情报，大伙留个意。"有性子烈的，回家把剪刀磨得飞快，揣在裤腰里，赶集的时候两眼滴溜溜乱转，看看那些卖鱼的卖肉的哪个像奸细，随时准备一剪子捅出去。

清河地界，识字班又是防特反奸的民间组织。道理讲了，就教识字。章慧在黑板上画上一个大方框，然后让大家跟着一起念："楼，楼房的楼，高楼的楼，绣楼的楼……"念完了，就问大家："见没见过？"班长傅菊珍说："俺见过，张大户家就有，俺给他家帮工，还上去过，那房屋，又大又亮。"

章慧又问："想不想住这样的楼房？"

大家就七嘴八舌，说："那敢情好，还省地，还阔绰。可是俺们啥时候才能有这样的楼房呢？"章慧说："我画的楼房，不是张大户家的，它是我们庄户人家自己的。只要我们团结抗战，打走了日本鬼子，建立了新的政权，我们庄户人家很快就能住上楼房。"

蔡秀英问："住楼房尿尿咋办，马桶搁人头顶上？"章慧是城里人，济南乡村师范的毕业生，嘴里很多名词，自然不像乡下女人满嘴粗话，倒是和气，听到粗话也不气恼，只是笑。傅菊珍要求大家说话文雅，要学章同志，不说尿尿，说解手。可是大伙学不来，上课上着上着就有人举手报告，要尿尿。有一次傅菊珍批评蔡秀英不该说尿尿，蔡秀英问："那你说该怎么说？"傅菊珍说："叫解手。"蔡秀英又问："解左手还是解右手？"弄得傅菊珍无话可说。傅菊珍也是混着说，有时候记得了，说解手。忘了，照样说尿尿。

章同志心情好的时候，还教唱歌，歌唱得像山涧流水，大姑娘小媳妇稀罕得很，就像看到了天外的一扇天，天上的云彩花一样盛开。

清河地界，民风淳朴，男人粗犷倒也在情理之中，女人奔放往往让外地人咋舌。女人在识字班里什么都讲，婆媳灶台锅屋斗嘴，男女夜里炕上比武，嘻嘻哈哈无话不谈，快活得像孩子。识字班们上完课，就回家讲，回家唱。讲故事，也讲道理，讲得庄户后生心里长出很多花花心思，私下里嘀咕，再也不当缩头乌龟了，要打鬼子坐天下。

王桃花的男人第一个到三支队扛起了汉阳造，就算开了个头。识字班里都是能角，女人们在一起表面嘻嘻哈哈，暗中却较劲，谁也不让谁，有了一个就有两个，然后就像开了栅栏的羊群，呼呼啦啦往外窜。

识字班办起不到一个月，清河镇的男人就走了二十多个，当八路去了。

蔡秀英的男人叫秦瓦水，原先在詹家店当警察，鬼子来了，摇身一变当了“皇协军”的小头目，蔡秀英在识字班里就抬不起头。章慧给姐妹讲道理，不许歧视蔡秀英。大家就不歧视，喊蔡秀英老总太太，还给她鞠躬。越这么喊，蔡秀英心里越憋屈。傅菊珍给她出了个主意，蔡秀英就做了一件轰动清河的事情。那年正月十五，天刚蒙蒙亮，秦瓦水从鬼子据点偷偷摸摸回家，不承想家里正在办丧事，门口挂着白幡，门外烧着纸钱，蔡秀英披麻戴孝，高一声低一声哭得正欢：“俺的男人啊，当了汉奸，让俺在清河抬不起头，前头走后头就有人戳脊梁骨啊，叫俺怎么活啊，俺把丧事办了，就当俺男人死了，啊，苦啊……”

秦瓦水那天没进家门，在村外的树林里待了半天。

到了晌午，蔡秀英拎着饭篮出门，在林子里找到了自家的男人，男人把饭菜吃完，抓住蔡秀英就是一顿暴打。打着打着，男人蹲下了，捂着脸号啕大哭。当天夜里，秦瓦水从鬼子据点跑了出来，还带回来三条枪两个人，全部参加了八路军。

这件事情，在清河妇孺皆知，清河的男人，是断断不敢当汉奸的。当了汉奸，家里的识字班要办丧事，这男人就没法进家门了。

二

傅菊珍是清河街街面上的大美人儿，也是清河街街面上的女能角。啥叫“能角”？吃馍要吃最白的，嫁人要嫁最好的，一句话，要强。傅菊珍不仅聪明伶俐，小时候还上过几天私塾，算是粗通文墨，章同志讲的道理一听就懂，懂了转手就教别人，所以很快就当了班长，当了班长之后干的第一件事，就是动员男人金广友参加八路军，那时候他们成亲还不满一个月。

金广友临走的头一天夜里，傅菊珍烧了一锅热水，把自己洗得干干净净，还抹了一点自酿的栀子油，点了两根蜡烛，把屋里照得通明，然后赤条条地横在炕上，白晃晃地耀眼。

男人吓得不轻，前几回办事的时候，女人都是穿着衣裳，屋里黑漆漆的，偷偷摸摸地忙活，这会是咋啦？男人要去吹灯，女人一骨碌从炕上翻下来，把男人拉住了，说：“门窗缝隙都从里面堵住了，外面看不见。”男人说：“为啥要这样？”女人说：“让你看看，这是清河最白的肚皮，知道珍惜。”男人就不说话了，也说不出来话了，烛光下看着藕节一样的女人，血呼呼地往上涌，烧得浑身铁硬，下身的衣裳还缠在腿弯上，就把事情办了。

办完事，两口子躺在炕上说闲话。男人问：“咋想起这招，浪得怪吓人。莫非是在识字班学的？”

女人说：“识字班只教抗日道理，不教这个，这是俺自己琢磨的。”

又问：“舒坦不？”

男人说："舒坦，当了一回活神仙。"

女人说："那就好好杀鬼子，杀了鬼子回来，还让你当活神仙。"

男人说："鬼子哪是那么好杀的，个个都是铁皮脑袋。"

女人说："杀不了鬼子就别回来，家里不开门。"

男人问："你就不怕俺被鬼子打死？"

傅菊珍说："国难当头，匹夫有责，识字班天天都讲这个道理。你要是被鬼子打死了，俺就到阴曹地府去找你，带上蜡烛带上馍。"

男人不说话了，转眼就打起了呼噜。

三

金广友当兵当到一团，一团驻扎在清河以北三十里地的莫宁岗，这里算是根据地的前沿，打鬼子的机会比别处多。

嫁人要嫁最好的，傅菊珍果然有眼力。清河地界，金家虽然不是大户，但木匠活在方圆十几里都有名气，老三金广友更是心灵手巧，在家当木匠的年头吊线吊得直，当了八路练枪法也比别人准，脑瓜子尤其灵光，凡事爱琢磨个来龙去脉。参加八路后的第一仗是秋季反"扫荡"，在洋河集打伏击，三枪打死一个鬼子，就立了个功，当了排长。

莫宁岗离清河不过十几里路，开过庆功会，团长周杰宁特批金广友一天假，奖励十斤白面，回家看媳妇。

三支队官兵当地人多，杨司令定下的规矩，但凡打了胜仗，老兵轮流回家探亲。那时候没有津贴，战利品里要是有粮食，就分一点给功臣，作为奖励。

消息传到镇上，识字班就炸了锅，都在传说金广友当了英雄。金广友人还没有到家，傅菊珍就从自己家里舀了几斤白面和上，借了半斤芝麻油，放上葱花，烙成黄亮亮的油饼，用竹筐提到识字班，让大伙分享抗战胜利果实。

识字班吃着油饼，快活得直哼哼，哼着哼着心里就别扭了。王桃花说："俺男人啥时候能打死鬼子，俺就烙肉饼，俺砸锅卖铁也要买二斤肉。"

说完，把手中的饼扔进竹筐里，风风火火往外走，要去找男人要那十斤白面。

章慧连忙追过去说："革命不分先后，抗战不论多少，你着什么急啊！再说，打鬼子得听指挥，你到队伍上去激将，难道想让你家男人犯自由主义？"

自由主义是个啥，王桃花不懂得，但她懂得章同志说得对，这才气鼓鼓地回转身，抓起扔在竹筐里的半块油饼，一口啃下半个巴掌大。

四

这天晚上，金家瓦房自然很不平静，傅菊珍赶到南头等到了男人，跟男人肩膀挨着肩膀往家走。清河地界，虽然民风开放，但是女人挨着男人一起走，吊膀子，还算稀罕，不说老人看着不顺眼，就连金广友自己都很难为情。偏偏女人不放松，男人快步走，她也快步走，男人放慢步子，她也放慢步子，寸步不离。男人后来就把脸皮放厚了，由着她。

金广友打死一个鬼子的事情传得很快，走在路上就有人在背后指指点点，傅菊珍扬着红扑扑的脸，一路打着招呼，样子很招摇。

回到金家瓦屋，女人赶紧打火烙饼，刚刚把柴燃着，男人就急吼吼冲过来，一瓢水把灶洞的火灭了，拦腰把女人抱起，掼到炕上就把裤子扯了。女人半推半就地说："急啥呀，还没有关好门窗点蜡烛。"男人说："不点蜡烛就不用关门窗，先喝稀的后吃馍。"女人起先没听明白啥意思，反正男人是英雄，听英雄的总是没有错。女人就不再说话，半推也不推了，任由男人忙活。

事情办完，重新点火，可是麻烦来了，灶洞里的柴草湿漉漉的，灶洞也满是水，换了一把柴草，用吹火杖吹，好不容易燃着了，满屋子烟，呛得两个人直咳嗽。

女人在灶洞前吹火，男人就做体力活，把水缸挑满，拎起自己背回来的那袋白面往面缸里倒，掀开面缸才发现，原先的半缸面，已经见底了。男人的脸一下就拉长了，回头骂女人："你一个人在家，就把白面吃光了？莫非偷男人了？"女人这才说了实话，把面烙成油饼，给识字班分享了。男人说："你烧包啥？"女人说："你打了鬼子俺光彩，俺就是要让清河的识字班都记住，往后吃油饼就想到俺的男人是英雄。"

男人直吸冷气，心疼地说："你这个熊女人，可真不是个省油的灯。十斤白面啊，就这么被你打水漂了。"

女人见男人不高兴，也不高兴了，把吹火杖一扔，站了起来说："不就是十斤白面吗？你打死一个鬼子不就挣来了吗？"

男人说："你说得轻巧，你当鬼子是那么好打的？弄得不好，鬼子没打死，还被鬼子打死了。"

女人更不高兴了，拍着屁股说："你要是怕了，你回来当识字班，俺去打鬼子，再把十斤白面给你挣回来。"

男人咂咂嘴说："啥话，啥话，哪有女人打鬼子的？"

女人说："清河的识字班，就是能打鬼子，不信今晚俺就跟你去队伍。"

男人知道自家女人吃软不吃硬，赶紧投降："好好，不说了，吹火吧，饿了，吃完饭，还得赶路呢。"

男人这么一说，女人心里就不得劲了，觉得自己确实挺烧包的，更不该说男人个"怕"字，打人不打脸啊，再说男人还是个英雄。女人这么一想，手里就更忙活了，不仅烙了油饼，还擀了面条，卧了两个鸡蛋。

吃了饭，两口子无事可做，大眼瞪小眼，瞪着瞪着，男人的血又热了，自己出去把院门闩好，烧了一锅热水，又点着了两根蜡烛，看着女人眯眯地笑。

女人问："你要干啥？"

男人说："你说过，杀了鬼子回来，还让俺当活神仙。"

女人说："不是做过了吗？"

男人说："那不算，那只算喝稀饭。"

女人怔怔地看着男人说："这回不让你当神仙。"一边说，一边挨个把蜡烛吹灭了，手往腰里一扯，下面的衣裳就像猪大肠子一样落在地上。

男人说："不让俺当神仙，你脱裤子干啥？"

女人扑过去，拧了男人一把说："还你十斤白面。"

五

这次回到队伍，一个月没有仗打。没有仗打，就不能杀鬼子，没有杀鬼子，识字班就不让当神仙。打鬼子和当神仙，两件事合成一件事，让人越想越上瘾。想得火烧火燎的，就忍不住过过嘴瘾。

金广友的连长叫马大海，三支队刚到清河的时候就参加了八路军，打仗不含糊，就是有点迷糊，当八路两年了，还是个连长。金广友的手下有个班长叫殷福塘，庄户后生，臂力过人，手榴弹扔得既远又准，被杨司令夸奖为投弹大王，上次洋河集打伏击，他的手榴弹炸死好几个"皇协军"，可惜倒霉得很，就是没有打到鬼子，那天晚上听金广友说打鬼子当神仙的滋味，馋得嗓子眼咕咚咕咚不停地响，端着大碗直喝水。

金广友说："别喝水了，等你立了功，俺的识字班给你保大媒，让肖玉枝休了张哈拉，嫁给你。"

殷福塘咧着大嘴，开心地问："俺就两块大洋，能娶上肖玉枝吗？"

马大海在一旁说："没出息，肖玉枝那么骚，娶她干啥？"

金广友说："连长，话不能这么说，俺家识字班说，肖玉枝人是骚了点，可心肠好，热爱八路军。再说殷福塘的嘴唇那么厚，人家肖玉枝还不一定看得上。”

金广友说这话，不是胡诌。肖玉枝要算清河镇的二号美人，可是红颜薄命，偏偏嫁了张大户的四儿张哈拉，张哈拉是个羊角风，动不动就口吐白沫躺在地上打滚，相传男女方面的事情也没法办，肖玉枝嫁了三年，守了三年活寡。年前三支队扩军，就是金广友参军那一次，识字班的男人呼呼啦啦走了六七个，肖玉枝看得眼热，在金家祠堂嚷嚷：“俺家没有男人参加八路军，没啥送给队伍的，哪个光棍打鬼子立了功，俺送给他日一回。”这话还真不是说着玩的，殷福塘一直惦记着这件事情。洋河集那一仗打完，殷福塘鬼鬼祟祟地托表兄到镇上跟肖玉枝说了，肖玉枝回话说，杀“皇协军”不算，得杀一个真鬼子。

殷福塘偷鸡不成蚀把米，肖玉枝没有挨上，后来还让张大户的老婆知道了，跑到三支队告状。政治部副主任任冰雪把章慧叫过去，劈头盖脸训了一顿，说你们识字班搞什么名堂，乌烟瘴气的，简直败坏三支队的名声，破坏军民关系。

回到识字班，章慧就跟大家讲道理，说热爱八路军可以，但是不能做出格的事，这件事情要让国民党知道了，又该污蔑咱们共产共妻了。

为了这件事情，殷福塘也被团长周杰宁叫去训了一顿，好在殷福塘脸皮厚，听了就当没听见，还是惦着肖玉枝。他觉得他长这么厚的嘴唇，能跟肖玉枝当一回神仙，那就是天大的福分。

那天夜里，几个人东一句西一句地说着肖玉枝，说得心里怪怪的，殷福塘不知道做了什么梦，喊声大得吓人，金广友当时睡得正香，还当是有了情况，抓起枪就跳起来，后来才知道是殷福塘出了事故。

六

正月十五头天夜里，三支队得到情报，詹家店日军连夜出城，偷袭抗日根据地。支队部命令周杰宁的一团，在莫宁岗构筑工事，准备迎敌。

莫宁岗在清河以北，同国民党军队卧龙岗和凤岗两个据点，共同组成北线防御体系。

构筑工事的时候，金广友到阵地走了一圈，动了一番脑筋，向马大海建议，要准备恶战，阵地上准备一点水桶。马大海感到很为难，这前不着村后不着店的荒岗野岭，他想不出来从哪里搞水桶。

金广友出个主意说："俺白天侦察了，凤岗那边国民党军队阵地上，有尿桶。"马大海想想说："尿桶也行。"

金广友带着殷福塘，到凤岗国民党军队阵地上借尿桶。国民党军队连长赵大脚趁机敲了一竹杠，非要金广友拿钱买。金广友身上有六元法币，只买了几个破瓦盆，金广友看中的那几个尿桶，赵大脚要价是两块大洋，倒是殷福塘，随身揣着节省的伙食和两块大洋，这下派上了大用场。殷福塘很不情愿地从裤腰里找出两块大洋，交给金广友的时候，嘟嘟囔嚷要金广友立字据。

金广友说："写了有什么用？难道你还想让俺还你？"

殷福塘说："你当然得还，俺还指望这两块大洋找肖玉枝呢。"

金广友说："打了鬼子，肖玉枝白送你，还要大洋做甚？"

殷福塘说："那也不能白白地花俺的钱啊，鬼子又不是俺请来的。再说，能不能打死鬼子还两说。"

金广友说："你听排长的没错，这次俺给你分任务，专拣鬼子多的地点去。"

殷福塘一声惨叫："排长，你想害俺啊，俺宁可不找肖玉枝，俺也不想到鬼子多的地点去，俺还是想打'皇协军'。"

金广友说："看你那点出息，不打鬼子，你就是打死再多的'皇协军'，肖玉枝也不会搭理你。你把大洋拿出来，我让俺的识字班跟肖玉枝说，肖玉枝听她的。"

这样好说歹说，殷福塘才把两块大洋交给金广友，又从赵大脚那里买了三只尿桶。

莫宁岗阵地南边有个大水坑，打水的时候，金广友交代殷福塘，说："别把水搞脏了，先喝一肚子再说。"殷福塘瞪着眼珠子问："做甚？"金广友说："一会儿打起来就没有水喝了。"殷福塘盯着尿桶说："你是说咱们一会儿还要喝这里的水？"金广友说："你想得倒好，打起仗来，这尿桶里的水还真不能随便喝。"殷福塘傻眼了，怔怔地说："啊，还成宝贝了！"金广友说："不光尿桶里的水不能随便喝，你肚子里的尿也不能随便撒，那比油还贵。要撒，也得撒到尿桶里。"

后来的事实果然证明，金广友的脑瓜确实管用。战斗打响之后，这些尿桶和瓦盆派上了大用场，金广友抱着机枪，殷福塘抱着尿桶，两个人上蹿下跳，打得花团锦簇。

打着打着，机枪卡壳了，金广友大叫殷福塘，殷福塘抱起尿桶，往机枪管上一阵猛浇。金广友嗷的一声跳起来嚷道：“往哪里倒，都倒我脸上了。”殷福塘龇牙咧嘴，嘿嘿一笑说：“又不是尿，是水啊！”金广友说：“那也是尿桶装的，还是国民党的尿桶。”

鼓捣了一阵，机枪重新响了起来，前面黄黄的倒下好几个。殷福塘快活得直嚷嚷：“好家伙，这生意赚大了，尿桶立大功了！”

说完这话，殷福塘傻傻地看着金广友，喊了起来，“不对头，排长你停下！”

金广友不理殷福塘，还在射击，眼看冲过来的敌军又趴下了，殷福塘坐在地上号啕大哭，哭得金广友心里发毛，忙里偷闲，金广友说：“好好装你的子弹，哭什么哭？”

殷福塘一把鼻涕一把眼泪，说：“排长，鬼子都被你打跑了，俺打啥呀？”

金广友这才明白过来，恨不得扇殷福塘两耳刮子，可是又下不了手，只好把机枪交给殷福塘说：“好，你打吧，俺给你装子弹。”

殷福塘接过机枪，拉开架势，眼巴巴地等着，等了半袋烟的工夫，这才看见趴下的敌军重新站了起来，成两路队形包抄过来。殷福塘出其不意地站了起来，端着机枪就是一梭子。打完了，趁金广友装子弹的工夫，又向开阔地里连续扔了五颗手榴弹，然后一屁股坐在地上说：“这下好了，数数吧，有几个鬼子是俺打死的！”

金广友手搭凉棚往前面开阔地里看，泄气地说：“都是黄皮，看不清谁是鬼子谁是汉奸。”

殷福塘又跳了起来，想往战壕外面冲。金广友说：“你做甚？”

殷福塘说：“俺得去把尸体拖回来，看个明白。”

金广友一把扯住殷福塘说：“好了好了，你别乱动，一会儿战斗结束了，打扫战场，自然就知道了。”

后来统计战果，这次战斗，金广友的排一共打死二十多个“皇协军”，三个鬼子，因为鬼子都在后面督战，所以伤亡较小。评功评奖的时候，老兵都说，亲眼看见是排长的机枪打死的，金广友说：“机枪也不是俺一个打的，还有殷福塘打的，就算全排的功劳吧。”

七

元宵节战役结束后，支队首长开会分析战例，听说一团有个排长到国民党军队阵地买尿桶的故事，杨司令很高兴，把金广友、殷福塘和马大海叫到支队部，问了几个战术问题，马大海的回答无非是敌进我退敌疲我打的老套路，殷福塘更是一句话说到底，上级指到哪里，俺就打到哪里。金广友的回答就不一样了。金广友说：“兵马未动粮草先行，不光是吃的用的，还要备好打仗的家伙，打仗的家伙也不光是枪炮，尿桶也是武器。凡事预则立，不预则废。”然后就讲莫宁岗伏击战，讲到了敌人进攻队形，讲到了以少胜多的诀窍：打一枪换一个地方，造成兵多枪多的假象。

杨蓼夫听了，倒吸一口冷气，咂咂嘴说：“没想到三支队还有这么个秀才。”令杨蓼夫感到惊奇的，不是金广友懂得打一枪换一个地方，而是那句话：“凡事预则立，不预则废。”在他的这个土得掉渣的部队，一个小排长居然懂得这么深奥的道理，并且这么文绉绉地讲了出来，这个人简直可以当军师。

杨蓼夫对金广友说：“到支队工作吧，给我当参谋。”

金广友眨巴眨巴眼睛，突然惶恐地说：“那不行，俺不识字啊，咋当参谋？”

杨蓼夫奇怪地问：“不识字，不识字你怎么知道‘凡事预则立，不预则废’？”

金广友老老实实地回答：“是俺的识字班教俺的。”杨蓼夫这才搞明白，原来是这么回事。

金广友没有当上参谋，却也没有吃亏，杨司令当场宣布金广友升任连长，他的连长马大海调到营里当副营长，水涨船高，殷福塘当了排长，大家皆大欢喜。

杨蓼夫对团长周杰宁说：“金广友这个文盲不是一般的文盲，打仗动脑子，背后还有一个了不起的识字班，你给我好好培养，再打两仗，可以当营长。”

周杰宁很高兴，这一次，批准金广友休假三天，并且把自己的马交给金广友使用。

骑着团长的马回家，果真有些衣锦还乡的滋味。回到家里一看，金广友吃了一惊，原来清河识字班的女人们都拥在他家门口，连章慧也来了，他的识字班忙里忙外，端茶倒水，拿花生分大枣，搞得像办喜事。

金广友翻身下马，一路作揖进门，女人们一拥而上，把他的脸涂成了个大花脸。清河地界，这是对待体面人的特殊习俗。

几个识字班吵吵嚷嚷要金广友讲打鬼子的经过，为啥不怕死。

金广友说："俺又不是石头，哪有不怕死的道理，可是俺没办法。"

肖玉枝说："莫非是鬼子逼你杀的？"

金广友说："不是鬼子逼俺杀他，是俺的识字班逼俺杀鬼子。"

蔡秀英在一旁眨巴眨巴眼睛，一拍屁股嚷了起来："俺知道了，不打鬼子不给他日，俺回家也跟男人这么说。"

一句话说得满院子红脸，红脸们沉默了一阵，突然一起喊了起来："就是，不打鬼子不给他日！"这句话后来广为流传，成了识字班的口号。三支队政治部副主任任冰雪对此深恶痛绝，为了这句话又把章慧好一通批评。章慧也觉得这句话实在不雅，可是……章慧说："话糙理不糙，说明清河识字班姐妹们的觉悟，清河抗战取得的胜利，有清河识字班的大半功劳。"

八

马大海和殷福塘这次也有三天假，每人还发了十斤小米和三丈士林布。从支队部出来，二人商量一起回南李庄，刚走到清河镇西头，殷福塘不走了，对马大海说："俺想看个人。"马大海说："你在镇上还有亲戚？"殷福塘支支吾吾说："有个远房表姐。"马大海心眼实，没有多想，就陪殷福塘回到镇上转。清河镇不过千把口人，就两条街，一会儿就转遍了，还是没有找到殷福塘的表姐家。后来马大海就有些明白了，问殷福塘："你是不是想找肖玉枝？"殷福塘吭吭哧哧地憨笑，不说是，也不说不是，说："就想看看清河镇。"

二人背着小米和士林布，走得饥肠辘辘，眼看太阳快偏西了，马大海说："殷福塘，我跟你讲，你不要惦记那件事情了，杨司令发话，奸污民女，一律枪毙。"

殷福塘吓了一跳，问马大海："啥叫奸污民女？"马大海说："就是跟人家的女人睡觉。"

殷福塘怔了半天说："可是，可是……""可是"了半天也没有说出个子丑寅卯，大脸膛子变得越来越黑，嘴唇也更厚了。

这时候太阳已经偏西，街面上没有几个人了。走到一家当铺前面，马大海说："别想没用的了，咱买块豆腐，赶紧回家，还能赶上晚饭。"

殷福塘说："俺不想买豆腐，俺想买块猪肉。"

马大海说："清河镇的屠夫都是半夜杀猪大早卖，这会儿从哪里买到肉？再说，手里也没钱，十斤小米还买不到一斤肉，不如……”马大海忽然不说话了，眼睛盯着远处发呆。

原来有情况，几个识字班说说笑笑，由西往东向这边走来，识字班一律剪了二刀毛，显得很精神。有两个识字班胸前还抱着书本，样子很像女学生。

殷福塘也看见了，伸长脖子说：“啊，识字班不穿大褂了，个个都像天仙。”

马大海说：“别把脖子伸得像鹅颈子，看你这眼神，简直丢八路军的脸，赶快藏起来。”

殷福塘虽然很不情愿，还是被马大海拉到巷子里，直到识字班从巷口闪过，二人才回到街面，看见远处花花绿绿的屁股一动一动地颠着晚霞，落在青石板路面上，像流动的小河。殷福塘又伸长脖子，嗓子眼里咕咚咕咚地直冒泡。

殷福塘说：“饿了，俺身上还有两张法币。干脆到前面的烧饼店吃了饭再回家。”

马大海说：“想看肖玉枝？”

殷福塘说：“那几个识字班里，一定有肖玉枝。”

马大海的嗓子眼里好像也有了东西，一上一下地翻腾。马大海咽了一口唾沫说：“那说好了，俺身上没有现钱，吃烧饼得你付账。”

殷福塘想了想说：“上次买尿桶，还欠俺两块大洋，八路军的长官不兴欺压士兵。”

马大海说：“一码归一码，买尿桶的钱要等供给部给你结，今天你请俺吃烧饼，俺就陪你去找肖玉枝。”

殷福塘一听这话，两眼顿时放光，说：“当真？”

马大海说：“当真。不过，你得把持住，咱们就是看看，你可不能真下手啊，要是让杨司令知道了，那是要枪毙的。”

殷福塘说：“咋下手啊，就是想看看肖玉枝是个啥模样。好不容易打了鬼子，连人是啥模样都没看见，那太丢人了。”

二人说好了，就到镇南头吃烧饼，一人要了一碗羊杂汤，吃饭的时候就跟店家打听了，张大户的家就是北头那家高墙大院。

吃了饭，已是掌灯时分，二人并没有到北头，而是从西头沿龙井河岸上了北头后街，果然就找到了张大户家的菜园，两个人刚刚挨近菜园边上的矮墙，没想到一条黑狗从暗处呼哧一下蹿上来，把人吓得不轻。殷福塘这下大展身手，扔了半块带肉的烧饼，趁黑狗嗅那烧饼的当口，出其不意从矮墙上跳下，将狗按在地上，双手掐住狗的脖子。

马大海着急地说：“殷福塘你放手，来看人你打狗干什么？”

殷福塘吭吭哧哧地说：“俺不打它就叫，俺还看个鬼啊！”

黑狗被殷福塘死死地压在胯下，毫无还手之力，四条腿在地上划拉几下，渐渐地就不动了。

这时候一间屋里的灯亮了，不多一会儿从左手的小门出来一个女人，月光下的女人袅袅娜娜，嘴里唤着“黑宝”，疑惑地四下张望，走近了，能看得出是年轻的识字班，殷福塘突然激动起来，喘气喘得像牛，话都说不利索了，殷福塘说：“老马，一会儿你得跟她讲，这次战斗，俺可是打死了两个鬼子啊！”

马大海没听明白，说：“你说什么？”

殷福塘说：“俺要你对她讲，俺打死过两个鬼子。”

马大海怔了半晌，明白了，一把按住殷福塘说：

“你小子真想做事啊，我跟你说，就是看看，你啥也不能做！”

殷福塘梗着脖子说：“俺就是让你跟她讲，俺打死两个鬼子，俺啥事不做，你也要讲。”

这边有了动静，那边女人不往前走了，站在那里往这边看，突然转身就走，边走边喊：“有贼，快来抓贼！”

马大海见势不妙，拉起殷福塘，翻过矮墙，撒丫子就跑。

一口气跑到镇西二里地，殷福塘放慢了脚步，突然站住了，说：“坏了，俺的小米呢？”

马大海看了看殷福塘的背后说：“你惊乍个啥，小米还在你背上。”

殷福塘慌忙往背上一摸，顺势把包袱转到胸前，咧嘴笑了，小米在，士林布也在。马大海却惊叫一声：“坏了，俺的小米没了。”

两个人七手八脚一检查，原来是包袱绳子断了一根，估计是翻墙的时候断的。

殷福塘说：“要不，俺把俺的小米给你？”

马大海失神地说：“小米算啥呀，关键是小米暴露了俺的身份，好事不出门，坏事传千里，估计今儿个半夜全支队全清河都知道这件事情了，俺还有脸活着吗？”

殷福塘也觉得问题大了，说：“那咋办？”

马大海想了想说：“老殷啊，咱们打鬼子那是没的说的，可是，这个事情，它确实不体面，丢了三支队的人，丢了乡亲们的人，丢了……都是你害的。”

殷福塘说：“不是还没被发现吗，再说，你不也想看吗，啥叫俺害的？好汉做事好汉当，上级要是查问，俺应承下来。”

九

第二天识字班开课，肖玉枝果然带着十斤小米，把头天晚上的事情说了一遍，笑得大家前仰后合。蔡秀英说：“都是你自已招的，你招蜂引蝶你自己得负责，可不敢说出去，把八路军兄弟害了。”

肖玉枝说：“俺也没有害人的意思，可是俺家那条大黑狗死得不明不白，俺总得说道说道吧。再说，八路兄弟想看俺，大摇大摆到俺家，好茶好烟伺候，也用不着这么偷偷摸摸的吧。”

傅菊珍说：“大摇大摆到你家，你公婆又该打你了。”

肖玉枝说：“有识字班撑腰，俺公婆现在不敢打俺了。”

傅菊珍说：“好了好了，这件事情谁也不许说出去了，你那条黑狗就当是抗日牺牲了。”

识字班的女人们果然仗义，这件事情以后就不再说了。

傅菊珍当晚回到家里，金广友还没有归队，听说了这件事情，嘿嘿一笑说：“俺敢肯定，那两个家伙，是马大海和殷福塘。你看这事闹的，都是你们识字班惹的祸。”

傅菊珍说：“这事跟识字班啥关系？识字班拥军，也没让你们翻人家的墙头掐死人家的狗啊！”

金广友说：“老马和殷福塘都是童男子，没经过女人。肖玉枝既然有那话，就难免他们不存念想。要不，你跟肖玉枝说说，让她说话算话，就让殷福塘见识一回。”

傅菊珍说：“啥话？肖玉枝又不是妓女，能随便让人见识吗？你们八路军也真是，怎么老是缠着女人。”

金广友说：“八路军也是人啊，谁不想当神仙啊，当神仙的滋味那么舒坦，俺有了你，可他们还是光棍，俺都觉得对不起他们，每回当神仙，俺都想着弟兄们。”说着这话，又有了意思，抱着女人不撒手。

女人叹口气说：“也是这个理，等找个机会，俺跟肖玉枝说说，把她那个哈喇子休了，嫁给八路军。”

金广友这时候已经急不可耐了，两只手在女人身上一上一下地忙活，嘴里说：“不说他们了，咱们做咱们的事吧。”

傅菊珍想到了一个问题，把金广友的手推开说：“可是，就算肖玉枝把张哈拉休了，嫁给谁呢，你们马副营长和殷福塘都有那个意思啊！”

金广友毫不含糊地说：“嫁给殷福塘，老马是副营长，早晚得娶个黄花闺女。”

傅菊珍一下子火了，说：“什么话，你咋知道肖玉枝不是黄花闺女？”

金广友愣住了，怔怔地看着女人说：“咋，她不是张哈拉的婆娘吗，难道……再说，她那么风骚……不可能啊！”

女人说：“她亲口跟我说的，她还是清清白白的一个黄花闺女。”

金广友说：“啊，这个事复杂了，俺还真得想想，该嫁给谁。”

这天晚上，金广友两口子还真的把这件事情当作一回事，蜡烛燃了半根，也没有决定下来，肖玉枝到底嫁给谁合适。

其实已经是瞎操心了，因为嫁给谁都不合适。

尽管识字班守口如瓶，可是没有不透风的墙，两个八路军翻墙头的事情还是传到三支队，任冰雪又把章慧叫去训了一顿，说：“你的识字班给大伙讲道理，鼓励姐妹们送夫参军，这是好事，可是好事也得做好，弄出一些鸡鸣狗盗的事情，算是怎么回事？国民党天天都在污蔑我们共产共妻，可不能再授人以柄了。”

章慧很委屈，对任冰雪说：“其实姐妹们就是嘴上说说，啥也没做。”

任冰雪说：“你告诉她们，扎紧裤带管住嘴，要是勾引八路军官兵，以破坏抗日罪论处。”

这以后，三支队就修改了规矩，再打仗，立功的也不许回家，奖励也取消了，弄得家在当地的老兵很有意见，猜测是谁翻了人家的墙头掐死人家的狗。马大海和殷福塘后来知道三支队的规定是因为他们两个改的，吓出一身冷汗，好在他们两个没有暴露，以后再也不敢造次了。

十

这年夏天，三支队在詹家店外围洗马堰组织拔点战斗，马大海带领金广友的连队担任主攻，冲到日军二号阵地前沿，脸上挨了一块弹片。

团长命令金广友代理指挥。金广友脑袋瓜子比马大海灵光，不再硬攻，而是采取以退为进的战术，从左翼迂回，以殷福塘的手榴弹排近战接敌，自己则率领两个排，一鼓作气拿下了二号阵地。

战斗结束后，金广友被批准回家休整十天。

但是这次，金广友没有回清河，而是到南李庄的战地医院里守候马大海。倒是傅菊珍，接到金广友捎来的信，赶到南李庄，陪了金广友几天。一起来的还有蔡秀英，她的男人秦瓦水也负伤了，二人就在南李庄找了家远亲，夜晚住在一起，白天去看男人。

所谓战地医院，就是在老百姓的村庄外面搭的草棚。马大海的伤，其实就是脸上被扯掉一块肉，伤势并不重，但奇怪的是，就是说不出话，嘴巴老是张着，医生也拿他没办法，把弹片取出来，给了几片药，就不管他了。有一次马大海稍微清醒一点，大张着嘴巴喘气，金广友叫来护士，护士又叫来医生，摆弄半天，又给了两个药片，可是马大海还是大张嘴巴。金广友无计可施，一会儿往马大海的嘴里灌一口水，嘴里喊："老马，副营长，你醒醒，你别吓我啊，马上就有肉吃了。"

马大海的脸肿得像个发面馒头，快看不出是马大海了。

金广友说："这鸟医院，咋就把老马治成这样呢，老马本来是轻伤。"

傅菊珍说："也不能怪医院，医院里啥都没有，医生也没办法。"

金广友说："要是俺负伤了，咋办？"

傅菊珍怔住了，低下头说："你负伤了？俺还没想过。"

金广友看着傅菊珍说："没想过？你这个娘们可真是心宽啊！"

傅菊珍说："俺说过，你要是被鬼子打死了，俺就到阴曹地府去找你，带上蜡烛带上馍。"

金广友叹气道："死了倒也一了百了，可就怕生不如死。"

傅菊珍觉得男人这次有点不一样，再问："啥叫生不如死？"男人却不说了，又端起碗给马大海喂水。傅菊珍在一旁干着急，说："你别老给他灌水啊，他一句话都说不出来，还能喝水吗？"

金广友说："除了水，俺们还能给他啥呢？"傅菊珍想想也是。可是水也救不了马大海啊！

那天傍晚，傅菊珍回到南李庄亲戚家，不料撞见秦瓦水和蔡秀英正在屋里亲热。傅菊珍当即退了出来，在村子外面溜达了个把时辰，琢磨蔡秀英的男人咋就好得这么快，才住了几天院，就能做那事了？

想不明白，就不想了。老远看见秦瓦水回到了医院的草棚，这才回到住处。傅菊珍问蔡秀英："你家男人才住院几天，伤就好了？"

蔡秀英知道傅菊珍看见了傍晚的一幕，也不遮掩，大大咧咧地说："是啊，本来是个重伤，养了三天就成了轻伤，今儿是第五天，跟俺回来，就想……那哪敢啊，怕他用力把伤口震裂了，让他摸摸，打打牙祭。"

傅菊珍知道蔡秀英的爷爷卖过狗皮膏药，专治跌打损伤，在识字班的时候，蔡秀英还给她传授过男女方面的歪门邪道，那时候她羞于接茬，也用不着。没准……傅菊珍问蔡秀英有没有祖传秘方，蔡秀英老老实实地说："咱家的医术传男不传女，不过呢，通经疏络的道理也懂一些。"

傅菊珍又琢磨，眼看马副营长那个样子，不光是外伤了，恐怕气血都淤积了。两个人聊着，傅菊珍就把马大海的情况一五一十地对蔡秀英说了，说本来是轻伤，只是脸上被划破了，可是缺医少药，弄得不会说话了。

蔡秀英想了想说："那就是经络弄出岔子了，要不，你带我去看看马副营长。"

傅菊珍说："行，总比等死强。"

吃了晚饭，傅菊珍带着蔡秀英到了马大海的草棚，看见金广友还在喂水，傅菊珍说："别喂了，让蔡秀英看看。"

金广友就退到一边，让蔡秀英给马大海把脉。蔡秀英把了一阵脉，把傅菊珍拉到草棚外面说："马副营长这是伤了丹气，把他交给俺吧，俺今晚就在这里值更，正好给你们两口子腾个说话的地方。"

傅菊珍听懂了蔡秀英的意思，跟金广友说了，金广友想了想说："也行，反正老马快死了，死马当作活马医呗。"

这里交给蔡秀英，小两口就回到亲戚家的土屋。难得一个单独的机会，男人自然不会放过，上面的衣裳还没有脱掉，下面就开始忙活起来，可是忙活了一阵，没有忙活出名堂，再忙活，还是没有名堂。

终于就不忙活了，男人从女人身上翻下来，突然号啕大哭。傅菊珍吓了一跳，连忙安慰男人："也许是累了，也许是惦记马副营长，也许是……”傅菊珍一口气讲了好几个也许，金广友就是不吭气，穿好裤子，蹲在地上长吁短叹，那样子，很像是一条得了伤寒的狗。

第二天一大早，回到医院的草棚，发现马大海眼睛睁开了，也能说话了。看见金广友和傅菊珍，马大海说：“稀饭，俺要喝稀饭。”

连续三夜，都是蔡秀英值更，到了第四天，马大海就能坐起来了，连医生都感到意外。傅菊珍问蔡秀英用了什么灵丹妙药，蔡秀英说：“啥也没用，我就用手。”再问，蔡秀英就支支吾吾，只是说：“这个办法，对有的伤病管用，对有的伤病不管用，巧了。”

马大海的情况倒是好转了，这边金广友却出了故障，连续两个晚上，在女人身上没有忙活出效果，终于对女人讲了实话：“俺跟你讲，俺二班长就死在俺的面前，卵子被打飞了，喷了俺一手血，俺做梦老梦见这个。”

傅菊珍这才明白过来，男人心里有了疙瘩，安慰说：“可能只是一时窝心，也许慢慢就好了。”

金广友说：“老婆你说，俺要是卵子被打飞了，你咋办？”

傅菊珍说：“咋办？那能咋办，俺伺候你啊！”

金广友说：“俺是说，俺不能当活神仙了，你会不会嫌弃俺？”

傅菊珍怔了一下，说：“就算你……成了那样，你也是俺的男人啊，俺怎么会嫌弃你呢，俺生是你的人，死是你的鬼。”

金广友看着女人的眼睛说：“你敢对天发誓？”女人说：

“俺对天发誓……”

刚要发誓，嘴巴就被男人堵住了。女人蹲在地上大哭道：“可是你为啥……为啥叫俺对天发誓啊，你好好的，做甚要胡思乱想啊！”

十一

这年秋天，传来日本即将投降的消息，三支队奉命围攻日军最后的据点洗马堰。

周杰宁亲自指挥马大海的营队进攻六号阵地，就在拿下六号阵地之后，同时参加拔点战斗的国民党独立旅为了抢占地盘，耍了个花招，不顾六号阵地被八路军收复的事实，下令炮击。第一批炮弹飞过来的时候，金广友的连队就在主阵地上，团长周杰宁分析炮弹的方向，一下子明白过来了，国民党从背后下手了，命令部队赶快隐蔽，金广友带着连队刚刚进入交通壕，就得到消息，团长牺牲了。

三支队群情激愤，支队司令杨蓼夫杀红了眼睛，命令部队向国民党军队反击，于是形成了三方混战的局面，三支队不仅从日军手里收复了詹家店，还从国民党军队手里夺取了六号和七号高地，打死一名国民党军队副旅长，活捉了一名国民党军队团长。

这场战斗结束之后不久，抗战形势发生了很大的变化，部队的情绪也是一天一个样。三支队主力移师墨镇和南李庄一线，进行整军。整军是个啥意思，大伙不懂，就是听上级做报告，讲国际国内形势和部队将来的任务。

按照新的规定，无论家在当地还是在外地，新兵老兵整军期间一律不许回家，不许老乡聚会，不许私自外出，不许家眷来队，很多个“不许”，搞得大家心里惶惶的。金广友有一个多月没有见到傅菊珍了，只是带信回去报平安，表明还活着，声称等抗战结束就回家种地。可是，日本天皇宣布无条件投降已经过去一个多月了，还是不让回家，金广友就有些发毛了。

三支队在墨镇和南李庄整军的时候，识字班也在搞教育，政治部副主任任冰雪留守清河，亲自给识字班做报告，说抗战胜利之后，我们面临新的任务，而且是更加严峻更加艰巨的任务，所以大家不能马放南山刀枪入库，还要把眼睛瞪得更大，随时准备接受新的战斗。

识字班已经不是过去的识字班了，不仅认了很多字，还学会了很多大道理，虽然任冰雪没有明说，但是识字班的女人们还是心知肚明，打跑了鬼子，国民党又找碴了，恐怕还得跟国民党打。

这段时间清河地区有个消息在暗中不胫而走，说是三支队要离开清河，那些在土改中被瓜分土地和财产的富人表面客气谦恭，可是背后却烧香磕头，祈祷八路军赶快滚蛋。

政治部交给章慧的任务很明确，三支队当地兵员多，部队任务转变，可能要远离家乡，很多同志恐怕思想转不过弯，能不能顺利实现这一过渡，女人这一关很重要，所以识字班要加强这方面的引导。

章慧召集傅菊珍和蔡秀英等几个骨干开会，首先要大家做好防特反特工作，现在八路军主力都在墨镇和南李庄整军，清河只有少量兵力，内部空虚，要防止汉奸残余和国民党反动派乘虚而入，要保护抗战胜利果实。

大家议论纷纷，说现在就是有些坏人叫嚣，要把咱们分了的地再收回去，吃了的粮再吐出去，八路军要是真的离开了，恐怕天又要变色。

章慧说："这个大家放心，我们的抗日民主政权还在，反动势力翻不了天，当务之急是要协助部队做好思想转化工作。"

傅菊珍说："章同志你放心，俺家男人是连长，俺要他带个好头，上级指到哪里，打到哪里。"

章慧说："金广友同志没问题。关键是咱们识字班都要把自己的男人稳住。要给他们讲道理。尤其是蔡秀英，你男人是从汉奸队伍里反正过来的，可是你男人原来的汉奸队伍，现在摇身一变又被国民党收编了，成了独立旅的二团，那里面有你男人的铁杆兄弟，一旦遭遇了，不知道反正过来的那些八路军同志能不能站稳立场。"

蔡秀英眨巴眨巴眼睛说："章同志俺明白了，这是好事啊，你看，汉奸成了独立旅的二团，俺们的队伍要是打二团，那其实就是打汉奸啊，有啥立场不稳的？打他个龟孙！"

章慧高兴地说："聪明，就把这个道理给大伙讲清楚，跟国民党打，打的还是汉奸队伍。"事情就这么定下来了。

不久章慧又接到任务，三支队可能要实行战略转移，部队急需大量物资，识字班不仅要做军鞋烙煎饼，还可能要参加民工团。章慧同几个骨干秘密商议，让大家摸摸底，没想到，识字班里四十六个女人，有三十二人要参加民工团。

十二

过了秋天就是冬天，一个晨雾弥漫的早晨，命令终于下达了，三支队拔营启程，神不知鬼不觉地离开了墨镇和南李庄。

起先，部队并不知道目的地是哪里。可是走着走着，觉得不对劲了。殷福塘问金广友："连长，从莫宁岗出发的时候，你跟大伙说，是去墨镇，可是到了墨镇，你又跟大伙说，是去南李庄，可是到了南李庄，咱们还在向北走，已经走出百十里地了。"

金广友早就疑心重重了，就去找马大海。马大海找了一张地图，趴到上面看了半天，抬起头来，愁眉苦脸地对金广友说："到河北了。"

金广友一拍脑门说："明白了，上级骗了俺们，往下就是闯关东了，家里连个信都不知道。"

马大海不吭气。

这天晚上，金广友和殷福塘查哨，走到一个偏僻处，金广友跟殷福塘说："杨司令要拉着咱们闯关东。"

殷福塘顿时傻眼了，苦着脸说："那怎么办？俺上有老下有小，在清河还能帮衬家里，要是闯关东，俺爹还不如不要俺这个儿子呢。"

金广友说："你不要着急。我摸了马副营长的态度，他也不想闯关东，他家里只剩下爷爷，都八十多岁了，就靠他养活了。”

殷福塘说：“你是说，俺们几个开小差？”

金广友说：“不叫开小差。我算了一笔账，俺几个人，每个人消灭鬼子都在三个以上，还不算‘皇协军’，俺们给国家做的贡献够了。杨司令说，打了鬼子就让俺们安居乐业，眼看鬼子要投降了，俺们不能背井离乡。”

半夜里，金广友把马大海和殷福塘召集在一起，几个人一商量，做出一个决定，把枪留下，一人换了一身老百姓的衣服，趁查哨的机会，离开了宿营地。最初一段路，几个人还很心虚，一会儿你反悔，一会儿他担忧，可是走出三里地，心就硬了，开弓没有回头箭，大路不走走小路。

这天快到山东地界了，在黄庄附近，迎面碰上一支队伍，几个人赶紧躲开，钻进林子里观察，一看，原来都是乡亲，三支队的民工团上来了。

金广友看着看着眼睛就直了，那里面有傅菊珍。马大海说：“赶快绕开，千万不能被他们发现。”金广友说：“俺的识字班来了，俺还回去干啥啊？”马大海也觉得是个问题，问金广友：“那你打算咋办？”金广友说：“俺得找个机会把俺的识字班带回家去。”

当天晚上，民工团在黄庄西边露天晒场上埋锅造饭，傅菊珍和蔡秀英刚刚把稀饭抬上去，坐在锅前歇脚，远远看见一个人扛着一捆大葱，戴着破草帽，左顾右盼地溜进院子，趁人不备，把傅菊珍拉到了一边。

傅菊珍一看是自家男人，吃了一惊，更觉得奇怪。民工团北上这两天，遇到过好几起开小差的，莫非自己男人也是……傅菊珍问：“当家的，你怎么在这里？”

金广友有点心虚，硬着头皮说：“俺们要执行重要任务，顺道来看看你。”

傅菊珍问：“啥重要任务？”

金广友支吾道：“三言两语，说不清楚。俺们还有几个同志，在下面那个村庄里。你赶快把东西收拾收拾，跟俺到庄里一起吃饭。”

傅菊珍疑惑地看着金广友，金广友的目光躲闪着说：“有啥好看的，俺这身装扮，是为了进城侦察侦察。”

十三

金广友找傅菊珍的那会儿工夫，马大海和殷福塘蹲在黄庄西边的一个山洞里，左等右等，金广友还是没有回来。殷福塘忍不住了问：“副营长，你说老金找到了他的识字班，会不会把咱俩撇开，自己跑了？”

马大海说：“怎么会呢，咱们是一条绳子上绑的蚂蚱，谁也跑不了。”

殷福塘说：“可是他们在哪里呢？副营长你说，他们会不会在……做那个事啊？”

马大海稀里糊涂地问：“什么事？”

殷福塘咧嘴笑了，说：“俺们连长夜里做梦都跟他的识字班在一起，说搂着他的识字班就是搂着天仙，浑身的肉都是……就是那个事，那个事，副营长，做那个事是个啥滋味啊？”

马大海明白过来了，没好气地说：“啥滋味，你没尝过，我也没尝过，我咋知道？问肖玉枝去！”

殷福塘说：“都是你那十斤小米害的，俺现在连想都不敢想了。”

马大海说：“看见民工团里有肖玉枝没？”

殷福塘说：“你没见过，俺也没见过，俺咋知道？俺只见过她家那条黑狗。”

马大海说：“还说是我害的，都是你下手太重，把人家黑狗弄死了，才搞得满城风雨。要不，那晚肖玉枝也不会出来找狗，不出来找狗，咱俩也不会暴露。”殷福塘说：“可是，她要是不出来找狗，俺连她的影子都见不着，她出来找狗，俺们才看见影子。”

马大海说：“都是你没出息，看看有什么用？没吃到肉还沾了一身腥，弄得俺想起这件事情就觉得丢人。哎，老金咋还不回来？”

殷福塘说：“没准，真的在做那个事。”

马大海说：“那个事，不叫那个事，叫房事。”

殷福塘说：“房事？房事是啥事？”

马大海说：“房事，就是在房子里做那个事，所以，老金跟他的识字班，不会在树林里做那个事。”

又等了半个时辰，洞外终于传来了脚步声，只听识字班在洞外问：“你不是说到庄里吃饭吗，怎么跑到山上来了？还是个洞。”金广友说：“军事秘密啊！老马在这里等你呢。”

马大海从洞里钻出来，硬着头皮说：“弟妹，既然来了，那就快走吧！”傅菊珍觉察到情况不对，站在那里口气很硬地问：“你们要去哪里？”金广友说：“菊珍，任务紧急，先走，路上跟你讲。”

傅菊珍一看这光景，心里就有些明白了，站着没动，说：“你们真的要执行任务？”

马大海心虚地说：“是啊，敌后侦察！”

傅菊珍说：“拉上俺干啥？”

马大海支支吾吾地说：“俺们要进城，三个男人，怕敌人怀疑，拉上你，就说是送你回娘家。”

傅菊珍断喝一声：“俺看不像，八成是逃兵！”

马大海蒙了，低头不语。金广友一看形势不对，上前拉住傅菊珍的胳膊说：“菊珍，跟俺们走，路上跟你说清楚。”傅菊珍一把推开金广友，出其不意地往山下跑，一边跑一边大喊：“抓逃兵啊，这里有逃兵，快来抓啊！”

金广友慌了神，赶紧追过去，边追边喊：“你们两个，快堵住啊！”

殷福塘傻傻地看着马大海，说：“咋办？”

马大海说：“先抓住再说！”

三个男人抓一个女人，没有费太大的事。可是抓住了却没法放了，傅菊珍一边挣扎一边喊叫，只好把她绑了起来。马大海让金广友把傅菊珍的嘴捂住，金广友说：“别把俺的识字班憋坏了，俺在一边守着，她喊俺就一把捂住。”

十四

跌跌撞撞走了一段，傅菊珍不喊了，只是冲金广友嚷嚷："俺跟你把话挑明，你就是把俺绑回家，俺也不跟你过了。俺丢不起那个人。"

金广友说："当初你动员俺当兵，只说打鬼子，没说打国民党，俺为国家出力报效了，俺该回家种田了。"

傅菊珍问马大海和殷福塘："你们两个大老爷们儿，都是抗战功臣，咋也走上了这条路？"

马大海说："弟妹你是知道的，俺爷爷都八十多岁了，瘫在炕上，就等着俺娶了媳妇才闭眼。"

殷福塘说："嫂子你去过俺家，俺兄弟被国民党抓壮丁走了，家里有十亩地没人种，俺得回家种地啊。"

傅菊珍说："兄弟，你糊涂啊！我问你，你那十亩地，是从哪里来的？"

殷福塘老老实实回答："八路军分的。"

傅菊珍又问："从谁手里分的？"

殷福塘说："是从孙大拿家分的。"

傅菊珍说："俺再问你，孙大拿是富人还是穷人？"

殷福塘说："当然是富人，方圆二十里都有他家的地。他家大少爷是国民党的县太爷，二少爷是国民党军的团长，三少爷在济南府当法官。"

傅菊珍说："好，你想过将来没有？将来，八路军打败了国民党，坐了天下，你是八路军的逃兵，八路军饶不掉你。要是八路军都像你们这样当逃兵，八路军失败了，国民党坐了天下，你分了他十亩地，他还是饶不了你。你说你这个逃兵，里外不是人啊！”

殷福塘不吭气，闷着脑袋往前走了一会儿，突然往自己后脑勺拍了一巴掌，说：“对呀，是这个理啊！”

傅菊珍说：“兄弟，你知道吗？肖玉枝知道你是抗战功臣，她有个小本子，里面记的都是你打鬼子的事，她是要等抗战胜利了，跟她的哈喇子离婚，然后就嫁给你，嫂子跟你讲，她可是正经八百的黄花闺女啊，她跟张哈拉成亲三年，张哈拉碰都没碰她一下！”

殷福塘说：“啊，还有这事，为啥不早跟俺说？”

傅菊珍说：“这不是三支队有规定嘛，就等抗战胜利了。还有你马副营长，你知道你负伤的时候蔡秀英给你做了啥？”

马大海吃惊地抬起头看着傅菊珍，说：“做了啥，俺啥也没有……”

傅菊珍说：“虽然你的伤不一定是蔡秀英治好的，可是，看你说不出话，俺们心里都难过，都敬重你，为啥，因为你是抗战功臣。可是，你这么逃回去了，咋见人啊！”

马大海不吭气，只是说：“弟妹，俺也不想这样啊，可是俺有老人在家啊……”

金广友说：“菊珍，你不要再说了，开弓没有回头箭，俺们是不会回头的。”

傅菊珍说：“你给俺闭嘴！你知道俺为啥对你好，为啥让你当活神仙，因为你给俺挣了面子，俺男人是抗战功臣。可是你当了逃兵，俺咋见人啊，你要是就这么回家了，俺就一根绳子吊死在你面前。”大家都不说话了，各想各的心事。

再往前走，傅菊珍故意摔了一跤。殷福塘把傅菊珍拉起来，看着金广友说："连长，把嫂子松了吧，反正她也跑不掉。"

马大海也说："松绑吧，这荒郊野外，也没处跑。"金广友一边给傅菊珍松绑一边说："菊珍，你别怪我，说真的，俺当逃兵，也是因为你，俺不怕他们笑话，俺就是离不开媳妇儿，天天想啊！"

傅菊珍等胳膊的绳子解开了，揉揉手腕，出其不意地给了金广友一个耳刮子，说："姓金的，俺算瞎了眼，嫁给你这么个不上台面的屄包！"

金广友并不生气，摸着脸说："媳妇儿，还不都是因为你！"

傅菊珍说："你逃吧，你逃回家你也没有媳妇儿了，俺明天一早回民工团，俺要参加八路军，你逃掉的那个缺，俺顶上。"

十五

又走了一会儿，殷福塘说："副营长，饿得慌啊，咱们去前面庄子里要点饭吃吧。"马大海说："我也饿，可是，这里是解放区，人家发现咱们是逃兵，那还不把咱们捆了？"金广友说："再忍忍吧，再有十里地，就到国统区了，俺们再想办法。"

傅菊珍说："姓金的，你真是鬼迷心窍了。你是八路军的连长，你想到国统区要饭吃？狗屎你都吃不上，国民党不枪毙你，也是把你拉去当炮灰。”

金广友愣住了，说：“那你说咋办？”

傅菊珍说：“要俺说，知错就改，回头是岸。”

金广友站住，想了想说：“那可不行，这一步迈出来了，就是泼到地上的水，再也收不上来了。”

马大海说：“大嫂，说真的，离开部队，俺们这心里也不是滋味。可是，可是，俺们也有难处。俺们不能走回头路！”

殷福塘走着走着突然站住了。金广友问：“殷福塘，你咋啦？”

殷福塘说：“俺琢磨大嫂的话有理。八路军打天下，俺是逃兵，不沾光。国民党坐江山，咱们分了他的地，还是不沾光。”

傅菊珍看见了转机，激动地说：“兄弟，你说得太对了，你才是个明白人啊！兄弟，你跟嫂子回去，嫂子一定把你的觉悟跟首长汇报，保证宽大处理你。”

马大海说：“也是啊，在队伍上，咱们是干部，是功臣，当逃兵回到家里，两边不讨好，里外不是人啊！”

殷福塘说：“咱们三个都是党员，要不，咱们成立一个党小组，开会商量一下，看这个逃兵还当不当。”

马大海说：“我看行。老金你说呢？”

傅菊珍说：“他敢不同意？他不同意，俺立马跟他拼了！”

金广友说：“你跟俺拼了俺也不同意回头。你们回头吧，俺一个人逃。”

殷福塘说：“好，参加开会的，俺们三个党员，两个同意回头，就是多数。少数不服从多数，组织上就要采取措施了。”

殷福塘一边说着，一边向金广友逼近。金广友紧张地看着殷福塘问：“你要干什么？我是你的连长。”

殷福塘说：“现如今不是了，你是逃兵。”殷福塘说完，扬手向金广友扔了一个物件，其实是个虚招，金广友躲闪不及，被殷福塘一个扫堂腿撂倒，殷福塘扑上去把金广友按住了。傅菊珍也冲上去，从包袱里扯出布条，把金广友绑了起来。

金广友一边挣扎一边骂道：“你这个臭婆娘，你想把我害死你好偷人啊！”

傅菊珍说：“像你这样的败类，你不死，俺也照样偷人。”

走了一会儿，殷福塘又站住了，对马大海说：“副营长，俺们还真的回去？会不会枪毙啊？”

马大海说：“怎么，你又反悔了？”

殷福塘说：“俺这心里怦怦跳。你说，要是死在战场上，俺还是光荣的。可要是被自己人枪毙了，那多亏心啊！”

马大海沉思一会儿，坚定地说：“兄弟，识字班说得对啊，咱犯一次错误，咱不能犯第二次。回去，任凭组织发落。”

殷福塘犹豫了一下，看着傅菊珍说：“可是……要不，大嫂，你把俺也绑起来。”

傅菊珍诧异地问：“你都觉悟了，为啥绑你？”

殷福塘说：“你不绑俺，俺怕管不住俺的腿，俺还是想逃。”

傅菊珍说：“那好，大嫂就帮你管管你的腿。俺下手绑了啊！”

殷福塘闭上眼睛说：“大嫂，你绑吧，你绑紧点。”傅菊珍动手捆绑殷福塘。金广友大骂道：“傅菊珍，你这个祸水，你是想把咱兄弟都害死啊，老子到了阴曹地府也饶不了你！”傅菊珍扬手又给了金广友一巴掌，说：“你给俺闭嘴！”

马大海说：“要不，大嫂你把咱也绑起来。”傅菊珍说：“这又是为了啥？”

马大海说：“前面就到司令部了，俺们干脆，负荆请罪。”

傅菊珍想了想说：“也好，说明认罪态度好，俺会向首长说明的。”傅菊珍从包袱里又找出一件衣服，撕开了，把马大海绑了起来。

十六

这天一大早，支队副司令龙捷三就向杨蓼夫报告，又出现了三个逃兵，而且三个人都是战功赫赫的干部。杨蓼夫问清了名字，有点发愣，自言自语地说：“不应该啊，那么好的同志，还有那么好的识字班……”

龙捷三请示，要不要派人送信给清河抗日政府，发现这三个逃兵，再送回部队，杨蓼夫沉吟了一会儿，坚决地说：“算了，打鬼子，他们已经尽力了，他们想回家种地，那就让他们回吧。”

就在这时候，一个识字班押着三个男人出现在支队部的门口。

三个人跪倒在杨蓼夫的面前，杨蓼夫不相信地问：“这不是做梦吧，马大海、金广友、殷福塘，这三个大功臣，你们确实当了逃兵？”

马大海说：“千真万确，当逃兵又不是什么光荣的事情，俺们犯不着撒这个谎啊！”

金广友说：“杨司令，好汉做事好汉当，俺们确实是逃兵，都是俺撺掇的。俺副营长和殷福塘都不同意，是俺挑拨的。”

杨蓼夫还是不相信，问道：“你为什么要逃？”

金广友说：“俺有三条理由：第一，过去首长总跟部队讲，打完鬼子，就各回各家，分田地，盖房子。可是鬼子打完了，还不让俺们回家。俺认为上级欺骗了俺们。第二，俺们不想跟国民党军打仗，俺家有两个兄弟，还有一个表弟，都在国民党军当兵，抗战的时候，他们都出过力。第三，俺想俺的识字班。俺俩成亲两年了，还没有孩子，俺爹娘想抱孙子。”

这时候来了很多人，章慧和蔡秀英、肖玉枝都在里面。章慧看到傅菊珍，又看看三个被捆绑的人，很快就明白了，惊讶地问：“是你？你一个人把他们抓了回来？”

傅菊珍说：“先是俺男人把俺骗去，想拉俺一道逃，俺一路上跟他们吵，他们觉悟了，是自己回来的。”

龙捷三说：“那你为什么要把他们绑起来？”

傅菊珍说：“除了俺家男人执迷不悟，马副营长和殷排长都是自己要求绑的，殷排长说他管不住自己的腿，马副营长说要负荆请罪。”

杨蓼夫点点头，问龙捷三怎么处理，龙捷三说：“马大海、殷福塘符合第七条，胁从从轻，撤职。金广友符合第八条，首恶必办，枪毙！”

傅菊珍惊呼一声，说：“啊，还真枪毙啊！”

杨蓼夫走近马大海说：“马大海啊马大海，元宵节战役，你身负重伤，坚守阵地，鬼子的刺刀捅到你的眼前，你都没有逃。这回你逃了，好在你觉悟了。看在你迷途知返，带领逃兵回来的分上，我饶你不死！”

马大海说：“司令员，俺是逃兵中职务最高的，我负全部责任，要枪毙，就枪毙我吧。”

杨蓼夫走到殷福塘面前说：“殷福塘，你打仗的事情我记不住，但是你的团长周杰宁清楚得很。我记得在关乎南李庄的那场球赛中，你是瘸腿上场，你的血流了半个球场，也流在我的心上。我刚才好像听见牺牲了的周团长对我说：‘司令员，把殷福塘放了吧，杀了殷福塘，关键的时候，谁给你投篮呢？危急的时候，谁帮我投弹呢？’好，殷福塘，我也给你一条活命！但是你的排长不能当了，下到班里当战士。”殷福塘认真地说：“那也比枪毙强啊！”

杨蓼夫走到金广友面前，金广友不由自主地低下头。傅菊珍紧攥着章慧的手，惊恐地看着杨蓼夫。杨蓼夫显然被激怒了，在金广友面前走了几遭，一言不发，突然大喊一声：“金广友，站起来！”

金广友哆嗦了一下，艰难地站了起来说：“司令员！”

杨蓼夫吼道：“你身上有几块伤疤？”

金广友一怔，回答道：“四块。”

杨蓼夫问：“都是怎么伤的？”

金广友低下脑袋，偷偷地四处打量，低沉地说：“鬼子六路围攻的时候，俺是班长，跟鬼子拼刺刀，腿上的筋被鬼子挑断了一根。元宵节战役，俺的机枪在阵地被炮弹炸飞，我中了两块弹片……”

杨蓼夫说：“第四次负伤我来替你说。洗马堰战斗，你跟着你们团长冲上了三号阵地，一块弹片从你的腰部插进去，只差一公分，就是你的心脏。就在那种情况下，你拽掉了弹片，还指挥殷福塘他们，救了章慧！章慧，有没有这个事？”

章慧向前走了两步，说：“是的，没有金广友，我和许东湖都被敌人打死了。”

杨蓼夫说：“好，金广友，我问你，你知道打进你腰里的是谁的炮弹吗？”

金广友抬起头，说：“国民党的炮弹。”

杨蓼夫说：“你也知道那是国民党的炮弹？那你为什么要当逃兵，为什么不能将革命进行到底，为什么不去向国民党讨还血债，为什么不去为你的团长和你自己报仇？”

金广友垂下了脑袋。

杨蓼夫踱着步子说：“按说，你也是个大功臣，我不忍杀你。可是，我们刚刚制定了战时纪律，你的罪行符合枪毙一条。我真是难下这个决心啊！”

杨蓼夫仰起脸，目光看着远方，像是自言自语：“咱们清河，有这么一个识字班，深明大义，当初她牵着毛驴把男人送到三支队，后来她的男人背叛了他的队伍，这个识字班一个人劝说了三个逃兵，一个人把三个逃兵捆绑着押了回来。”

众人一起用目光寻找，看着傅菊珍。

杨蓼夫说：“我们可以对逃兵大开杀戒，可是，我们不能让这样一个正义的女性失去她的亲人，我们不能让我们八路军最可以信任的姐妹当寡妇。”

傅菊珍扑通一下跪在杨蓼夫的面前，眼泪珠子吧嗒吧嗒往下掉。

十七

三支队在宁家河同冀热辽军分区和独立旅合并，整编为东北民主联军第107师，杨蓼夫担任师长，之后部队继续北上。

金广友是逃兵的始作俑者，虽然没被枪毙，但被开除军籍了，当民工。从宁家河出发之前，杨蓼夫下令将民工团遣散一半，傅菊珍和金广友等青壮劳力一路跟了过来。杨蓼夫说：“金广友再参加三次战斗，就可以将功补过，回到部队当连长。”傅菊珍看到了希望，一路上寸步不离，生怕他再跑了。

金广友穿着破旧的军装，光着头，肩膀上扛着一个大包，腰里拴着拉车的绳子，吃力地向前上坡。傅菊珍在金广友的后面推着小车。民工中有好奇者，指着金广友的背影议论:“看见这个人没有，是八路军的大功臣，还是个连长呢。”

“这么大个人物，怎么到民工团来了？”

“听说当了逃兵，被发配了。”

“太可惜了！多丢人啊！他后面推车的那个识字班是谁啊？”

“他媳妇，听说是拥军模范，就是她把她男人抓回来的，要不是看在她的面子上，那个人就被枪毙了。”

金广友把车拉到坡上，放下肩膀上的大包，擦着汗，脸色阴沉地向刚才议论的两个民工看了一眼，二人立马噤声。

傅菊珍把瓦罐递给金广友，金广友倒了一碗，啃了几口干粮，无滋无味地咀嚼。煎饼渣子从他的嘴角掉下来，傅菊珍赶紧上前接住，又倒在金广友的手掌上。傅菊珍说：“当家的，你还没想通？都一百多里地过去了，你一句话也不说，让俺心里直发毛。”

金广友不言语，端起大碗咕咚咕咚地喝水，像牛饮一般。

后面的队伍赶上，有认识的女人，跟傅菊珍打招呼：“哎，菊珍，那个是不是你当家的啊？”

傅菊珍慌乱地说：“啊，是是，是俺当家的。”

“你当家的可是大英雄啊！来帮你来了？”

傅菊珍说：“啊，是是，顺路，顺路。”

“要不，俺们一起走？”

傅菊珍急忙摆手，说：“不用了，你们先走吧，俺们歇会儿。”

傅菊珍扭头，金广友已经起身，扛着大包上路了。这次部队快速行动，是到龙海关接替友邻部队，进行龙海关保卫战。

龙海关保卫战第一阶段，殷福塘所在的连队在三号阵地打阻击战，双方反复争夺，战士们打红了眼，殷福塘却很沉得住气，抱过来二十多个手榴弹，全部拧开了盖子，他把几个拉火环一起套在左手小手指上，一点一点往外扯拉火线。班长于二柱见状，吓得直往旁边躲，脑袋差点撞在石头上，于二柱大喊：“老殷，这样很危险。”

殷福塘说：“滚一边去！”说着，把挂上拉火环的四颗手榴弹一起抓在身上。于二柱吓得拔腿就跑，远远地看着殷福塘大显神威。

子弹像蝗虫一样飞来，殷福塘摇晃了一下，扔掉手中最后的手榴弹，往前蹿了两步，缓缓地倒下了。那天金广友也在四号和五号高地上，阵地上硝烟滚滚，余烬燃烧，民工团见缝插针地抬运伤员和烈士遗体。

金广友走到一名烈士面前，拿起他的枪，拉开枪栓，枪膛里是空的。再捡起一支步枪，拉开枪栓，枪膛里还是空的。

傅菊珍跟在后面说：“我们的战士，打完了最后一颗子弹，这都是拼刺刀牺牲的。”金广友没有理睬傅菊珍，往四周看了看，突然向坡下走去。

傅菊珍高喊道：“回来，前面就是敌人的阵地，危险！”金广友还是不理不睬，仍然大步流星。对方阵地发现金广友，集中火力射击。金广友昂首挺胸，突然做了个战术动作，滚到一个洼地里。对方一个射手端着枪，警惕地寻找目标。

隔着三十米的距离，傅菊珍大喊：“当家的，你给我回来，你要是投敌，我就开枪了。”

一个民工问傅菊珍：“傅队长，你们当家的会投敌吗？”

傅菊珍没有搭腔，恶狠狠地瞪了那个人一眼，捡起一支枪，向金广友瞄准。

民工说：“你那枪里没有子弹，给，这支。”

傅菊珍扔掉手中的枪，接过民工给的枪，拉开枪栓，向金广友瞄准。瞄准了，又松开，再瞄准，那个民工突然一把按住傅菊珍说：“别，你们当家的不像投敌，他好像在找什么东西。”

傅菊珍抬起头来，向对面张望，果然，看见金广友停住了步子，此刻正隐蔽在山坡斜面的沟里，用一支步枪枪管划拉地面，把一挺机关枪拉向自己。

傅菊珍冲金广友嚷嚷道：“当家的，你就不能把腰弯下？给敌人当靶子打啊？”

对面，一个国民党军士兵瞄准金广友。金广友眼疾手快，单臂抬起卡宾枪射击，这个士兵当场毙命。对方火力猛烈起来，弹雨如飞蝗一般射向金广友。金广友躲到一棵大树后面，同敌人玩对射游戏，打得很俏皮。

十八

龙海关保卫战第一阶段结束后，杨蓼夫亲自到前沿阵地勘察情况，在三号阵地，看见一个脑袋绑着纱布的战士，不停地拧手榴弹的盖子，拧了一堆手榴弹摆在面前，每一个的导火线都露在外面，拉火环扎在一起。杨蓼夫问团长黄格选：“这是干什么？”

黄格选回答说：“他在准备下一轮战斗，把手榴弹盖子拧开，用起来方便，扔出去就是集束炸弹。”

杨蓼夫顿时火了，喊道：“哪有这样准备的，这多危险啊！”黄格选说：“这家伙一直都是这么干的，说了不听。”杨蓼夫说：“乱弹琴，赶紧把导火索再给我塞回去！他以为他是谁啊，他还以为他是殷福塘啊？你叫什么名字？”

地下那个黑墩墩的家伙嘴巴动了一下，但是因为纱布裹得太紧，说出的话杨蓼夫没有听清楚，杨蓼夫说：“大声点，你叫什么名字？”

那个黑墩墩的家伙又嘟囔了一句，杨蓼夫还是没有听清楚，黄格选说：“他就是殷福塘。”

杨蓼夫怔住了，久久地看着殷福塘说：“啊，是殷福塘啊，殷福塘可以这么干，别人不许这么干。可是，殷福塘负伤这么重，怎么不下去？”

黄格选说：“他坚持不下火线，说好不容易有个戴罪立功的机会，他要好好地扔手榴弹。”

杨蓼夫说：“扯淡，必须下去，把伤治好再说。”

杨蓼夫离开之后，殷福塘并没有下去，而是坚持参加了第二阶段的战斗，就在战斗快要结束的时候，被炮弹炸断了一条腿。

殷福塘自己也不知道昏迷了多长时间，好像这一觉睡得很长，一觉醒来，发现自己还活着，高兴得差点儿叫了起来，可是没有叫出声，因为他的脑袋被纱布裹得严严实实。

又睡着了，再醒过来，殷福塘确信自己没死，坐起来想下地，被一个女人按住了，女人说：“你知道我是谁吗？”

殷福塘睁着血糊糊的眼睛，盯着女人看。女人说：“俺好看吗？”殷福塘点点头。

女人说：“俺说过，哪个光棍打鬼子立了功……”

殷福塘的眼睛瞪得鸡蛋大，看着眼前这张俊俏的脸，嗓子眼咕咚响了一声。

女人说：“那次跳俺墙头的是不是你？”殷福塘摇摇头，又点点头。

女人说：“俺的黑狗是不是你掐死的？”殷福塘摇摇头，又点点头。

女人笑了，说：“俺不怪你，俺说话算话，俺已经跟章同志报告了，请识字班给俺做主，这回回清河，俺就和俺那个哈喇子男人离婚，俺要嫁给你，你要吗？”

殷福塘不说话了，看着女人，两行眼泪像小溪一样汩汩涌了出来，转眼就把耳朵根子下面打湿了一片。

医生来了，要给殷福塘的断腿换药，女人站起身来，从包袱里掏出一双新鞋，给殷福塘穿上一只，另一只拎在手上。

十九

一场突如其来的大雨结束了龙海关战役。东总命令，107师向十字岭方向机动，民工团一连跟随第一梯队开进到十字岭地区的董庄休整，安营扎寨完毕，金广友放下包袱，一边擦汗，一边东张西望，这时候，山下河边一个摆渡用的木船进入了他的视野。

开饭了，傅菊珍找到男人，坐在他身边，掏出煎饼递给他，金广友也不说话，无滋无味地咀嚼，回头看看傅菊珍，腮帮子突然不动了，他的目光又落在河面的那条小船上，看着看着，呼啦一下就站了起来，往河边走。

傅菊珍说："当家的，你做甚？"金广友说："我要尿尿。"

傅菊珍说："尿尿你就在边上尿就行了，下河做啥？"金广友不搭腔，径直往山下走。

傅菊珍紧张起来，抓起步枪，跟了上去，低沉地说："当家的，你可不能再当逃兵了。民工团刘团长说，你这一路表现不错，到沈阳还要给你请功呢。"

金广友还是不理，继续往前走。

傅菊珍说："你站住，不许你往前走。"

傅菊珍嗓门大得出奇，惊动了周围的民工，一个民工说："哎，看老金和他的识字班干什么去了，别是一起跑了吧？"一个年纪大点的民工伸头看看说："瞎说，人家两口子吵架，你少管闲事。"

眼看金广友就到河边了，傅菊珍更慌了，拉开了枪栓说："当家的，你别吓我啊，你吓我我喊人了。"

金广友回过头去，冷飕飕地看着傅菊珍说："你喊什么，没看见这有条船吗？"

傅菊珍说："你想干啥？"

金广友说："我想上去看看。"说着，一个箭步，跳上木船。

傅菊珍犹豫了一下，往前走了几步，也跳上木船。

金广友钻进船舱，看见一张破草垫。傅菊珍困惑地看着金广友，突然明白金广友要干什么了。傅菊珍一边后退一边说："当家的，你要做甚？"

金广友说："快过来，把裤子脱了。"

傅菊珍捂着脸骂道："该死的，这啥地方，你还想那事……"

金广友扑过来，拦腰抱住傅菊珍，只一个扫堂腿，就把她放倒了，三下五除二就把她的裤带扯断了。傅菊珍脚踢牙咬，喘着粗气嘟囔：“当家的，有人看见啊……”

金广友照她脸上狠狠地扇了两个耳光，吼道：“老子种自己的地，老天爷看见都不怕，老子要种地！”

傅菊珍终于停止挣扎，两手摊开在地上，咬紧牙关不吭气了。

金广友一边在女人的身上忙活，一边高喊：“老子种地了，老子种地了！”

几个民工在山坡上看见金广友两口子突然不见了，当真慌了，生怕这两口子一起当了逃兵，几个人商量是去报告还是去追，最后决定，先找找再说，免得冤枉了老金。两个民工拿起步枪，沿河岸一路寻来，忽然，年轻的那个一走神，摔了一跤。年纪大的把年纪轻的扶起来问：“怎么回事，你看见啥了？”

年轻点的民工站了起来，眼睛直直地看着河面，年纪大的顺着年轻人的目光看过去，只见小船已经漂到河心，一上一下，忽高忽低，很有节奏地起伏着。河面上，隐隐约约传来金广友高亢的声音：“老子种地了，老子种地了！”

年轻的问年纪大的：“那是干啥？”

年纪大的说：“干啥？俺也不知道干啥，回家问你嫂子去。”

二十

龙海关战役，是107师阻击国民党军队111师，到了十字岭，反过来了，国民党军队111师阻击107师。国民党军队占据了有利地形，在鲁河搞了一个人工天堑，同时在107师北上必经之路八道门设置了交叉火力点，命令二团死守。这个二团，原是清河地区的汉奸队伍收编过来的，上峰有令，打好了十字岭，将功补过，当官的官升一级，当兵的奖励十块大洋，所以这支部队特别卖命。

八道门久攻不下，杨蓼夫火了，调来三百公斤炸药，下令二连代理连长马大海，炸掉八道门。

金广友和几个年轻力壮的民工到八道门送炸药，任务完成后往回走，走了一段，金广友说："今晚的战斗主要就在八道门了，回去干什么，还不如留在八道门。"

大伙都知道守卫八道门的原先是清河汉奸部队，恨得牙痒，当即有七个年轻人表示愿意跟金广友留下来，接着打汉奸。

国民党军队指挥官发现了杨蓼夫的企图，这边二连的炸药还没安好，那边国民党军队两个营就包抄过来，战斗打成胶着状态，就在二连腹背受敌的时刻，金广友带着几个武装民工赶到了，金广友抱着机枪扫射，露出大半个身子。傅菊珍边打边喊："当家的，快撤吧，敌人围上来了！"金广友一边射击一边怒吼："你赶快给我下去，保住我的种子！"

傅菊珍说："当家的，你不能拼命啊！"

金广友没有理睬傅菊珍，纵身一跳，左冲右突，不断变换位置。对方的火力跟踪扑向金广友，金广友已经不知道自己身上挨了多少子弹，手里机枪的子弹打光了，从背后又抽出一挺机枪，索性站起来，大步走向对面，国民党军队的冲锋部队霎时就被击倒一大片，金广友身上被打进多少子弹，已经数不清了。马大海和傅菊珍扑向金广友。金广友吃力地睁眼，看着傅菊珍，含糊不清地嘟囔道："我的种子……"傅菊珍热泪盈眶，点头说："当家的，你放心，俺一定要让你的种子开花结果。"

金广友再看看马大海，想说什么，嘴巴动了半天，一句话也没有说出来，费力地抬手。傅菊珍帮助金广友把手抬在胸前，金广友的手指慢慢弯曲，指着胸口。

傅菊珍问："当家的，你在说什么，你比画的是什么意思？"

马大海说："他在说，子弹是从前面打进去的。是吗，老金？"

金广友的嘴巴动了动，长长地呼出一口气，就不再往里收了。

两年后，东北全境解放，东北联军铁骑南下，已经担任纵队司令的杨蓼夫率部路过渤海湾，在洗马堰安葬三支队阵亡将士，金广友的墓穴里，放着民工团带回来的骨骸。

杨蓼夫正在向金广友三鞠躬的时候，傅菊珍突然从树林里奔出来，扑通跪在金广友的坟前，泣不成声。杨蓼夫泪眼看着傅菊珍问："孩子呢？抱来我看看。"傅菊珍从身后妇女的怀里接过孩子，送到杨蓼夫面前说："孩子一岁半了，还没有个名字，请杨司令给起一个。”

杨蓼夫抱起孩子，想了想说：“没有识字班，就没有金广友，就没有三支队的光荣。清河的识字班，深明大义，有胆有识，我看孩子就叫金有识吧。”

司令还乡

一

韦子玉这次回干街，是陪乔司令一起回的。

乔司令算不算干街人，不太好说。乔司令出生在县城，但他祖辈都在干街。

乔司令说："我十六岁以前的暑假都是在干街过的，十二岁那年就当司令了，带领干街北头小孩攻打南头小孩，抢小人书。"

乔司令问韦子玉："这件事你还记得不？"韦子玉说："记不得了。"

乔司令十二岁的时候，他两岁。

乔司令说："十八岁那年，我参军了，到干街跟爷爷辞行，当晚干街红卫剧团演《红灯记》，查林改的剧本，主要是把剧本里的地名改成干街。扮演鸠山的许杰把台词忘了，急中生智，掐住'李玉和'的脖颈嚷嚷，'李玉和，你今晚要是不把密电码交出来，老子就跟你拼了。'"

乔司令问韦子玉："这事你还记得不？"

韦子玉说:“这事我记得。”乔司令十八岁的时候,他八岁。那是干街最后一次演样板戏。

乔司令说:“那个演李玉和的朱江,是我过去在干街的主要玩伴,乒乓球对手,我回来了,他也不来见见我?”

韦子玉说:“老朱在流波,小儿子考大学两年没考上,陪读呢。不过已经通知他了,晚上回来陪司令吃饭。”

乔司令说:“陪读是什么意思?”

韦子玉暗想,看来乔司令真的有些不食人间烟火了,连陪读是什么意思都不知道。韦子玉说:“陪读就是陪孩子读书,既当课外监督,又管烧火做饭。”

乔司令更奇怪了,说:“老朱不是副镇长吗,怎么去给孩子烧火做饭了,这不是不务正业吗?”

韦子玉说:“老朱前两年就到二线了,刚刚宣布退休。”

乔司令哦了一声,点点头说:“是了,我们这一茬人,都到退休年龄了,都将要退出历史舞台。”

乔司令当兵在云南,离边境线很近,因为乔司令从小就喜欢打仗,当兵当得扎实,很快就当了班长,然后是排长,第五年刚刚当上连长,边境就打仗了。乔司令这次真的带领一个连从北头打到南头,给连队打出了一个一等功,给他自己打出了一个二等功,过了几年就当了营长。当营长的时候又打仗了,乔司令又带着一个营从南头打到北头,这次全营立了个三等功,他自己又立了个二等功,然后没有仗打了,乔司令就不再立功了,吃着老本从团长当到师长。

乔司令当了六年团长七年师长,就在即将过线那年,有个机会提副军长,可是被他自己搞砸了。那次他从师部到昆明开会，回来的路上遇到一辆奔驰轿车超他的车，超车还不说，还在他前面画“S”，差点把他的车别到沟里了，乔司令火了，掏出手枪，叭叭两声，只见奔驰的“屁股”往下一沉，“惨叫两声”，“拖着伤腿”逃到另一条路上去了。

乔司令的枪法好，据说他在当团长的时候，每个星期都要到山里练枪，打树叶子，每次一打就是半挎包子弹。当师长的时候，不打仗了，上面规定手枪统一交给军械部门保管，可是乔司令偏偏不交，于是就出事了。

这件事说大不大，说小不小。奔驰车的主人是副省长的儿子，尽管那个副省长后来因为行贿受贿罪被执行死刑，可是乔司令还是受到处分。因为私自携带枪支，擅自开枪，是违反军纪的。副军长是当不成了，师长也当不成了，当军分区司令，算是平级。乔司令觉得还是降了，因为他当野战军的师长，手下有万把条枪，当了军分区司令，兵马少了大半。好在他那个军分区在边境，有一个边防团，乔司令多半时间住在团里，经常给干部讲，他当年从这里打到那里，从那里打到这里。带干部巡查边境的时候，他还经常背着一支冲锋枪，老想朝哪里打一梭子。他的政委管不住他，提心吊胆地陪着他度过了任期，好，年龄到线了，一纸命令下来，退休。

乔司令退休正好在冬天，第一件事就是回老家陪老娘过年。在省城过完年，正月十几莅临皋唐县，要到干街看看。乔司令虽然官不大，但是脾气大，而且他还立过战功，怎么说也是新一代的“老革命”，所以县里高度重视，县委书记弓珲亲自陪同，还让副县长韦子玉打前站，把相关工作做到位。可是偏偏做不到位。

弓书记一行人陪着乔司令到了干街，先在镇政府坐了一会儿，镇长郑弋阳很正式地向首长汇报：“干街已经不是过去的干街，这些年日新月异，招商引资成绩突出，城市化建设效果明显……”郑弋阳一边汇报一边观察乔司令的表情。然而，乔司令没有表情。

然后就去参观几个龙头产业，如轧钢厂、轧花厂、纸板厂、电子厂……乔司令这回有表情了，很高兴的样子，对弓书记和韦子玉说：“我小时候有个梦想，想当干街的公社书记，把土岗子都推平，搞集体农庄，办养鸡场、榨油厂、食品加工厂，那还是农民意识。你们比我先进，工业化了，好，好，时代在进步……”

大家听乔司令这么一说，表情就放松了许多，不料乔司令腮帮子一鼓，又提了一个问题：“不过，你们工业化了，把工人的饭碗抢了，那工人怎么办？”

这个问题没有人想过，弓书记没有回答，韦子玉也有点蒙，觉得乔司令行伍出身，不太了解改革开放的形势，不太了解地方的情况，跟他说不清楚。韦子玉说：“我们这些都是乡镇企业，小打小闹，大工厂的饭碗我们是抢不来的。”

乔司令哦了一声，不再问了，气氛就有些别扭。

参观完龙头企业，就去看干街的街容街貌。

新街建在卧龙岗上，国道穿街而过，五花八门的汽车“吞云吐雾”。这一天正好又是元宵庙会，街面上开水锅一般。走了一段，恰好有个宾馆开业，门口花篮摆了一溜，都快挤到公路中间了，乔司令路过的时候，还用脚踢了踢花篮，说：“这东西怎么能这么摆？”

再往前走，又遇到一家超市开业，有人放鞭炮，鞭炮崩到乔司令的皮帽子上，把韦子玉吓得不轻，赶紧问乔司令帽子烧着了没有。

乔司令反手摘下帽子，看了看，没有损坏，又扣在头上，问韦子玉："是谁把新街建在公路两边的？"

韦子玉说："老百姓自发的，改革开放之后，因为卧龙岗交通方便，物资流通快，商机多，所以老百姓都在公路两边盖房子，渐渐地就形成一条街了。"

乔司令说："政府没有好好规划一下？"

韦子玉看看弓书记，弓书记看看郑弋阳，都不好回答，因为干街的形成不是一天两天的事情，他们并不了解情况，这个问题还是由韦子玉回答。韦子玉说："当时根本没有意识到在公路两边形成街道，等意识到已经晚了，只好顺其自然了。"

乔司令不走了，站在街中央，环顾说："被群众牵着鼻子走，那怎么行？我这次回来，一路上看到几个集镇，都是把街道建在公路两边，讨厌得很。这些破房子，长得一个球样，不土不洋，难看得很。"

韦子玉说："是很讨厌，是很难看，不过，比起过去的土房子，还是进步多了。"

乔司令说："我看不一定，电灯电话，楼上楼下了，可是不等于就是城里人了。"

韦子玉说："首长说得对，物质文明上去了，精神文明没有上去。"

乔司令说："你这话还是不对，我看物质文明也没有上去。

这么多人都挤在公路两边卖东西，谁去劳动呢？再说，大家都做生意，赚谁的钱呢？”

乔司令提的都是一些莫名其妙的问题，过去谁也没有去想。韦子玉挠挠头皮说：“这个问题，很复杂，它涉及政治经济学，涉及资本再生学……”

乔司令大手一挥说：“这个我不懂，我就觉得街道不能建在公路两边，不仅不好看，老人小孩过马路怎么办？应该建在远离公路的地方，山清水秀的地方，鸟语花香的地方。街道建在公路两边，是近几年出现的，你说是不是？”

韦子玉说：“是是是，街道应该建在远离公路的地方。小集镇不比大城市，确实乱糟糟的。首长要是不喜欢，咱们就别看了，确实一个球样，没啥看头。”

乔司令没有马上回答，而是反手摘下皮帽，仰起脑袋，对天打了几个喷嚏，揉揉鼻子说：“我回来要看干街，你们就给我看这个破玩意？算了，不看了。”

韦子玉试探着问：“首长，要不咱们就回县城？”乔司令说：“回县城？我还没看干街呢，我要看的干街，是老街，那是我的干街，也是你的干街，你说是不是？”

韦子玉有些为难，看看弓书记，弓书记点点头说：“首长思乡心切，怀念故旧，那我们就陪首长看老街。”

这才调整思路，收拢人员，上车到老街。

路上，乔司令跟弓书记和韦子玉讲他小时候在干街的故事，他的父母都是干街人，每年暑假，就把他放到干街爷爷奶奶家里，他在干街有很多朋友，像查林、朱江和许杰，他十岁以前暑假到干街，都会带来一堆连环画，跟他们换着看。

乔司令有点动情地说：“那时候的干街啊，既是我的游乐园，又是我的少年军校。每到月亮升起，我们就玩战争游戏。玩得最多的是杨子荣智斗坐山雕和阿庆嫂智斗刁德一。”

韦子玉说：“后来干街成立红卫剧社，这几个人都是骨干，以后都考上县里的师范，先后从政了。只有当年卤鹅饭店的许杰，接他爹的班，还在开饭店。”

乔司令说：“那个许杰，记性特别差，演戏还最积极。有一次，我记不得是哪年了，红卫剧社演《沙家浜》，许杰演胡传魁，就把台词忘了，前面说了一句‘阿庆呢’，阿庆嫂回答‘到常熟去了’，下面的词许杰忘了，只见他眼珠子一转，说了一句，‘既然阿庆不在家，今晚你就跟我玩吧’，扮演阿庆嫂的吴兰，当时举起茶壶就砸向许杰的脑袋，幸亏许杰躲得快。哈哈……”

讲起往事，乔司令显得非常快乐。

韦子玉说：“首长好记性，今天晚上就安排在‘老味道’吃饭吧？那是许杰和吴兰两口子的饭店。”

乔司令击掌叫道：“这件事做得好！吃许杰的饭，不给他钱。小时候我到干街过暑假，不知道给他带过多少玩具，有皮球、手枪、望远镜……有一次我还给他一件海魂衫。”

韦子玉说：“那不得了，那时候，这些东西，对干街的孩子来说，都是奢侈品。”

乔司令说：“不瞒你说，我小时候在干街，可有威信了，比你大一茬的人，都爱跟我玩，为啥呢？我仗义疏财啊。还记得毕得宝吗，有一回跟他表弟鲁中打架，说他表弟偷了他两毛钱，打得不可开交。我给了他一块钱，弟兄俩一人五毛。

有福同享嘛，老弟你说是不是？”

韦子玉赶紧说：“是是是，毕得宝现在不叫毕得宝了，叫毕伽索。”

乔司令惊讶地说：“毕……家锁，怎么听着这么耳熟啊？”

弓书记说：“我也听着耳熟。”

韦子玉说：“是世界级大画家毕加索的谐音。不过毕得宝把中间那个字加了一个单人旁，意思是多点人味儿。”

乔司令说：“嗨，这个毕得宝，他那个名字挺好，像彼得堡，也挺洋气的。他现在在哪里？”

韦子玉说：“毕得宝现在是大老板了，全干街出去的，数他事业做得最大。他办教育，手下有三十多所民营学校，年收入几个亿。”

乔司令说：“啊，这么厉害，不过这也不是偶然的，这个人从小就有大志向，我父亲就说过，毕得宝这孩子坚忍不拔。”

韦子玉说：“啊，连老书记都知道毕得宝，太神奇了。”

乔司令说：“我也是后来才知道的，他父亲和我父亲一起参加新四军，一起打过日本鬼子。有一年，他因为什么事到市里找我父亲，可是门卫不让他进去，他在市政府家属楼等了半夜，拦住我父亲的车子，我父亲很感动，就让他到我家，我父亲后来给他写了一个证明，不知道他父亲的事情解决了没有？”

韦子玉说：“这件事情我知道一点，他父亲在西华山战役中脱离了主力部队，后来被定性为畏战逃跑，老书记那个证明我不知道，他父亲的问题好像还没有解决。前年毕总回来说起这个事，还是耿耿于怀。他说要不是他父亲的问题，他也不至于连大学都上不了。”

乔司令说：“嗨，都是历史问题了，他现在不是很好嘛。”

韦子玉说：“可是他心里总是别扭，前些年还说要把那个历史搞清楚。”

乔司令说：“哦，可能这件事情对他伤害确实很大。我倒是觉得，也许就是这个事，激励他发愤图强，坏事变好事啊。你再见到他，代我问个好。”

韦子玉说：“首长说得对，塞翁失马焉知非福。我要是再见到毕总，一定转达首长的问候。”

二

老街在新街东北五公里多一点，路不远，但是路况差，越走越差，走到南头，基本上没有公路了，过去的土公路已经被蒿草蚕食得只剩下两步宽，只好下车徒步。

走了两步，乔司令不走了，回头问韦子玉：“你知道干街给我留下最深印象的是什么吗？”

韦子玉说：“原先不知道，现在知道了，锅底馍夹咸菜和青石板。”

乔司令说：“很好，看来你是做了功课的。青石板，你知道过去干街的青石板是什么样子吗？两丈多宽的街面，中间铺着青石板，明光锃亮。暑假经常下雨，天晴之后，光脚走在青石板上面，滑溜溜的，那才叫舒服啊，比什么都舒服。

等雨停了，太阳从云彩里面露出半张脸，房檐上哗哗地向下流水，水珠子像葡萄一样，那个好看啊，比什么都好看。”

韦子玉有些心虚，眼下再也看不到青石板，乔司令恐怕有点失落。再往前走，二尺宽的路面也变得断断续续，两边没了房屋，杂草没过脚背，不远处还有很多蓬蒿藤蔓，人走在中间，感觉好像蒲松龄笔下的荒郊野外，仿佛有鬼怪狐仙在树丛里探头探脑。

乔司令又站住了，叫道：“他妈的，这家好像是洪家老屋，原先有十几间，两进两出的院子。房子呢？”

韦子玉说：“我记事的时候，洪家只剩下五间房子了，后来，就只有半截墙头了。首长你看，那些半截砖头就是洪家老屋。”

乔司令说：“这哪里是洪家老屋啊，街破草木深啊，这里面半夜会闹鬼的。”

韦子玉说：“确实荒凉了。”

再往前走，乔司令停下了步子，向东北方向的远处眺望，神情有些凝重。

弓书记向后看了一眼，大家悄无声息地顺着乔司令的方向看过去，东北方有一片丘陵，最高处比老街高出几十米，上面林木葳蕤。乔司令回头说：“大豹，到前面来。”

一个高大俊朗的年轻人便老老实实地到前面去了，他是乔司令的儿子乔大豹。

乔司令说：“你往那里看，看见什么了？”

乔大豹说：“看见一片树林。”

乔司令说：“还有呢？”

乔大豹说："还有……还有树林。"

乔司令回过头来对众人说："非常奇怪，我小时候一直认为干衔是个古城，你们看那里，我做梦常常看见那里是一排古色古香的建筑，阔大巍峨，有点像希腊城堡。我初中二年级的时候，正是罢课造反的岁月，就把我送回来了，有一次我问爷爷，'我们家是什么出身？'爷爷说，'你希望是什么出身？'我说，'我希望我们家是贫农，根正苗红。'我上学的时候填写的成分是'富农'，我那时候恨死了这两个字，也想不通，我们家怎么就成富农了呢？爷爷就带我到那里走了一圈，告诉我说，'那里原先就是一座庄园，方圆百里赫赫有名的大财主，就是从那个庄园里走出来的一个人物，闹革命倾家荡产。'那时候他给我讲了一句大道理，'出身不由己，道路可选择。'"

韦子玉说："我也听说过，那是韦氏庄园，韦梦为的故居。听说乔司令的爷爷也是跟韦梦为出去闹革命的，后来韦梦为兵败鲜花岭，干衔的老红军死的死跑的跑，没剩几个了。"

乔司令点点头说："我参军那年回干衔，问爷爷，'为什么不让我父亲把他当过红军的事情甄别过来？'爷爷问我，'为什么要甄别过来？'我说，'我希望我们家是革命家庭，世世代代。'爷爷又把我带到那里，找到了几块砖头，上面还有'韦'字，爷爷问我，'你知道这个庄园的砖瓦都到哪里去了吗？'我猜是被红卫兵抄走了，爷爷摇摇头说，'不，比这还早，那个庄园被国民党烧过，也被日本鬼子烧过，后来只剩下断壁残垣，1949 年后那些砖瓦陆续被运到街上修了供销社和粮站'，爷爷还说，'干衔老衔有一半的砖瓦都是韦家的。青石板也是韦家出钱铺的’。”

乔司令说着，往前走了两步，踩着一片瓦砾，弯腰看了看。大家都感觉到乔司令情绪有点激动。

乔司令说：“就是那次，爷爷给我念了一首诗，‘千里来书只为墙，让他三尺又何妨，万里长城今犹在，不见当年秦始皇。’那是我少年时期印象最深的一次文学课，也是我受益终身的思想启蒙课。”

弓书记说：“其实革命者的思想并不是生而有之，它是中华传统美德的传承。我老家离桐城不远，我小时候也听说过‘六尺巷’的故事。”

乔司令说：“如今，还有六尺巷吗？”

乔司令说完，突然站直了身体，整理了一下衣冠，向着东北方那片茂密的树林，弯下腰，深深地鞠了一躬。

大家搞不清楚乔司令这个动作的含义，是对革命者的缅怀，还是凭吊过去的岁月，抑或是追思早已作古的爷爷，也许兼而有之吧。

乔司令转过身来，看大家一脸肃穆，笑笑说：“老了，真是老了。人老了有个明显的标志，就是怀旧。”弓书记说：“乔司令还不算老吧，五十多岁，正当年啊。”

乔司令说：“可是我还能干什么呢？只能怀旧了，发发感慨而已，咱们走吧。”

韦子玉赶紧上前一步，把乔司令从瓦砾堆上搀扶下来，接着往老街深处走。

老街确实不是街了，青石板路已经不再，远处稀稀落落的十几幢房子，也不是过去规整的街道，而是各自为战地散落在不同的方位。

终于在路边看到一处完整的房子，乔司令说：“这是苗老师家。苗老师他还健在吗？”

韦子玉说：“健在，可是耳朵聋了，听说不愿意到新街，还住在老宅里面。”

乔司令说：“进去看看苗老师。过去我到干街过暑假，苗老师给我补过代数。大豹，准备好礼物。”

大豹胳肢窝里夹了一个硕大的皮包，在后面应声道：“准备好了。”

走到苗老师的家门口，大槐树下卧着一条黄狗，看样子有一把年纪了，远远地看见陌生人来，警惕地打量了几眼，突然冲着来人叫了起来，试探着进攻。

弓书记马上走到乔司令的前面，被乔司令拉回去了。乔司令腰杆一挺，把衣领往上提了提，反手把皮帽向上抓起来，微微弓腰示意，然后就微笑地看着黄狗。

黄狗没有受过这样的礼遇，有点不知所措，稍微停顿了一下，调整了声音，高一声低一声还在叫。

韦子玉走到乔司令的前面，突然对狗大喊一声：“叫什么叫，乔司令来了还叫，好大的胆！”

那狗果然吃了一惊，狂吠变成惨叫，连连后退，躲到远处观察动静。

乔司令哈哈大笑说：“他妈的，连老子都不认识了，四十年前，它待的那个地方，是老子的根据地。”

韦子玉说：“首长，不跟它一般见识，这狗老了，有眼不识泰山。”

乔司令说："老什么老，有我老吗，老子的资格比它老多了。"

说话间，草房里走出来一个老太太，是苗老师的老伴，看门口这么多人，揉着老眼打招呼："进屋坐吧。"

乔司令说："苗老师不在家？"

老太太说："今天是庙会，几个老头子到新街去看热闹，中午搞不好要喝一杯。"

乔司令来了兴趣，说："苗老师总有八十岁了吧，还能喝一杯？"

老太太说："不多，二两。"

乔司令和颜悦色地问："都是哪些老人去新街了啊？"

老太太说："多了，总有七八个，都是七老八十的。这些老头子，穷快活，不过身子骨都还壮实，走路去的。"

乔司令说："哈哈，这就对了，弓书记，韦县长，你们注意到没，干街还有一个了不起的地方：长寿，我爷爷奶奶都是九十多岁去世的。"

韦子玉这下想起来了，好像确实是这么回事，他的爷爷奶奶也是九十多岁去世的。那么，是什么让干街的人长寿呢，只能解释是水。过去的干街，有两口井一条河，水质都很好。

乔司令说："老人家，您不认识我，我认识您，小时候我到干街过暑假，苗老师给我补过代数。"

老太太迷茫地看着乔司令，突然说："啊，你是乔大桥啊，乔书记的公子，司令。"

乔司令说："什么司令公子，都不是了，现在我就是平头百姓，退休干部乔大桥。"

老太太说："咋啦，不当司令了？也好，回来吧孩子，你也快五十岁了吧？"

乔司令说："老人家，我都五十五岁了，不然我能退休吗？"

老太太说："好，退休好，退休了就自由了，你还年轻，正是干事的时候。老苗常说，退休了才能干事。"

乔司令惊讶地说："啊，苗老师还有这个观点？倒是新鲜。"

老太太说："是啊，老苗为啥不愿意住到新街，就是因为老苗要干事。"

乔司令好奇地说："苗老师还想干事，干什么事啊？"

老太太说："老苗要搞一个《干街志》呢，一有工夫就去跟人家聊天。"

乔司令说："哦，这可是个大事。干街是该有个《干街志》了，一街的大人物，韦梦为，我在当师长当司令的时候就给我的部队讲韦梦为，比瞿秋白还瞿秋白。还有于诚志，抗日英雄，比黄继光还黄继光……"

三

乔司令在苗老师家待了十多分钟，告辞出门，沿碎石路往十字街走，乔司令说："苗老师搞这个《干街志》意义重大。物质文明上去了，精神文明不能丢，干街的红色资源丰富，可以做一篇大文章。"

郑镇长说："镇里已有考虑，下一步要在整理红色文献方面有所作为。"

乔司令点点头说："这是好事，前事不忘，后事之师。"

正说着话，西边走过来一个老人，身穿府绸衬衫，脚上一双布鞋，摇着大蒲扇，鼻梁上撑着一副杯底般厚厚的镜片，活脱一个前朝遗老。老人从镜框上面往这边看，脚步随着目光，一步一停地往十字街移动。乔司令看着眼熟，却想不起来是谁。

老人在乔司令面前站定，仰起脑袋端详着乔司令，说："这不是大桥吗，不认识我吧，我是谁啊，啊，我是谁啊？"

乔司令心虚地说："大爷，恕大桥无礼，看着眼熟，就是想不起来了。"

老人哈哈一笑说："啊，我是谁啊，我是洪雨声啊，老不死的洪雨声。小时候我教你拉胡琴，给你买烧饼吃。"

乔司令顿时心中一热，拉住老人的手说："原来是洪爷，乔大桥真的失礼了，对不起洪爷。洪爷，到您老家里坐坐，方便吗？"

洪雨声说："啥方便不方便，洪爷我一人吃饱全家不饿，咋不方便？"

离开十字街，韦子玉在乔司令耳边低语："这个洪雨声，原先是商店的职工，公私合营时期的股东，后来商店被供销社取代，以后又改制，在供销社干了几年，退休后回到老街，守着老娘，老娘去世二十年了，至今一个人过活。"

乔司令这才想起来，小时候就听说洪爷早年因为恋爱受了刺激，再也没有娶亲，每到晚上就听到他拉二胡，琴声委婉凄凉。有一次他半夜起来撒尿，正撒着，隐隐听到一个声音时高时低，吓得他回身就往屋里跑，尿撒了一腿。

这就到了洪雨声的家。两间小房子，屋顶一半是瓦，一半是草，进门一口棺材放在右手边，占了小半个房间。左手门后，砌着一口柴锅，锅台上放着三只碗，分别装着半个鸡蛋、两块地瓜和半碗稀饭。县里来的工作人员找到一只矮腿木椅和一只小板凳，安顿洪雨声和乔司令坐好，韦子玉把锅台下面的木墩搬过来，让弓珲坐在乔司令的身边，自己则站在一边。

洪雨声说："大桥啊，咋得闲回来了，听说你在当大官啊！"

乔司令说："啥大官，军分区司令员，最小的员，现在退休了，回来看看干街。洪爷，大桥一直没有搞明白，干街为啥叫干街？"

洪雨声说："干街啊，这个你问我问对了，像个'干'字呗，过去干街几大户，都在东北，那时候叫东富西贫，北贵南贱。三十年河东三十年河西，到了清末民初，风水轮流转，东边败了，韦氏庄园一垮，洪家戈家也都陆续垮了，'干'字少了上面的一横，先是成了'卞'，等东头韦梦为的学校被拆掉之后，就成了'下'，再到'文革'，把教堂也拆了，就成'丁'了，现在只剩下一个名了。"

乔司令说："哦，这么说干街过去很大啊！"

洪雨声说："那是自然，乾隆年间设州治，皋唐县那时候归干街管。"

乔司令惊讶地说："啊，还真是个大码头啊，过去只听说干街有来头，没想到这么有来头。”

韦子玉说：“我也是第一次听说干街曾经设州治。”

洪雨声说：“那算啥稀奇，‘人类文明五千年，有人的地方都是城’，知道这是谁说的吗？”

乔大桥说：“这个我知道，韦梦为说的。还有一句话，‘人类文明五千年，谁家都出过七品官。’”

洪雨声说：“这个话，干街人能记得这话的人不多了。”

这边正说着话，门外忽然热闹起来了，听说乔司令回来了，老街几个老人议论纷纷，说要开发老街了，颠颠地都跑过来看热闹。

一个七十多岁的老太太站在门口，看见乔司令，径直就走到他面前，还把布满皱纹的手伸到乔司令的脸上，摸他的鼻子，夸张地说：“这不是大桥吗，小时候你到我家去，一个石榴给了你大半，惹得小妞哭鼻子。我的乖乖，当大官了！”

乔司令吃了一惊，他记得这是杨家二婶，小时候过暑假确实到她家吃过石榴，至于哪个小妞哭了鼻子，他记不得了。乔司令讪讪地说：“二婶，对不起，大桥来少了。”

杨二婶说：“是不是要开发老街啊，老街只剩下俺们一堆老头老太了，没人问了。政府要不管，老街就成了乱葬岗了。”

乔司令又是一惊，说：“咋就成乱葬岗了呢？”

郑镇长这才接话说：“年轻人都出去打工了，没打工的也到新街做生意去了，留在老街的，一部分是不愿意走的，留恋老街；一部分是跟子女过不到一起，只能留守老街；还有一些孩子，父母外出打工，就跟爷爷奶奶在干街过，上学是个问题。”

乔司令不说话了，这个情况对他来说是个新情况。

弓书记问：“镇里在这方面有没有考虑？”

郑弋阳说：“有规划，想在老街办个村级卫生所和一个跨级留守学校，对这里的老人和孩子多少可以帮助一些。后来有一些困难……还没有实现。”

这时候洪雨声插话了，他说：“唉，现在的人，干啥都奔钱去了，谁管我们这些人啊，黄土埋到下巴颏了，谁管啊，知道啥叫乱葬岗了吧。”

洪雨声说着，回身拍拍背后的棺材说：“阴天下雨，刮风打雷，洪爷我就住在这里面，万一没气了，干街的老人弄不动我，不用弄。等房子一倒，这就是一座坟。嘿嘿，洪爷这个主意不错吧，这叫人不帮，天帮。”

乔司令怔怔地看着洪雨声，说了句：“洪爷……”下面的话还没有说出口，就觉得嗓子发烫，赶紧扭过脸去，站起来看洪雨声的棺材。

更让乔司令无语的是，棺材的盖子没盖，里面放着一套黑色的寿衣，寿衣的领口处还放着一部电话机。乔司令不禁倒吸一口冷气，脱口道：“洪爷，你干吗把电话机放棺材里啊？”

洪爷咧嘴笑了：“不懂吧，问我啊，我是谁啊，我告诉你，我把电话机放在棺材里，可以跟韦梦为讲电话啊！”

乔司令傻眼了，怔怔地说：“洪爷，你是说，韦梦为？”

洪爷得意地说：“是啊，上个月韦梦为说，他要派一个鹿子姑娘，来给俺们剪脚指甲，果然就来了。你看，这脚，多清爽啊！”

洪雨声说着，脱下一只鞋让乔司令看，又脱下另一只鞋，把双脚伸到面前，孩子一般展示着。老人沟沟坎坎的脚趾上，果然留下被修剪过的痕迹，看样子技术还相当熟练。

乔司令云里雾里，感觉后背有点发凉，正不知道该说什么好，杨二婶接上话说：“就是啊，韦梦为派来了鹿子姑娘，给干街七十岁以上的老人都把脚指甲给剪了。大桥你不知道啊，俺们都快半年没剪脚指甲了，那趾甲啊，比狗爪子还要硬。”

乔司令问杨二婶：“二婶，你真看见鹿子姑娘了？”

杨二婶说：“当然，个子高高的，眼睛亮亮的，长得像天仙一样，可不就是天仙吗，韦梦为派来的天仙啊！”

乔司令又问洪雨声：“洪爷，你真的跟韦梦为通电话了？”

洪雨声说：“那还有假，嗨，我是谁啊，我是洪雨声啊，老不死的洪雨声，我黄土埋到下巴颏了，我的两条腿就是通向天国的电话线啊！”

乔司令看看弓书记，弓书记看看郑弋阳，郑弋阳突然眼睛，一亮，说：“我想起来了，这件事情可能同那件事有关，首长，等回到镇里我慢慢地汇报。”

乔司令这才起身向干街老人告辞，洪雨声拉着乔司令的手说：“大桥，你给鹿子姑娘带个话，大家都很忙，不用常来，一年来一次就行了，老人趾甲长得慢。”

乔司令不知道该如何回答，只能说好，可是鹿子姑娘在哪里，她是谁，他却一头雾水。

那天乔司令在洪雨声家里待了很久，临走的时候让大豹拿出礼物，大豹就恭恭敬敬地拿出一堆信封，给乡亲们发红包，老人二百，孩子一百。多数老人接受了，孩子们更是欢天喜地。发到一半，乔大豹向乔司令报告，没有钱了，没想到会有这么多人。乔司令说：“刷卡啊，让干街的父老乡亲高兴一下。”乔大豹说：“问了，这地方不能刷卡。”乔司令问：“怎么回事？”韦子玉说：“老街现在还不通电，更没有 ATM 机。”

乔司令愣了一下，脱口而出：“老街没电，洪爷怎么跟韦梦为通电话？”

韦子玉附在乔司令耳边说：“司令，洪爷他说的，那是幻觉。”

乔司令若有所思地点点头，又说：“我记得老街过去是有电的，不过电力差点，灯泡子红红的。怎么现在连电都没有了？”

韦子玉说：“司令过去在干街，用的是火力发电，粮站里面有个发电机，烧稻壳子。现在粮站搬走了，再说烧稻壳子的电也不能用。”

乔司令的脸色暗淡下来，哦了一声，没再说什么。

韦子玉说：“现在确实出现了很多新情况，新街发展了，老街就滞后了。像干街这样的地方，不是一处两处。”

乔司令看看弓书记，又看看韦子玉，好像在琢磨什么话，然后他说：“这个问题恐怕要重视，经济发展了，首先要解决老人和孩子的问题，如果老人和孩子都没有人管了，发展有什么用啊！”

弓书记说：“司令批评得对，这些年以经济建设为中心，确实忽略了很多本质的东西，我们要反思，确实值得反思，否则就是本末倒置。”

乔司令的脸色这才稍微好看一点，对弓书记说：“我一个退休干部，不当家不知道柴米贵，也就是说说而已，弓书记也不必当真。”

然后又拍拍衣兜说：“我想找找衣锦还乡的感觉，可是人穷志短啊！各位能不能借点钱给我啊？”

弓书记二话不说，就掏口袋，招呼从县里过来的干部说：“大家有钱的帮个钱场，把钱借出来。”

县镇两级随行人员纷纷行动起来。可是这两年都是刷卡刷惯了的，身上都没有带多少钱，分来分去还是不够分，最后只好把在场的每人二百降到每人一百，勉强皆大欢喜。可是离开洪雨声家，十字街对面又颠颠地跑过来一个人，韦子玉定睛一看，原来是小铁匠鲁中，这哥们儿跟韦子玉差不多年纪，小时候得肺炎吃错了药，脑子不太灵光，说话颠三倒四的。

乔司令也看见鲁中了，说：“站住。”鲁中一看见乔司令就鞠躬，口中念念有词，谁也听不明白。乔司令让乔大豹再找找，看旮旯里有没有钱了，乔大豹把皮包翻了个底儿朝天，只找出一个硬币。乔司令想了想，招呼鲁中走到跟前，反手把头上的皮帽摘了下来，扣在鲁中的脑袋上。乔司令说：“兄弟，对不起，只有这个了。”

四

中午回到镇里吃饭，乔司令坚持四菜一汤，不喝酒，说晚上到许杰的“老味道”餐馆再喝，资本家的酒不喝白不喝。

弓书记见乔司令的头发剃得很短，担心首长年纪大了，伤风感冒，饭前让一个副镇长带二百块钱去找鲁中赎帽子。正吃着饭，副镇长回来说：“我回到老街，鲁中已经把皮帽子戴在头上，正在到处吹牛，说乔司令给他一顶司令帽，以后他就是司令了。他听说要把帽子赎回去，刺溜一下就跑了，一边跑还一边说，别说二百块钱，就是三百块钱他也不换。”

乔司令在一边听到了，摆摆手说：“算了，就一顶帽子。看来这兄弟也不是全傻啊。毕得宝把事业做得那么大，为什么不给他这个表弟安排个差事啊？”

韦子玉说：“好像安排了，可是鲁中不去，他要照顾他的老娘。这伙计，脑子虽然缺根弦，却是很尽孝道。”

乔司令点点头说：“难得，难得，现在最缺的就是这种精神，大家都奔着钱去了，有的连爹娘都不管了。”又说，“鲁中有这么个大老板表哥，经济上应该是不成问题的。”

韦子玉说：“差不多吧，听说毕得宝每个月拨给他舅妈一千元生活费。”

乔司令怔了怔说：“哦，也算仁至义尽了。”

中午饭后，镇里安排乔司令午休，弓书记交代韦子玉全程服务，然后就回城关了。

乔司令中午睡了一觉，下午由韦子玉陪同到马岩湖边散步，路上乔司令对韦子玉说：“我现在有个感觉，人们比过去有钱了，可是不见得比过去幸福了，好像越来越焦虑，忧心忡忡的。这是什么原因？”

韦子玉说：“这个问题很复杂……恐怕主要还是社会保障问题，缺乏安全感。”

乔司令说：“为什么缺乏安全感？过去比现在困难得多，可是没有现在这样焦虑。这同教育也有关系……你说毕得宝，哦，毕伽索，他现在在办学校？”

韦子玉说：“是的，规模很大。”

乔司令哦了一声，似乎想到了什么，没再说话，沿着湖堤缓缓向前，一路若有所思。

马岩湖在新街西边，离老街又远了里把路，有一千多亩水面。乔司令小时候到干衔，活动范围基本上局限于老街，所以不曾来过此地。不过，那时候的马岩湖还不叫马岩湖，只是一圈小山包里的十几个水洼子，直到改革开放之初，当时的县委书记乔如风亲自担任农田基本建设总指挥，大兴水利，这才把水洼子连成一片，疏浚上游灌渠，从流波水库引水进来，形成了一个小型水库，丰水季节可以蓄洪，枯水季节可以灌溉，解燃眉之急，这是乔如风在县委书记任上指挥的最后一个大工程，三十多年来，马岩湖给干衔百姓带来的实惠有口皆碑。就是在那次农田基本建设工程中，干衔出了一个省级劳动模范，当时的干衔区区长，工程副总指挥戈云国，他是累死在工地上的。

20 世纪末，新街渐成规模后，已经退休的乔如风回到皋唐县，特意来看马岩湖，感慨地说：“马岩塘这么大的地方，叫‘塘’，干衔人民太低调了。”当时的镇党委书记揣摩老书记的话，就把马岩塘改成了马岩湖，以后带着马岩湖的菱角到市里看望老领导。乔如风听说“塘”变“湖”了，哈哈一笑说：“不是改个名就黄袍加身了，湖要有湖的样子。以后乡村建设要走向城镇化，一个城镇，应该有一个像样的公园，公园里没有水不行。”那位书记揣摩老书记的话，回来就组织清淤修堤，筑防浪墙，又在周边盖了一些凉亭，马岩湖才开始变得好看起来。只是，马岩湖离新街也还有一段路程，新街的居民做生意忙得热火朝天，很少有闲情逸致光顾马岩湖。一任领导一个思路，到了近年，开发了一些养殖基地，城里的人来钓鱼，经济有了增长，却把湖水搞得乱糟糟的。

韦子玉琢磨，乔司令这次到干街，主动提出要看马岩湖，心里恐怕也有对父辈业绩的缅怀，看看人家爷俩，当真有点虎父无犬子的感觉。

也就是在那次陪同乔司令看马岩湖的路上，韦子玉突然来了一个灵感，县里正在搞招商引资，如果把马岩湖作为开发重点，打造一个集镇公园雏形，不仅造福干街，也可以充分发挥马岩湖的潜能，回报老书记乔如风和戈云国。韦子玉试探着把这个想法对乔司令说了，乔司令果然很有兴趣，说：“这是好事，前人栽树后人乘凉，但是，后人也要栽树，不能只乘凉不栽树。”

韦子玉说：“那是那是，老书记给干街留下一个马岩湖，我们就把马岩湖这颗明珠擦得更亮。”

乔司令说：“但是有一条，不能以赚钱为目的，不能以破坏环境为代价，不能以破坏资源为代价，让马岩湖风景秀丽起来，陶冶情操，提高精神文明。”

韦子玉觉得乔司令这些话有点老套，但又确实有道理，在心里嘀咕，可是，不赚钱的事，鬼来投资啊。

乔司令说："现在拜金主义横行，干什么事首先想到的是钱，连办学校都要赚钱，以赚钱为目的怎么能办好学校呢？教育是根本，关系到国家的长久根基，把学校交给资本家来办，不可控，这是非常危险的。"

韦子玉心里一怔，知道乔司令盯上了毕伽索，说："这个国家有政策约束，民营学校同公立学校实行同样的标准。有些民营学校甚至比公立学校办得要好。"

乔司令说："有这个可能，可是为什么民营学校比公立学校办得好？这个值得我们深思，资本主义在和我们争夺教育阵地哩，你说危险不危险？毕得宝一年能挣几个亿，这说明什么？说明教育产业化、商业化、利益化。教育被钱牵着鼻子走，太可怕了。"

韦子玉不知道该说什么好，隐隐觉得，乔司令太跟不上形势了，开明程度还不如他爹。

五

晚饭在许杰的"老味道"，韦子玉早就安排了几个陪客，他的哥哥韦二毛，县药材公司经理唐斌，干街中学老师张文宇，干街原副镇长朱江，加上许杰两口子，都是乔司令的老朋友。韦子玉和唐斌年轻几岁，其他几个都已年过半百，张文宇和韦二毛的长相基本上跟年龄匹配，只有朱江特别显老，头发稀稀落落的，满脸憔悴，门牙还掉了一个，再加上一身陈旧的衣裤，看起来像在六十开外了。

跟别人打招呼的时候，无非是寒暄，都很正常，唯独跟朱江握手的时候，乔司令多握了几秒，问朱江："我记得你比我小一岁，怎么现在老成这个样子，好像你是我大哥似的。"

朱江尴尬地笑笑，一声长叹："唉，一言难尽，我哪能跟你比啊，这些年，我过的日子那叫日子吗？"

乔司令就问："你一个退休干部，能有多大个难啊？手头紧了，跟我说一声，也可以帮你一把啊。"

朱江说："不是钱的事，不说了，不说了。"

乔司令见朱江表情暗淡，也就不再多问了。上洗手间的路上，韦子玉才对乔司令讲了朱江的近况。朱江老来得子，把儿子惯坏了，上高中的时候迷上了"救关公"的电脑游戏，应届没有考上大学。为了陪读和请家庭教师，朱江把家里的房子都卖了，老伴吃药都停了，可是儿子偏偏不争气，连续两年复读，仍然没有考上大学，儿子都快疯了，今年是第三年了，如果再考不上大学，这一家真不知道该怎么过。

乔司令一边撒尿一边说："人各有志，干吗非要一条道走到黑啊？"

韦子玉说："可是，大家都是望子成龙，朱大哥又特别爱面子。当然，也不全是面子的问题，现在的孩子，不上大学就没有出路啊。"

乔司令接着问："上了大学就有出路了吗？不是说，毕业即失业吗？这个老朱，我得说说他，没必要把孩子往死里逼，也没必要把自己搞得像叫花子似的。"

韦子玉吓了一跳，赶紧说：“司令大哥，你就不要再跟朱大哥提这件事了，他心里有坎啊。”

乔司令怔了一下，若有所思，点点头说：“也是，好吧，那我就不说了。”

韦子玉这才把心放到肚子里。

回到包间，又来了一老一少两个美女。

乔司令一见到老美女就嚷了起来：“这不是干街一号吗！我的天，这么多年了，你还不见老啊！”

老美女微微一笑说：“乔司令，你还记得我啊？”乔司令大手一挥说：“嗨，我怎么记不得你啊，干街红卫剧社的台柱子，杨……杨……哎，就在嘴边，看来真是老了。杨……”

老美女赶紧接上说：“杨桂英。乔司令能记得我姓杨，我已经不知道天高地厚了。”

乔司令说：“对，杨桂英。我参军那年回干街，正好赶上区里安排送新兵，演了一场《杜鹃山》，你演柯湘啊，驳壳枪背在屁股后面，那个扮相，英姿飒爽，一嗓子出去，字正腔圆。我到部队，还经常哼哼那几句，‘家住安源……’”乔大桥说着说着就哼了起来。

杨桂英说：“难得乔司令还记得这些陈芝麻烂谷子的事……现在老了。司令还记得我，我给你带来了我们文化公司的台柱子，小林，来见过乔司令。司令大爷。”

那个叫小林的女孩子笑盈盈地向乔司令鞠了一躬，说：“首长好。”

乔司令高兴了，说：“好好好，一会给大家唱一曲《家住安源》。”

小林说："唱京戏我不在行，我给首长唱黄梅戏吧。"

乔司令说："好好，也好。"

韦子玉对乔司令说："司令认识的人，除了在外面打工和带孙子的，能来的都来了。"

乔司令腮帮子鼓了一下说："不对啊，该来的还没有来啊！"

杨桂英打趣说："啊，那是说我们不该来的来了。"乔司令哈哈一笑说："不是这个意思，我来干衔，就是想见见老乡亲、老朋友，可是，大家各忙各的，能见到在座的，已经很给我面子了。好，开始吧。"

韦子玉赶紧招呼大家入座，就绪之后请乔司令讲话。

乔司令说："从我最后一次离开干衔，到现在差不多四十年了。这些年，我没有忘记干衔。东边二天门上的月亮，西边卧龙岗上的晚霞，都给我留下了美好的印象。那时候的干衔多美啊，青石板路，夏天下过雨后，走在上面，感觉那就是丝绸之路，诗情画意，让我难忘啊！这些年东奔西跑，到老了，别人都有自己的家园，我的家园在哪里呢？其实就是干衔。"

张文宇说："朱自清讲过，'一个人的童年在哪里，哪里就是他的故乡。'"

乔司令说："张文宇有学问，我过去到干衔，他还给我讲鲁迅的《故乡》，讲鲁迅笔下的月亮，我们一起在东头看韦家老宅的月亮，那月亮可真大啊。仿佛看到过去的那个大宅子，有很多幻想。"

大家七嘴八舌，说乔司令重情重义，不忘乡情。乔司令说：

“什么不忘乡情，老了呗，怀旧呗，眼前的事情记不住，过去的事情忘不了。”

杨桂英说：“台湾那个老不正经的作家说，‘什么是人到中年，小便之后忘记拉裤链；什么是老年，小便之前忘记拉裤链。’”

乔司令哈哈大笑说：“好，按这个标准，本司令既不是中年，也不是老年，本司令小便前后都不会忘记拉裤链。可是，还是老了，我的标准是，看不惯的东西越来越多，就是老了。”又对韦子玉说，“老弟啊，我这次回来，指手画脚的，你们可别在意啊，一个退休老干部，发发牢骚而已。”

韦子玉说：“首长老大哥说得对啊，有些问题确实值得我们地方干部重视，发展必须均衡，再穷不能穷老人。”

乔司令高兴了，说：“说得对老弟，你比我总结得好。还有孩子，再苦不能苦孩子，再乱不能乱教育。不然的话，韦梦为会从棺材里跳出来骂我们的。”

大家都说是，韦梦为当年搞革命，就是为了让大家都过上好日子。

乔司令说：“好吧，不说这个了，喝酒吧，家乡的酒啊，干街的酒啊，本司令惦记了四十年啊！”

然后气氛就活跃了，先是共同干杯，然后敬酒。乔司令好酒量，来者不拒。不仅喝酒豪放，吃菜也不含糊，兴起时索性下手，扯过一个红烧鸡腿，左啃一口，右啃一口，上咬一口，下咬一口，牙齿和手配合得天衣无缝，转眼之间，一只丰硕的鸡腿只剩下一根主干和两根细小的骨头，上面的鸡肉已经被吃得一丝不剩。乔司令啃完鸡腿，把骨头往桌下一扔，只听桌下传来一阵咔嚓咔嚓的嚼骨头声音，清脆嘹亮。

乔司令突然把桌子一拍，说："好，好狗，不忘本色。"

大家吃了一惊，都往桌子下面看。一条黑狗不负使命，已经把乔司令扔下的骨头嚼成碎渣，正得意地环顾四周。

乔司令问："是谁把这条狗叫来的？"

老板娘吴兰说："我啊，我把它叫来吃司令剩的骨头啊，它碍着司令的事了？"

乔司令说："好，吴兰，你太会办事了，你比许杰会办事，比韦县长会办事，你简直就是我的参谋长啊！"

吴兰蒙了，看着乔司令说："乔司令，你是不是嫌我菜做得不好，挖苦我啊！"

乔司令说："哪里的话，咱俩谁跟谁啊，我不搞吃辣子放屁那一套，我有话明说。我都好多年没见到狗啃骨头了，他妈的现在狗都不啃骨头了，要吃宠物粮食，还要罐装的，比人吃的粮食都贵，这不是怪胎吗？这条狗好啊，保持劳动人民的本色，它还知道啃骨头。"

吴兰说："乔司令你说的那是宠物狗，跟咱这狗不是一个阶级的。"

乔司令说："啊，连狗都有阶级了，这不是怪胎吗？狗还分高低贵贱吗？可是我就喜欢这条黑狗。大豹，回去时把这条狗给我带上。桌边几个老友，桌上一壶老酒，桌下一条老狗，哈哈，这就是我梦想的退休生活啊！"

乔司令虽然讲话还连贯，但是大家还是觉得他喝得有点多。韦子玉说："司令，咱们悠着点，让小林给咱们唱个黄梅戏怎么样？”

乔司令说：“好啊，知道人生几大乐事吗？谁文化高，给咱说说。”

大家都看韦子玉，韦子玉清清嗓子说：“洞房花烛夜，金榜题名时，久旱逢甘霖，他乡遇故知。”

乔司令说：“其他三件还凑合，我最讨厌金榜题名时。那不是读书做官吗？我乔大桥没有正经上过大学，我不照样当司令吗？我说的几大乐事是：见家乡人，吃家乡菜，喝家乡水，听家乡音。”

韦子玉说：“首长的乡情，无时不在啊！小林，开始吧。”

这就开唱。小林离开座位，拉开架势，云手碎步兰花指。这么一比画，乔司令就安静了，把椅子往后一拖在椅背上架起胳膊听小林唱——“架上累累悬瓜果，风吹稻海荡金波，夜静犹闻人笑语，到底人间欢乐多……”

比起老美女杨桂英，小林不知道要强多少倍，无论长相和唱腔。韦子玉庆幸小林选了这么个曲子，看看乔司令，有点陶醉的样子，还不知不觉地摇头晃脑。韦子玉的心这才放下来。

小林唱完，弯腰做了个万福。乔司令说：“好，孩子，到底人间欢乐多，你说得一点也不错。本司令敬酒。”

说完，乔司令就走到小林面前，当真给她敬了一杯酒。

小林谦虚地说：“唱得不好，请首长多多包涵。”乔司令端起杯子，一饮而尽，摇晃了一下，站稳了，腮帮子鼓了一下，突然说：“朱江，你听这姑娘唱什么了吗，到底人间欢乐多，你把孩子都快逼疯了，非要他上大学，他快乐吗？

不上大学就没饭吃吗？”

韦子玉暗叫一声不好，想阻止已经来不及了。

一直低调的朱江突然被乔司令揪出来了，一时不知该说什么好，只得赔笑说：“司令说得对，不上大学也行，可是，不上大学他以后从哪里找工作呢？”

乔司令说：“当兵啊，跟老子去守边防啊……”

朱江站起来，端起酒杯走到乔司令的面前说：“可是，他总不能老是守边防啊，他总得有个工作吧，他又当不上司令。”

乔司令说：“当不上司令就回家种地啊，老街荒了那么多地，大片大片的。”

朱江说：“人家都是望子成龙，乔司令你让我的儿子种地，这……这……”

乔司令火了，说：“这什么这，难道上大学都是为了出人头地，都是为了不劳动？大豹！”

坐在工作人员席上的乔大豹应声而起，笑容可掬地端着饮料杯子走到乔司令的身边。

乔司令说：“大豹，这次不要回上海了，给我留在干街种地，给他们看看乔司令的儿子种地，带个好头。”

乔大豹还是微笑，看着对面的朱江，又看看韦子玉等人，弯腰附在乔大桥的耳边说：“爸爸，你喝多了。”

乔司令一怔，说：“啊，我喝多了吗？我怎么就喝多了呢？”

韦子玉赶紧站起来说：“听曲好好的，怎么扯到种地的事情上了？小林，再唱一曲。”

乔司令鼓着眼珠子，茫然地看了一圈，好像意识到什么，对乔大豹挥挥手说："回到你自己的位子上！"乔大豹对韦子玉说："叔叔，你得管着我爸爸，不能让他喝多了。"

韦子玉说："放心吧小子。"

小林一直拿不定主意要不要再唱，看着乔司令，乔司令说："孩子，你也回到位子上，让你师父唱一个《家住安源》。"

杨桂英说："我都一把年纪了，漏风岔气的，乔司令想看我笑话啊！"

乔司令说："我四十年回来一次，你不给我唱一个《家住安源》，那我不是白回来了吗？"

杨桂英还想推辞，韦子玉给她递了个眼色说："杨大姐，乔司令要听乡音，你不唱哪行啊，你就唱吧。"杨桂英顿了顿说："恭敬不如从命，难得乔司令这么看得起我，我就献丑了。"起身离开座位，拉开架势，运足丹田之气，一嗓子亮了出去——"家住安源萍水头，三代挖煤做马牛，汗水流尽难糊口，地狱里度岁月不知春秋……"

在座的都听出来了，杨桂英果真力不从心了。韦子玉偷眼看看乔司令，乔司令微闭双眼，两手一上一下地打着节拍，那副怡然自得的样子，用乔司令的话说，岂止陶醉，简直比陶醉还要陶醉。

杨桂英唱到半截，自己也感觉不能唱下去了，正要偃旗息鼓，看见韦子玉向她做手势，又看看乔司令的模样，只好硬着头皮把曲子唱完。

乔司令睁开眼睛说："这就完了，好像还有吧？"

杨桂英气喘吁吁地说："乔司令啊，你可真会哄人，我这个老太婆，都快二十年没唱了，赶鸭子上架啊！”

乔司令这才站了起来，举起酒杯说：“朋友还是老的好啊，这个曲子啊，让我想起了很多，干街一号又回来了。谢谢你啊杨桂英，我今天要一醉方休。”

说完，又是一饮而尽，还举手把酒杯反转过来，果然滴酒不剩。杨桂英激动得眼圈都红了，握着乔司令的手说：“乔司令，乔大桥，你真的是一颗红心不忘本啊！”

杨桂英也醉了。

这顿饭吃得一波三折，韦子玉感觉功德圆满了，赶紧招呼上主食。主食上来了，乔司令大喜，伸手拿起一个馍馍，大咬一口，含糊不清地说：“好哇，锅底馍夹咸菜，这才是家乡的味道。”

正说着，突然闭嘴，怔怔地看着手中的馍馍，眼珠子一瞪，把目光转向许杰和吴兰，说道：“我四十年回来一次，你们就用这个来糊弄我？什么老味道？没味道。”许杰和吴兰面面相觑，紧张地看着乔司令，

许杰突然想起了什么，一拍脑门，惨叫一声：“坏啦！”韦子玉的脸色也变了，看着许杰，说：“怎么啦？”

许杰哭丧着脸说：“他妈的厨师也搞改革，说是要符合现代人的口味，往面粉里加了点奶粉，我忘了这一茬了。咋办？”

韦子玉说：“咋办，赶快调整啊，用没有加奶粉的面粉再蒸啊，反正时间有的是！”

许杰看看乔司令，乔司令说：“我四十年回来一次，就想吃个锅底馍夹咸菜，不过分吧。许杰，你得把老味道找回来，

不然我就不走。”

许杰起身就往厨房跑，边跑边说：“司令，你等着，我这就去，亲自给你蒸一锅。”

六

半个小时后，乔司令终于吃到了许杰亲手做的锅底馍，这次吃得很细，一小口一小口地品味。许杰忐忑地看着乔司令，生怕他再挑出什么毛病。乔司令这回似乎满意了，吃了三分之一，咂咂嘴说：“馍馍倒是那个馍馍，可总觉得还是缺点什么，不过，就这样吧。”

许杰不甘心，愁眉苦脸地说：“怎么会，我是严格按照家传的工艺，从选料到配方再到火候，只能比过去好，它不能比过去差啊！”

乔司令说：“过去我吃的锅底馍，那个锅底，金黄焦脆，一口咬下去，满嘴喷香，那个馍馍，柔韧筋道。现在确实吃不出那个味道了。”

韦子玉巴掌一合说：“我明白了，乔司令，您过去吃的是许杰他爹吉康大叔做的，再说，那时候的面粉是干街乡下的麦子打的，舍不得狠磨，面粉里多少还有点麦麸子，那面发起来酵力大。如今这面粉，精了又精，反而失去了本味。”

杨桂英突然睁开眼睛说：“我也明白了，乔司令你走南闯北，山珍海味吃多了，你嘴巴刁了。”

吴兰也一抖围裙说：“我也明白了，过去哪有那么多好吃的啊，锅底馍就是干街孩子最好的吃食，现在好东西多了，哪里还轮得上锅底馍呢。”

大家七嘴八舌这么一说，乔司令也觉得有理，把半截馍又使劲地吃了下去，然后拍拍手说：“你们说的都有道理，不过子玉老弟说的最到点子上，就是面的问题。老话说，粗茶淡饭，延年益寿。许杰，我建议你，以后就用当年的方法磨面，至少要磨三道，多少带点麦麸子，再做出锅底馍你试试。”

吴兰说：“那敢情好，降低成本，还提高质量。我们以后就给锅底馍取个名，叫乔司令馍。”

众人一起叫好，说这个主意太好了，一顿饭吃出个品牌来，许杰、吴兰你们管这顿饭不亏啊。

吃了饭，乔大豹提醒乔司令，淮上州还有朋友等他去喝茶，时间不早了。乔司令说：“让他再等一会儿，我好不容易回干街一趟，这么多老朋友，总不能吃了就走吧。”

然后就聊天，韦子玉请首长就干街的发展做指示，乔司令说：“哪敢指示啊，我一个退休干部，也就说说而已。不过，这次出来我还真的有点感觉，现在的经济发展，有些怪。一路上，不管是坐汽车还是坐火车，两岸都是大吊车，哪里都是工地，到处都在盖房子，好像发展经济就是盖房子。可是新房子盖起来了，老房子的问题没有解决好，新与旧的关系没有处理好。大家可能知道了，三年前我开枪打了一辆车，连发两枪把它后面两个轮子都打瘪了，为什么要开枪呢？就是要它把速度降下来，跑那么快干什么？找死啊！可是为什么同时打两个轮子呢？就是要它均衡发展，不然，一个轮子是好的，一个是瘪的，速度又快，就会原地打圈，弄得不好就翻车，子玉你说是不是？”

韦子玉说：“首长这个比喻形象生动，这其中蕴含着深刻的道理。”

乔司令说：“别的事情我不管，但是老街我要管。新街富了，可是老街还有那么多老人，他们既然不愿意到新街住，就有他们的道理，这就要管。还有留守儿童，也是没有办法的事情，他们的父母一定有难言之隐，不然谁也不会把孩子放养。这个也要管。我来带个头，先解决老街的用电问题，我已经让大豹打听了，据说主要是变压器的问题，解决三十户人家的生活用电需要的变压器，十七八万元，这个钱我出。电线的问题，要么当地政府出，要么你们招商引资。干街出去那么多发大财的人，还让老街人用不上电，这合适吗？”

杨桂英说：“杨司令啊，您想得太简单了啊，现在的人，能对自己的父母尽孝，那就天高地厚了，凭什么去管别人家的老人啊，更何况这些孤寡老人了。他们肯拿钱吗？”

乔司令说：“做工作啊。‘一个人、一家人的幸福是不道德的幸福，也是不长久的幸福，只有全体百姓共同幸福才可能是道德的长久的幸福。’干街人应该知道这是谁说的。”

杨桂英说：“我还真的不知道，是韦梦为吧。韦梦为的名言多了去了，我只记得我爷爷给我说的一个故事，韦梦为办学堂的时候，遇上大旱，韦梦为让人在学校门口放几口大缸，派人从王井运水拔凉，免费随便喝。那墙上还贴着一个广告：‘吃水不忘挖井人，挖井人是干街人，干街人喝干街水，为啥要分三六九等。’”

朱江问："这是韦梦为写的吗？"

乔司令说："不一定是韦梦为写的，但它是韦梦为的思想。"

韦子玉说："关于老街用电问题，我回去向县委县政府汇报，您就不必捐款了。"

乔司令说："不，君子一言，驷马难追。为了促使这件事早日落实，我先出一半钱，剩下的你们看着办。"

说完这句话，乔司令就起身告辞了。他跟韦子玉握手的时候说："老弟，干街的红色资源丰富，可以做一篇大文章。"

韦子玉说："我记住了，回去向县委汇报。"

乔司令又说："干街还有那么多老人和儿童，基本的生活要保障。"

韦子玉说："这个我们会尽快解决。司令还有什么指示？"

乔司令说："指示不敢当，我一个退休干部说说而已。以后搞集镇建设，要有规划，再也不能把街道建在公路两边了。"

众人送到门外，乔司令站在汽车旁边，先往西边看看，那是新街，虽然没有万家灯火，倒也灯火通明。乔司令再回首看老街。正是正月十五，一轮圆月悬在高空，泛出含蓄的冷光。月光下的老街，湮没在黑色的天幕下，依稀看出旧时的轮廓——那是在心里看见的。

依依惜别，互道珍重，乔司令钻进汽车，频频挥手。杨桂英泪眼婆娑，对着车喊："乔司令，还回来啊，下次来给你唱《看见你们格外亲》。"

夜风送过来乔司令的声音——"一言为定。"

韦子玉站在新街路口，眼看乔司令的汽车消失在夜幕中，这才长长地出了一口气。这一天，他委实不轻松。

七

当天晚上，韦子玉一行人就住在许杰饭店的客房里，几个人回想刚才的一幕，恍然如梦，意犹未尽，又聚在包房里面聊天。

韦二毛说："我的个天啦，这个乔司令，人是老了，样子一点也没改，小时候玩智取威虎山，他就要当少剑波，给杨子荣都不换，一身的霸气啊！"

张文宇说："龙生龙凤生凤，那是人家老爹厉害，有遗传基因。"

朱江慢吞吞地说："什么遗传基因，鬼话，他运气好。到底文化差一点，当了四十年兵，好像有点与世隔绝，跟不上形势啊！"

杨桂英说："我倒是觉得，乔司令还是有一颗朴实的心，刚才唱歌的时候，我就想唱'小河的水呀清悠悠'，真像老八路回来了。"

唐斌说："过去乔大桥到干街来，杨姐你们有没有青梅竹马啊？"

杨桂英说："竹马个鬼啊，那时候他主要跟男孩子玩，人家是城里孩子。再说，我还比他大好几岁。不过，我看他这个人，确实平易近人，一点也不摆架子。"

张文宇感叹地说：“是啊，见过大世面的，反而返璞归真。干街搞战斗队那年，我和查林还到县里把老书记揪回来批斗。80年代初，我到他家向老书记道歉，老书记说：‘我根本记不得这件事了，那时候批斗过我的人成千上万，我哪能记住啊。小张你也放下包袱，轻装上阵。’就那一句话，决定了我的一辈子。”

大家于是感慨，说老书记真是大将风度，干街风水好，出了那么多名人，可惜老街就这么荒废了。

大家聊天的时候，韦子玉拿起半截锅底馍，靠在沙发上慢慢地吃。这一天过得一波三折，把他累得够呛。弓书记中午离开的时候交代他，无论如何要让乔司令高兴，乔司令在干街的言论，尽量记下来，退休干部的话，往往更接地气。韦子玉琢磨弓书记的话，这次接待乔司令，还不仅仅是个接待的问题，弓书记可能会借助乔司令干街之行，做什么文章。

当然，这是好事。开春县里就要召开招商引资协调会，关于干街，前两年已经有几个意向，譬如兴建干街红色广场，马岩湖景区开发，都在酝酿之中。但是在老街能够做什么，韦子玉一时还没有想到好的项目。

许杰让后厨热了剩菜，又加了几个新菜，招呼韦子玉再喝一杯。韦子玉说：“还没够啊！”

唐斌说：“够什么够啊，刚才都在伺候乔司令，他一个人喝了大半斤，可是老哥几个还没喝出意思。”

杨桂英说：“我也差点意思，县长老弟，过来跟大姐喝一杯。”

朱江满脸嘲讽地说：“你那是‘看见你们格外亲’，见到乔司令，兴奋过度。”

杨桂英倒是不在乎，大大咧咧地说：“啊，朱江，你这话酸溜溜的啊，我太高兴了，我都老成这样了，朱江还为我吃醋。来朱江，乔司令走了，咱们放开喝吧。”说着，就拎个酒瓶过来了。

朱江赶紧求饶，连连躲闪，杨桂英一把扯住不松，朱江只好跟她碰了一杯。

放下杯子，朱江突然嚷了一声：“岂有此理！”韦子玉吓了一跳，说：“朱大哥你怎么啦？”

朱江说：“乔司令，乔大桥，他站着说话不腰疼，他让我的儿子不考大学，回来种地，他为什么不种地？”

杨桂英说：“乔大桥不是说，他的理想就是种地吗？”

朱江说：“鬼扯，他那是种地吗？他那是学陶渊明，‘采菊东篱下，悠然见南山。’他一个退休干部，他回来种地算什么本事？他有本事让他儿子回来种地，那才是真正的劳动人民本色。”

杨桂英说：“你这话不对，他的儿子，听说是物理博士，美国留学回来的，种地不是大材小用吗？”

朱江说：“哦，那我的儿子就是种地的命，那将来我的儿子不就成他家的长工了吗？”

杨桂英说：“你这话还是不对，什么叫长工啊，现在是什么时代？三百六十行，行行出状元，分工不同嘛！”

朱江突然一拍桌子说：“鬼话，你的儿子不上大学，分工他种田你干吗？”

杨桂英一愣，啪的一声也把桌子拍了起来，说：“你朱江拍什么拍，你有本事让你的儿子考上清华北大，你爱干什么干什么，你在这里耍什么威风，你还以为你是镇长啊！”

韦子玉一看不好，赶紧和稀泥，说：“哎哎，各位老大，咱们这些年也很难得聚在一起，要么高高兴兴地喝酒，要么各回房间休息，吵起来就没意思了。”

杨桂英说：“谁吵了，好好说话，他拍桌子，他是见人家乔司令发达了，心里气不过。”

朱江呼啦一下站了起来，怒视杨桂英，杨桂英也呼啦一下站了起来，举起酒瓶说：“老朱你想干什么，四十年前演戏你就挑我的毛病，现在还这么大脾气！”朱江瞪着杨桂英，呼呼直喘粗气，大家纷纷劝说，都是酒闹的，算了算了，老大哥老大姐，都息息怒。

朱江终于没再发作，一屁股跌在椅子里，突然号啕大哭，哭得声震林木。

杨桂英顿时傻眼了，怔怔地看着朱江，突然把酒瓶一扔，走到朱江面前说：“朱江，老朱，对不起，我也是酒喝多了，说话混账，你何必当真呢？”

说着，还动手拍拍朱江的肩膀，“朱江，我给你道歉了，你别哭了好吗，你这么高一声低一声的，怪瘆人的。”

朱江好不容易才止住号啕，抬起头来，拍着杨桂英的手背说：“对不起，老朱失态了，我这心里，我这心里憋屈啊！”

韦子玉说：“朱大哥要不你先回房歇歇，我跟几位老哥老姐再聊一会儿。”

朱江迟疑了一下说：“没事，我好了，老弟你们接着聊，我听着。”

这就转移了话题，围绕这一天乔司令在干街的活动，大家你一言我一语地聊着。

韦子玉说：“乔司令说了一大堆话，我琢磨有些是他不了解情况，有些确实值得深思。弓书记很重视乔司令这次活动，它会不会对干街的发展有所促进呢？”大家就来了兴趣，张文宇说：“我看乔司令对老街特别有感情，会不会有开发老街的意思啊？”

唐斌说：“老街已经变成那样了，咋开发啊，死赔不赚，招商引资鬼来啊！乔司令他是怀旧，未必有人会因为他怀旧就把钱扔到水里。”

张文宇说：“老街怎么就不能开发？老街是一座古城，开发好了照样旧貌变新颜啊！”

唐斌说：“张大哥你也是在学校待长了，民间的事情不了解，发展经济不是写诗，不能感情用事。”

张文宇也火了，说：“唐经理你这话什么意思，我怎么就不了解了，我了解得很。苗老师在考证干街的历史，那过去的繁荣也是有道理的。”

唐斌说：“张大哥，你不要发火嘛，从前，韦梦为说，‘凡是有人的地方都是城’，难道都要开发出来？”

张文宇一拍桌子说：“岂有此理，我说过都要开发了吗？我只是说，干街历史特殊，干街有韦梦为，其他地方有吗？”

韦子玉一看形势又危急了，赶紧说：“张大哥，老唐，你们都不要吵了。张大哥说得对，干街有韦梦为，其他地方没有韦梦为。我觉得要在老街做文章的话，还是要抱着韦梦为这棵大树。”

然后就说韦梦为，说到韦氏庄园，说到韦梦为的淮上根据地，说到韦梦为的现实意义。大家七嘴八舌，各抒己见，东拉西扯，好在不吵了。

这天夜晚，韦子玉就住在许杰饭店的客房里，上半夜睡得很香，到了后半夜，隔壁不知谁打呼噜，把他吵醒了，横竖睡不着，便披衣下床。

许杰饭店在老街西北，新街正北，一幢坐北朝南的四层小楼，当晚韦子玉住的房间是东边顶头一个大房间，面向新街和老街都有窗户。韦子玉先面向南看了一阵子新街夜景，基本上没有景了，只有零零星星的几点灯火。然后他再转到东边的窗前看老街，老街更是黑灯瞎火的，在月亮下面，隐隐约约地起伏着。韦子玉久久地看着这传说中的古城，朦朦胧胧地，当真缓缓地升起了一座黑压压的城郭，就像远天云低处缓缓驶来的巨轮。他怀疑看错了，揉揉眼睛再看，似乎更清晰了，海市蜃楼一般出现了高大巍峨的建筑，有点像希腊建筑，暗红色的墙壁上依稀可见造型各异的浮雕，前面是凹凸有致的圆柱。

韦子玉心中惊疑不已，侧耳倾听，隔壁呼噜声依旧，高一声低一声，说明他不是在梦中，正要出门喊人来看，还没有来得及开门，就看见城郭的上方裂开一道亮光，一个人从亮光处冉冉升起。韦子玉像被施了定身魔法，两腿再也挪不开步子，只能怔怔地看着渐行渐近的来人。终于看清了，来人穿着蓝灰色的军装，头戴八角帽，腿扎绑腿，右臂同身体呈四十五度向右前方伸出，小臂再呈九十度直直地举在军帽上方，一句话似乎从很远很远的地方飘过来——“孩子别怕，我是你的叔爷韦梦为。”

韦子玉这一刻并不惊惧，反而非常渴望叔爷走近一点，再走近一点。他希望能够拉住叔爷的手，请叔爷给他讲讲干街的历史，讲讲韦家的过去。

叔爷的影像一直存在了很久，直到翌日清晨，韦子玉仍然坚信不疑，他看到的叔爷是真的，尽管他是皋唐县人民政府副县长，是个无神论者，这件事说出来恐怕没有人相信，但是他相信。那么叔爷在这个时候、以这样的方式出现，意味着什么呢？或许，干街真要做一篇大文章了。

鲜花岭上鲜花开

一

就像许多成功人士一样，毕伽索也遇到了那个绕不过去的问题：挣那么多钱干什么？随着财富和年龄的增长，这个问题越来越是个问题。

毕伽索的事业是从打工子弟小学开始的，然后中学，后来又办了几所职业大学，再回过头来办幼儿园，形成了一个规模较大的民营教育体系。从报表上看到不断刷新的数字，毕伽索突然觉得哪里不对劲。是啊，挣那么多钱干什么？缺钱的时候这不是个问题，钱多了这就是个问题。大约从去年秋天开始，一个念头越来越清晰，他想把钱花出去一部分，为故乡干衔做点事情。

毕伽索把这个想法对妻子说了，唐多丽以她惯有的思维方式对毕伽索说了三点看法："第一，有钱就烧包，那是诗人。作为一个企业家，理性永远是成功的前提；第二，在家乡做生意，赚了是为富不仁，赔了是搬起石头砸自己的脚。"

毕伽索对妻子的观点向来嗤之以鼻，但是他又不得不和她商量。和她商量只是一个程序，并不指望她支持。回答唐多丽的反对，他最常说的一句话就是：不要和成功者唱对台戏，成功者是不应该受到指责的。

但是唐多丽还有“第三”，这是在毕伽索彻底忽视她的意见之后被迫说出来的——“第三，不要以为你有钱了，你就是人物了，其实在干衔人的眼里，你永远是一个逃兵的儿子。”

唐多丽讲这话是在她动身去美国的头天晚上，这番近乎人身攻击的话语在毕伽索的心头狠狠地插了一刀。要不是她即将背井离乡去给女儿陪读，毕伽索真想给她两耳刮子。他忍住了。毕伽索说：“老子就是要在干衔烧一把钱，要让干衔人仰起脑袋看看那个逃兵的儿子。”

朦朦胧胧中毕伽索有了一个想法，在干衔的旧址上，为他爹塑一尊雕像，让干衔人眼里的所谓逃兵、一个话都说不清楚的小裁缝成为干衔的彼得大帝，光照千秋。当然，这只是一时心血来潮，以他目前的地位和心态，他还不至于做这么没文化的事情。

这个夜晚，毕伽索辗转反侧，唐多丽的话对他刺激很大。那个朦胧的想法又一次执拗地蹿了上来，即便不能在干衔为他的父亲塑一尊雕像，但是做一点事总是可以的吧。这么多年来，他毕伽索可以不在乎很多事情，但是干衔他不能不在乎。在毕伽索的感觉里，即使他混得再体面，如果得不到干衔的认可，那种体面就要大打折扣。何况，干衔还有个韦梦为呢。

诚然，干衔的历史并不是从韦梦为开始的，但是，只要提起干衔的历史，就不能不说起韦梦为。从毕伽索记事起，韦梦为这个名字就像星星一样悬挂在他的脑海里，韦家三少爷、中学校长、红军师长、文学翻译家、北上抗日支队司令，这些互不关联的头衔莫名其妙地集中在同一个人的身上，曾经给少年毕伽索带来了无穷的想象。小时候他听大人说，过去的韦家三少，穿西装、喝咖啡都要用外国货，韦家良田遍布三省五县，上海、北平、安庆都有韦家的商号钱庄，号称马行千里不吃别人家的草，人走万里不住别人家的店。1927年，韦家遭遇了一场奇特的变故，刚从苏联留学回来的韦梦为被当地的农民绑架，韦家斥资千金赎票，之后家业逐年败落。后来才知道，策划绑架韦梦为的，正是韦梦为本人，他把他们家的钱财都倒腾出去买枪了，拉起了一支队伍开进了西边的山区，那支队伍后来成为声名显赫的红九师。红九师师长韦梦为，跟士兵一样穿草鞋住草棚，数次抵御了国民党军和军阀的围剿，并且还在根据地建立了苏维埃政权和英特纳尔大学城。直到全面抗战爆发前夕，韦梦为的部队在北上途中被国民党军伏击，韦梦为本人在激战中牺牲。

在干衔，韦梦为的故事流传很广，他作词作曲的一首歌，毕伽索很早就会唱——“鲜花岭上鲜花开，花开时节红军来，红军来了为平等，平等世界人是人……”

会唱这首歌的时候，毕伽索还不大清楚歌的含义，他的问题有两个，第一个是“平等世界”是什么，为什么那么重要？第二个是，韦梦为那么大的家业，他为什么要去吃那份苦受那份罪？直到考进师范后，毕伽索读到一本苏联小说《苦难英雄》，他才好像明白了，原来韦梦为要当英雄，韦梦为和韦梦为们，要救天下。那本书的译者，正是韦梦为。这个发现让高中生毕伽索激动得泪花闪烁，那天他甚至把自己想象成了韦梦为，他也要救天下。

当然，很快他就发现，他当不了韦梦为，因为他的少年时代别说穿西装喝咖啡，这两样东西他连见都没有见过。再往上讲，他的爷爷是韦氏庄园的挑水工，而他的父亲毕启发，在参加新四军之前，也是韦家的挑水工，尽管那时候的韦氏庄园已经败落了十之八九，可仍然是干街的标志性家族。

几十年过去了，毕伽索凭借独特的眼光和智慧，终于成就了一番事业，财富总量甚至超过了当时的韦氏庄园。但是，他还是没有办法跟韦梦为相比，韦梦为的事业天大地大，而他的事业再大，他也不过是一个民营企业家。他之所以把他的企业注册为梦为集团，感情是非常复杂的。

农历二月上旬，一天妻弟唐斌在电话里给他讲了一个笑话，前不久退休干部乔大桥回到干街，发了一通牢骚，说街道不能建在公路两边，电线不能架在房顶，还说希望部分恢复干街过去的光景，在十字街搞一个唐宋村，健全空巢老人和留守儿童的教育和服务设施。副县长韦子玉还为这件事情到干街，跟苗老师要走了唐宋时期的干街图。

乔大桥，毕伽索认识，老县委书记乔如风的儿子，当过军分区司令，过去一直是干街人羡慕的对象，如今也解甲归田了。毕伽索突然在电话里哈哈大笑，对唐斌说："啊，那个乔大桥，站着说话不腰疼啊，你要是见到他，给我带个好，问他愿不愿意到梦为集团工作，给我当工会主席。"唐斌似乎吃了一惊，说："什么，姐夫你说什么，让乔大桥给你打工？"毕伽索说："如果他愿意来，我给他开的报酬是他工资的十倍。"唐斌说："姐夫你开玩笑，乔大桥，乔司令啊，给你民营企业打工？这不可能。"毕伽索说："一切皆有可能，有钱能使鬼推磨，有钱也能让磨推鬼。"

当然，这话只是说说，说说就过去了，唐斌没有当真，毕伽索自己也没有当真。

就在跟妻弟通话后不久，毕伽索又接到干衔小老弟韦子玉的电话，说他近日要到深海市拜访毕伽索。

韦子玉是受县政府委派，专程到深海招商引资的。县里决定在干衔兴建文化街，需要钱。韦子玉首站拜访毕伽索，足见毕伽索在干衔商人中的大佬地位。老乡见老乡，两眼泪汪汪，那几天，说不完的乡情喝不完的酒，行则同车，卧则邻榻。有一回，两个人醉了之后，又带上一瓶茅台到房间喝醒酒酒，果然越喝越清醒。毕伽索说："我总觉得，咱们的干衔就是一座城市，在历史上曾经很风光的。有时候梦里回到干衔，看到的是圆柱拱顶建筑，高大巍峨，好像欧式风格。"韦子玉醉眼蒙眬，扯过自己的皮包，连扯带拽找出一张复制的图纸，在毕伽索面前摇晃，说："老大哥你看，这就是干衔的过去，宋朝年间，设州治，文峰州。"

毕伽索接过图纸，仔细端详，隐隐约约可见天穹一座尖塔刺破晨曦，一条大河由远及近，河面帆影点点，岸边楼宇鳞次栉比错落有致。近处是一个阔大的庭院，花木葳蕤，绿荫深处，掩映灰楼一角。

"看清楚了吧，这就是传说中的韦家大院。"韦子玉斜着眼睛，在茅台的氤氲中睨视毕伽索。

韦子玉是韦梦为的侄孙，韦氏庄园的传人，毕伽索感觉这个小老弟今天跟他讲干衔的历史，隐隐流露出一丝优越感。毕伽索不悦地说："就是说，这就是你们家的老宅。那我们家呢，在哪里？"

“喏，这里。”韦子玉伸出一个指头，戳在照片的一角，“这里，你们毕家，在‘干’字下面一横的左下边，20 世纪六七十年代，这里叫工农兵成衣店。”

毕伽索怔怔地看着韦子玉，酒醒了大半。他回忆起来了，十字街东南角，是成衣店，他的残了一条腿的父亲毕启发是这个成衣店里唯一的男性，夹杂在六七个中老年妇女中间，尽管有个技术员的头衔，实际上就是量尺寸剪布。小学四年级那年，有一回放学从成衣店门口过，韦子玉的二哥韦二毛喊了一声：“看，毕得宝的爹。”——那当口，他的名字还叫毕得宝——毕得宝看见他爹肩膀上搭着一溜蓝布，弯腰哈背正在一个妇女的身上上下丈量，然后一高一低地走到案子前面，拿粉笔在布上左画一道右画一道，那副模样，简直就像是一个小丑。毕得宝不知道哪里来的火气，冲上去揪住韦二毛，两个人打得不可开交。韦二毛一边挣扎一边大喊：“我又没说你什么，你怎么打人啊？”毕得宝一言不发，只是揪住韦二毛不松，后来还是他爹听到动静，一瘸一拐地奔出来，把毕得宝拉开，照他脸上就是一顿老拳，这才把风波平息下来。

多少年打拼在外，什么都有了，但在毕伽索的骨子里，总感觉还缺什么，毕裁缝的名号，是毕家压在他身上的第二座大山。如今韦子玉提到工农兵成衣店，让他心里很腻味。毕伽索说：“你什么意思？你是提醒我，你们家书香门第，毕家血统低贱是不是？”

韦子玉哈哈大笑说：“大哥，你想多了，我只是回忆你们家的位置。”

毕伽索冷冷地说："我们家住在西头，不住成衣店。"

韦子玉说："那是我无知，我原来以为你们家就是成衣店，成衣店就是你们家。"

毕伽索不吭气。韦子玉明白了，讲干街的历史可以，讲干街人的身份地位，对毕伽索来说是个敏感话题。

韦子玉坐起来说："这些年我在县里工作，同政协文史办的人打交道，把干街的历史搞得差不多了，原来我们干街，有五大家族：韦、戈、乔、毕、洪，你们毕家排在第四，退回一百五十年，干街毕家也是方圆百里的望族。"

毕伽索吃了一惊，问韦子玉："你说的是真的？"韦子玉揉着眼睛说："假作真时真亦假，大哥，你要相信，这就是真的。你要是不相信，我也没有办法。问题是，你愿意相信是真的还是假的？"

毕伽索觉得韦子玉的话有点绕，似乎暗含着玄奥。但那天夜晚，他没有再问下去，在酒精的作用下，两个人相继进入梦乡，扯着很响的呼噜，嘴角挂着向往的傻笑，很幸福地度过了一个美好的夜晚。

第三天下午，毕伽索安排韦子玉参观他的梦为集团，然后在毕伽索的办公室喝茶。韦子玉感到时机已经成熟了，但是他没提乔司令回干街的事，也没说唐宋村的事，只是把县里关于在老街兴建文化街的意向和盘托出，说完之后，就等着毕伽索拍手叫好，慷慨解囊。可是他想错了，他从毕伽索的脸上没有看出惊喜，而是看到了一种奇怪的表情。毕伽索说："你们搞这些东西有什么意思？"

韦子玉说："建设啊，乡村文化建设啊！"

毕伽索略微思考了一下，意味深长地说："哦，乡村文化建设，名目很好，可以考虑赞助，十万八万的没问题。"

韦子玉怔了一下，冲口说道："毕总，就连乔司令那样拿工资的退休干部，都拿了十八万给老街买变压器，你这么大个老板，只拿十万八万的，说得过去吗？"

毕伽索说："你们那个文化街，其实就是个面子工程，没有什么实际意义，我不能把钱扔到水里，老弟你说是不是？"

韦子玉说："怎么叫面子工程呢？它有文化价值，也是长远价值。再说，就从眼前看，文化街一建成，就会带动老街的综合发展，改变乡亲们的生活状态。你知道那里还有多少空巢老人和留守儿童吗？"

毕伽索说："改善群众生活是你们的事，我要是把这个事做了，不是夺你们的饭碗吗？"

韦子玉这才发现自己过于天真了，太不了解资本家了。韦子玉说："毕总你这样说我很难受，社会转型时期，问题太多，政府也不是万能的，有些事情，我们确实需要借助社会力量。"

毕伽索一声冷笑，提高嗓门说："借助社会力量？乔大桥回去讲几句大话，你们就当真了。说好听一点是书呆子，说白了就是拿个鸡毛当令箭。他乔大桥算什么，他有什么资格对干街指手画脚？"

韦子玉没想到毕伽索会发那么大的火，意识到这件事情很复杂。他曾听说，乔司令和毕伽索因为父辈的原因，有些芥蒂，看来不是空穴来风。韦子玉解释说："兴建文化街，不是乔司令的主意，而是县里的规划。乔司令只是说，街道不应该建在马路两边，街道要像街道的样子。”

毕伽索从鼻子里哼出一声，说：“为什么街道不能建在马路两边？难道建在深山老林就能提高生活质量了？奇谈怪论。他一个当兵的，脑子简单，你们也跟着起哄，莫名其妙。”

韦子玉基本上绝望了，怀着最后的希望说：“那，我们的文化街，毕总到底支持不支持？”

毕伽索说：“我为什么要支持？我支持了，我能得到什么？”

韦子玉盯着毕伽索，克制地问：“毕总，你想得到什么？”

毕伽索哈哈一笑说：“如果你们能把我爹的像挂在文化街上，我可以拿出一个亿来。”

韦子玉终于忍无可忍了，提高嗓门说：“毕总，我尊重你，但是我也提醒你，文化街是爱国主义教育基地，是文明发展的象征。别说你拿一个亿，你就是拿出一百个亿，我也没有办法把令尊的塑像立在文化街上。”

毕伽索说：“那不就得了吗，我怎么会拿钱给别人捧臭脚呢？老弟，恕我直言，这件事情我不能帮忙。不过，我答应给老街赞助十万元，说话算数，明天我就让财务转账。”

韦子玉没有吭气，显然，这个结果不是他想要的。

毕伽索顿了顿又说：“这笔钱，你们得用到正处，可不能让它打水漂了……”

毕伽索话还没有说完，韦子玉已经站了起来，冷冷地看着毕伽索说：“毕总，你那十万元钱给叫花子吧。毕总，请你记住，你也曾经是个穷人。”

毕伽索也站了起来，想拦住韦子玉，说："老弟，你听我说完，我有我的难处……"

韦子玉淡淡一笑说："那还说什么呢？没有你的臭钱，干街照样能过上好日子，而且是干干净净的好日子。"

韦子玉说完，扬长而去。

二

直到韦子玉的脚步声消失在楼道里，毕伽索才反应过来，赶紧派人去追。追是追上了，但是韦子玉坚决不回来，挡也挡不住，不由分说地上了出租车。到了晚上八点钟，还是没有找到韦子玉，毕伽索估计，韦子玉已经上飞机了。

毕伽索琢磨韦子玉传递的信息，那个文化街，主体工程是名人墙。也就是说，政府更关注的是对红色资源的开发和利用。干街确实是个特殊的集镇，除了韦梦为，在20世纪抗战时期又出了一个洪文辉，当时是梦为中学的校长，就地拉起了一支队伍，带到新四军，洪文辉担任这个团的团长，二十年后当到淮上省的省长。再往下，就数到于诚志了，于诚志抗战时期是洪文辉手下的连长，是西华山战役赫赫有名的英雄。当然，有了这几个人，又带出一批人，所以说，在干街，最不缺的就是名人，大大小小十几个，就连毕伽索的爹也是，尽管是反面的。

抽了两根烟后，毕伽索给他的中学同学戈德福打了电话，让戈德福进一步打探干街文化街的情况。戈德福在家乡淮上市做文化生意，以文化的名义同很多官员有来往。

没过多久，戈德福的电话就回了过来，他告诉毕伽索，这次修建干街文化街，不仅县里和市里高度重视，连省里也很重视，副省长何敏亲自勘察了地形，确定文化街的位置，在韦氏庄园旧址。据说这是整个淮上地区红色旅游战略格局的一部分。

毕伽索这才真正后悔起来，他觉得今天下午同韦子玉的争论，确实因小失大。为什么他会那么反感呢，原因有两个：一是家乡建文化街，可能会把一些尘封的历史抖搂出来，这是他极其不愿意看到的。二是因为乔大桥。当年他爹毕启发和乔大桥的爹乔如风同时跟随洪文辉参加新四军，在茅坪战斗中还配合着打死一个鬼子，两个人一道当了排长。可是后来，在西华山战役中，他爹一念之差，当了逃兵，而乔如风则在战斗中，带领最后的三名战士诱敌深入，完成了阵地阻击任务。这以后，两个人的命运天壤之别，乔如风在20世纪六七十年代，是皋唐县的县委书记，而毕启发则终生蒙耻，在干街当个小裁缝，最后连话都不会说了。毕伽索记得，小时候乔大桥从县城回到干街爷爷奶奶家度暑假，穿着海魂衫，让他羡慕极了。那时候他不止一次想过，为什么逃跑的不是乔大桥的爹，或者说，为什么他的爹不是乔如风而是毕启发，真乃时也命也。

天色渐渐暗了下来，从三十六层楼看出去，身下波光粼粼地闪烁着霓虹灯，这让毕伽索没来由地生出一阵伤感。唐多丽到美国陪女儿度暑假去了，这段时间毕伽索享受未婚待遇。直到楼道清洁工从门外闪过，他才想起晚上还没有吃饭。按了一下电铃，那边很快传来亓元的声音：“毕总，我在。”

他怔了一下，“我在”？不知道为什么，最近一段时间，这个听了七年的声音常常让他感到陌生。这个像谜一样的女人，居然在他身边坚持了七年。七年啊，窗外的马路变窄了，树木变高了，云彩变少了，可是她还像当初刚来时那样，不言不语，悄无声息，除了二十五岁变成三十二岁外，她简直就没怎么变化，甚至连男朋友也没有，没有听说过她在感情方面的任何信息。她近乎吝啬地经营着她的美貌，而又近乎挥霍地使用她的才智，她用她的才智保护了她的美貌。她在干什么，难道她想把自己修炼成一个圣女？

三

毕伽索第一次见到亓元，是在接受电视采访时。当时她即将从新闻系硕士毕业，在电视台实习。在断续的访谈中，毕伽索先后四次注意到一个身材高挑的女孩，并看清了她胸牌上的“亓元”两个字。女孩形象端庄，眼睛里始终闪烁着一丝平静的微笑，略黑的脸庞泛着健康的光泽，透着自信，看着舒服。离开电视台之前，跟送行的人打过招呼后，毕伽索向跟在后面的亓元大大咧咧地打了个招呼，说：“丫头，你过来。”亓元便微笑着向前走了两步。

“你这个姓怎么念？”

“亓，和整齐的齐同音。”

几天之后，毕伽索安排副总董华民去电视台找亓元，要聘她到集团工作，暂定担任行政处副处长，年薪三十万起步。

董华民当时愕然地问：“什么情况都不清楚，就当副处长，还年薪三十万？”毕伽索说：“要那么清楚干什么，我只关心这个人能不能用。”董华民寻思老总醉翁之意不在酒，便不再多嘴，到电视台一谈，没想到亓元并不领情，说：“不去，我只想当一个记者。”

董华民碰了壁，回来跟毕伽索说了，毕伽索比董华民还要吃惊，瞪着眼睛说：“啊，这个世道，还有这么清高的女孩啊？再把工作做深入一点，查查她的背景。”

不久董华民就向毕伽索报告说：“查清楚了，上海人，父亲是考古学家，母亲是中学音乐教师。”

毕伽索说：“我有点明白了，一家书呆子。”

董华民第二次约见亓元，亓元一口回绝，只是在电话里说了几句。董华民对亓元说：“我们老总看中你了，你开个价，什么条件都可以。”

亓元回答：“只有一个条件，不去。”

董华民说：“你先不要挂机，听我把话说完。我知道你担心什么，可我们老总不是那样的人，我们集团美女如云，可是我们老总他一个也没下手，我们老总真的是怜香惜玉，不，我们老总他是爱才如命……”董华民有些语无伦次了，这样的女孩，他还是第一次遇见。

电话那头十分难得地传来轻微的笑声，说：“你们老总根本不认识我，他怎么知道我有才？”

董华民说：“我们老总他是个天才，他有第三只眼，他的直觉是非常厉害的。你想想，他从一个普通教师，赤手空拳到深海打天下，把学校办得大中小都有，全国各地都有，他不是天才行吗？”

电话那头传来含义不明的笑声，也许是讥讽吧。然后，董华民就把毕伽索的原则、毕伽索的信条、毕伽索艰苦创业的历程等，说了足足十分钟。最后说：“小亓，你不要马上回答我，你再考虑考虑，三天之后，不，十天之后再回话也行。”

电话那头说：“现在就回话，不去。”

董华民后来向毕伽索大诉其苦，说：“这回真的见到鬼了，油盐不进，刀枪不入。我不明白，这么一个冷血动物，老总您要她干什么，吃不得碰不得还不好用。”

毕伽索听了，半天没吭气，抽了一支烟后对董华民说：“你说得对，算了。”

那个夏天，正是集团大发展的时期，连续在中原两个市开辟了局面，一次性上马七个项目，毕伽索频繁奔波于深海和中原，忙得不可开交，这件事情也就不了了之了。

自从唐多丽妇科病做了手术之后，在长达半年多的时间内，毕伽索一直没有夫妻生活。他的名言是：我从来不搞我不喜欢的女人，也不搞不喜欢我的女人。

二十年前公司被批准注册的时候，毕伽索就有个梦想，有朝一日，他要把他以前追求过的、暗恋过的、眺望过的女人统统找到，分期分批把她们请到床上，让那些曾经轻视他的、鄙夷他的、抛弃他的女人在他的身下流出幸福的眼泪，用追悔莫及和感恩的眼神看着他。但是只尝试过一次，他就放弃了这个梦想，因为工程太大，首先是数量太多，其次是……还有很多难以启齿的原因。

认识亓元的时候，他四十四岁，可以说如日中天，无论哪一方面都是。他当时并没有明确的计划要把她怎么样，是一种莫名的心理支配着他，大约越是得不到就越是期盼吧。

就在毕伽索决定忘掉亓元的时候，太阳从西边出来了，亓元突然现身，直接找到董华民说：“可以受聘。”

毕伽索在他的办公室里听董华民汇报事情的前因后果，盯着窗外的太阳看了大约半分钟，然后问：“好马不吃回头草，她为什么改主意了？”董华民说：“原因不详。”毕伽索抖着亓元的求职简历，对董华民一挥手说：“拒绝，请她另谋高就。”

董华民的嘴巴张了张，半天没合拢，说：“拒绝？这是何苦，众里寻她千百度，那人却在……送上门来的，何必……这也太小家子气了吧？”

毕伽索一拍桌子说：“她以为她是谁，她以为我这是饭店啊，想来就来，想不来就不来。老子……”毕伽索正说着，突然闭嘴，他看见亓元就站在门外。还是一身紫蓝色的连衣裙，眉目间已经少了许多冷漠，尽管低眉顺眼，却又不卑不亢。

毕伽索久久地打量着亓元，感觉这个女孩像她的名字一样生僻，周身似乎萦绕着一个神秘的气场，吸引你的目光，又把你的目光挡在尺寸之外。毕伽索的脑子飞快地转动，换了一副腔调说：“好啊，承蒙亓小姐看得起，本集团欢迎。我的条件不变，说说你的条件。”

亓元说：“我只是来找工作，有饭吃就行了，没有条件。”

亓元仍然没有接受行政处副处长的职务，也没有接受年薪三十万的待遇。亓元说：“我一天班没上，就当副处长，拿那么高的年薪，不合适。”

毕伽索说：“好，那就从头做起吧。”

那一年，亓元二十五岁，正是豆蔻年华。这个谜一样的女孩从行政处秘书干起，不动声色地张罗了很多事情，每个月都要给毕伽索提交一份集团内情报告，还要提交一份创新建议。

几年以后，在一次电视访谈中，毕伽索侃侃而谈，访谈结束后他才意识到，亓元到集团之后，实际上暗暗做了一件很大的事，就是改变了毕伽索的形象。每当遇到棘手的事情，毕伽索准备大发雷霆的时候，只要她在场，毕伽索挥舞在空中的手臂就会不自觉地换成一道弧线，骂人的话就会变成“不着急”或者“再商量”。她就像一面镜子一样让毕伽索不断地调整着自己的风度。毕伽索有一次对亓元说：“跟你在一起，我发现我越来越像一个好人了。”

这七年中间，亓元和毕伽索始终保持着严格意义上的雇佣关系。两千五百多天里，他们至少有一万次面对面。她陪同他出席各种会议、聚会和谈判活动，像幽灵一样围绕着他。不可思议的是，这些年尽管他经常渴望，但是他并没有对亓元下手。而亓元呢，始终是一个得体的助手，微笑经常挂在脸上，再也不像七年前那样青涩了，说话委婉了许多。有一天亓元亲自上阵，在电视台做了一个“民营教育的难度与高度”的演讲，历数中外历史民营教育的成功范例，对于当下民营教育的种种障碍和本集团的战略以及前景展望，做了条分缕析。在屏幕上的亓元同平常的亓元判若两人，落落大方侃侃而谈，形象气质远在节目主持人之上。加上她本来就是新闻专业的硕士生，在集团工作期间，又报了个在职博士，学问滋养自信，自信滋养容颜，越发显得成熟和清高。毕伽索有时候甚至觉得，是亓元的存在，提高了梦为集团和他本人的身价。

她是怎样变化的，为什么变化，谁也说不清楚。或者可以用毕伽索的话来解释，时间可以改变一切。

四

十分钟后，亓元便出现在门口，工装已经换成蓝紫色的连衣裙，亭亭玉立，却又平静得像个蜡像。

毕伽索说："能陪我吃饭吗？"

亓元迟疑了半秒钟，平静地说："可以，但我这段时间不能喝酒，我陪你吃西餐。"

毕伽索不高兴地说："谁说你这段时间不能喝酒？"亓元说："医生，否则我脸上会长痘的。"

毕伽索大手一挥说："嗨，听医生的话得吓死，你看我爹，吃大鱼大肉，喝了一辈子酒，活到八十多岁，现在每天还是一听啤酒，他只喝蓝带，还要易拉罐装的。"

亓元还是站着不动。

毕伽索不耐烦了，说："怎么，长痘就这么重要，你有男朋友了吧？"

亓元说："我们有言在先，不过问个人隐私。"

毕伽索顿时觉得无趣，生硬地说："算了，我不要你陪了。"又想了想，拉开抽屉，取出一摞资料，扔到老板台的对面，“这是我老家一个招商引资项目，你帮我研究一下。”

亓元迟疑了一下，接过资料，看看毕伽索说：“我还是陪毕总吃饭吧，喝一杯也行。”

毕伽索本想说算了，看看亓元的眼睛，很平静。毕伽索阴阳怪气地说：“那好，谢谢你啊。”

毕伽索下楼，亓元已经从地库里把车开上来了。这天晚上，或许是受到韦子玉和乔大桥的刺激，毕伽索的情绪大起大落，一杯接着一杯喝酒。他还没有拿准该用什么态度对待老家的招商引资，但是，一个现实的项目却越来越迫切地燃烧着毕伽索，在酒精的帮助下，他进入一个神奇的境界。他决定展开新的战斗，从亓元开始。

饭后叫了代驾。毕伽索坚持让亓元和他一起坐在后座上，亓元没有拒绝。毕伽索壮怀激烈。今夜，解开她衣裙的不是威士忌，而是他毕伽索，一个拥有三十亿私产的企业领袖，一个灵魂和肉体同样高贵的成功者。

毕伽索对司机说去碧水山庄的时候，亓元只是异样地看了他一眼，但是没有反对。在驶向碧水山庄的途中，他把脑袋靠在她的肩膀上，然后再把手从坐垫上面向她的臀部接近，接近，接近，再接近。她还是没有做出激烈的反应，只是略微欠了欠身体。他把这个微小的动作理解为一种姿态，这个姿态甚至让他感觉到鼓励，他闭上眼睛，想象着即将到来的幸福时光，在一片辽阔的原野上，他像一匹骏马一样纵横驰骋，驶向远处的蓝天白云……

后来情况发生了变化，就在快到高速出口的时候，亓元悄悄地把毕伽索的手向外推了推，低声说：“毕总，你今天喝了不少酒，碧水山庄有人照顾你吗？”

毕伽索差点就说出来，不是有你吗，但是话没有出口，又咽下去了，他担心亓元会说出让他难堪的话来，毕竟还有代驾坐在前面。他控制了一下情绪说：“我没喝多。”

亓元说：“碧水山庄没有人，要不，我叫小陈过来，也好照应一下，万一夜里要喝水。”

毕伽索明白了，庆幸自己没有唐突，口气很冲地说：“没事，不用你管。”

车子依旧按照原来的路线行驶，但是毕伽索的计划已不是原先的计划。进了碧水山庄门口，亓元下车把毕伽索送上台阶，才反身上车，向毕伽索挥挥手，抛出一个意味深长的微笑，车子拐了一个弯，驶出碧水山庄。

毕伽索没有马上开门，像个傻子一样站在台阶上，看着渐行渐远的小车，一股悲凉油然而生。亓元再一次拒绝了他，好在不算太难堪，没有怎么扫他的面子。

五

第二天上班，亓元到毕伽索办公室送文件，毕伽索为了掩饰尴尬，故意瞪着眼睛看着她，看她的步态，看她的表情。她的脸上居然看不出一点痕迹，把文件夹放在他写字台上说：“毕总，下周三省政协有个调研会，内容是少数民族地区发展教育意见建议，指名请您参加。”

“你去，这方面的情况你比我熟。”毕伽索不容置疑地说。

“对不起，我可能参加不成了，这是我的辞职申请。”

亓元说完，从文件夹里拿出辞职报告，放在毕伽索的面前。

毕伽索嘴巴张了半天才合上，一声冷笑说：“辞职？为什么？我又没有强迫你。”亓元不说话。

毕伽索愤怒地喊了一声：“我不会批准的。”

亓元说：“批准不批准是你的事，走不走是我的事。我并没有同集团签订卖身契约，这次我真的要走了。”毕伽索冷冷地看着亓元，亓元仍然一脸平静的微笑。毕伽索冲动地说：“亓元，你到底想干什么？”

“我只是想按照我自己的意志生活。”

“亓元，你摸着良心想想，自从你到集团，集团亏待过你吗？”

“为什么要亏待我？我尽职尽责，从来没有给集团添乱。”

“可是，你对我呢，你把我当作一个老总吗？你表面上毕恭毕敬，关怀体贴，可是你的心呢？我明白了，在心里，你把我当作暴发户，你认为我小人得志，你认为我为富不仁，你认为我浅薄、嚣张、膨胀，你在跟我演戏，你在观察我、取笑我，你看不起我！”

亓元的微笑收敛了，说：“毕总，你真的这么认为？”毕伽索直视亓元，说：“难道不是吗？”

亓元沉默了片刻说：“是有那么一点点，我们彼此都有让人看不起的地方。但是，公正地说，和众多的成功人士相比，你的人品还不算太差。”

毕伽索在暗中攥紧了拳头，说：“啊，仅仅是人品不算太差，你就这么看我？”

“你知道，我的原则是，能不说假话，尽量不说假话。我在您面前，尽量说真话。”

“那我问你，亓元，你爱我吗？”

“什么，毕总你说什么？”

“我是说，你爱我吗，或者说，你爱过我吗？”

亓元突然变脸，久久地凝视毕伽索，说：“毕总，我们之间，有谈论这个话题的理由吗？”

毕伽索说：“当然有！你为什么到集团来，我为什么要把你放到这么重要的岗位，你应该心知肚明。”

亓元的脸由白变红，嘴唇哆嗦着，控制着语速说：“毕总，你想错了，我到集团工作，集团给我很高的地位和待遇，这是我的能力和努力的报偿，这同爱情没有关系。我知道，在当今社会，一个集团老总和他的员工暧昧，甚至发生爱情，是再普遍不过的事情。可是，毕总您也要明白，即使一万个女秘书都和老板上床，但是还有万一，总会有一个人不会。请你不要轻易使用爱情这个字眼。”

在毕伽索的记忆中，除了会议和访谈外，亓元和他单独在一起，说这么多话，是第一次。他觉得他对亓元的了解实在是太浅薄了，实在是太想当然了。这时候他意识到一个危险正像一根针落进大海一样不可挽回。他表面平静，冷汗却无声无息地从发根和脖子上流了下来，衬衣的后背很快就贴在身上。

“亓元，”毕伽索突然哀婉地喊了一声，“亓元，也许我想错了，也许一开始就错了，可是什么都还没有开始，让我们重新开始好吗，如果你愿意，我们可以成为真正意义上的朋友。你说呢？”

亓元站着没动，肩膀轻微地晃了一下，好像有点动摇，最终还是笑笑说：“不，毕总，请珍惜我们彼此的自尊，这对于你我都很重要。”

毕伽索无语了，久久地看着亓元。亓元把脸稍微侧向一边。宽大的落地窗外面，城市的楼群触摸着蓝天。那正是初夏，淡淡的云絮在远处缓缓行走。毕伽索突然挺直了身体，站起来抓过亓元的辞职报告，颤抖地写上了“同意”两个字和自己的名字。

亓元提醒他说：“日期。”

毕伽索咬紧牙关，写下了日期。在将辞职报告还给亓元的时候，又缩回手，打开支票夹，快速地签署了一张一百万元人民币的支票，递给亓元，泪花闪烁地说：“这，这是集团对你的报答。”

亓元接过支票，看了看，又把支票轻轻地放在老板台上，然后转身走了，最初的几步很慢，快到门口的时候，步伐轻盈起来，紫蓝色的连衣裙摆旋动着像一面旗帜，在毕伽索的眼前弥漫放大成一片紫色的氤氲。

毕伽索卸下千斤重担一般颓然缩回到老板椅里，微微闭上了眼睛。就在这时候，他听见一个奇异的声音，隐隐约约却又实实在在，天啦，那是口哨声，是亓元，亓元的口哨是一段似曾相识的旋律，那声音在毕伽索的办公室里，在楼道里，在毕伽索的心里，经久不息，挥之不去。

六

这个春天，对毕伽索来说，是漫长的。他发现自己老了，多愁善感了。亓元离开了半个月，他基本上没有做出大的决策。他经常不自觉地站在落地窗前，眺望远处鳞次栉比的高楼大厦，思想无限辽阔。他不知道亓元是否已经离开了这座城市，或许亓元并没有走远，也许就在附近的某一个地方。可是，她是为了什么？毕伽索后悔得要死，他不缺女人，为什么还要一再进攻亓元？这个女人，她是女人吗？不，她简直就是一块砸不烂啃不动的硬骨头。都什么年代了，还有这样不食人间烟火的女人，简直荒唐。

在梦为教育集团，最初同干街发生联系的，的确是亓元。去年接待老家的县委书记弓珲，调研论证马岩湖投资方案，都是亓元参与策划的。在这件事情上，亓元充当了毕伽索的私人秘书。

但是，毕伽索此刻想起亓元，还不仅仅因为这些。去年年底，毕伽索专门腾出碧水山庄别墅，把父母接到南方过春节。别墅建在近郊，三层小楼，配有厨师两名，保姆两名，每天派专车从本市最大的超市采购新鲜食材和水果。毕伽索还从省府事务管理局买来两吨茅台酒，当着很多人的面告诉父亲，从此以后，茅台管够，爱怎么喝就怎么喝。这一次，他要补偿对父亲所有的愧疚，要让这个一辈子抬不起头的老裁缝安享晚年。

不可思议的事情发生了，毕启发和他的老伴于兰花在碧水山庄只住了一个晚上，第二天母亲就给儿子打电话，说老爷子犯病了，嚷嚷着要回干街。毕伽索吓了一跳，匆匆赶到，问了半天才明白，老爹在碧水山庄住不下去，原因很简单，用不惯抽水马桶。毕伽索说，这个好办，马上调工程队来，在院子里造一个简易旱厕，限令十二个小时完工。旱厕造好之后，老两口住了两天，母亲又打电话嚷嚷着要走，毕伽索问到底是什么原因，母亲说老爷子又犯病了。这次毕伽索带来了亓元，到了碧水山庄，看见老爷子坐在别墅门外的台阶上，嘴里嘟嘟囔囔说："鬼子来了，鬼子来了。"毕伽索跟母亲聊了一会，亓元就明白了，原来老人嫌这里人少，看不见人。亓元出主意说，淮上会馆人多，而且能听到家乡的口音，住在那里也许老人适应一些。

毕伽索想，这确实是个好主意，就在淮上会馆旁边租了一套大房子，把老人接过去，情况果然有所好转。

那段时间，按照毕伽索的安排，亓元经常到淮上会馆过问二老的情况，虽然她对毕启发犯病的时候就说"鬼子来了"有点好奇，但是并不打听。倒是毕伽索，有一次不高兴地问亓元："你对我父母的事情不感兴趣吗？"亓元说："作为一个员工，我没有必要对老总的家事感兴趣。"毕伽索说："可是我爹，他犯病的时候老是说鬼子来了，你不觉得奇怪？"亓元说："是有点奇怪，我猜测老人是个抗战老兵。"

毕伽索听了这话，愣了好一阵子，问亓元："你真的认为我爹是抗战老兵？"

亓元说："要么就是在战争年代受过刺激，可能同抗日有关。"

亓元这么一说，毕伽索又是半天没说话。

又过了一些日子，毕伽索对亓元说："你说对了，我爹是个抗战老兵。1944年夏天参加茅坪战斗，我爹打死过一个日本鬼子，被提升为排长。1945年春天西华山战役前夕，我爹奉命率领一个班征粮，因迷路同主力走散，途中被不明炮火袭击，我爹身负重伤，被当地群众营救，然后就返回干衔了。在我爹的档案里，结论是，战前离队。也就是说，组织上认为我爹是个逃兵。"

亓元说："毕总告诉我这些情况，需要我做什么吗？"

毕伽索说："几十年了，我们毕家都被这件事情压得抬不起头来。我爹他毕竟打过鬼子，立过战功，可就是因为没有参加西华山战斗，就成了逃兵，还被打断了一条腿，抚恤金一分没有。现在，我觉得时机成熟了，我要把这件事情弄清楚。"

亓元没有说话。

毕伽索说："你是不是觉得我的想法不靠谱？"

亓元说："我理解毕总的心情，但是要搞清这件事情，或者说毕总想为这件事情翻案，恐怕不是我力所能及的。"

毕伽索说："这件事情，最有可能帮我的就是你，你那么聪明，你都帮不了我，别人那就更是不指望了。"

亓元说："毕总，你太抬举我了。不过，从你陈述的情况看，我倒是真的有一个疑点，那就是老人家在同主力失散之后，在西华山战役展开那几天，这段时间他在哪里，做了什么。如果把这段历史弄清楚，那么，无论是什么结果，后人也只能面对了。"

毕总说："亓元，你确实聪明，看问题一针见血，直奔要害。你说的那段时间，确实是关键。问题是，那段时间又很复杂，我爹年轻的时候就说不清楚，现在更是胡说八道了，他的话连我都不信。"

亓元还是不动声色，问道："那么毕总，我请教您一个问题，你相信你的父亲是逃兵吗？"

毕伽索说："这不是我相信不相信的问题，战场上的情况是复杂的。"

亓元说："既然这样，毕总，我认为这件事情暂时还是不提为好。"

七

在整个童年、少年时期，在毕伽索的名字还叫毕得宝的漫长岁月里，他最痛恨的就是父亲，不仅因为他给家庭带来贫穷，更因为他给毕伽索带来屈辱。七岁那年，他亲眼看见干街的"文攻武卫"战斗队把毕启发从成衣店里抓小鸡一样抓走，毕启发挣扎着一瘸一蹦跶，又喊又叫，"鬼子来了，鬼子来了"，不时被挥舞红白棍的"战斗队员"往屁股上戳一下。红白棍戳一下，毕启发就号一声"鬼子来了"，丑态百出。

此后毕伽索回忆这段往事时，心里充满了悲哀。他的悲哀不在于他的父亲被批斗，而在于他父亲不是被批斗的主角，而是陪斗。

真正被批斗的主角是乔如风，这个从干街走出去的老革命，跟他爹一个年纪，那年都是四十三岁。可是乔如风什么风度啊，即便被揪到台上，也是威风凛凛，上衣兜里别着两支钢笔，脚上还穿着皮鞋，油亮的头发被“造反派”弄乱了，乔如风站稳后自己挥手把它捋平了。“造反派”头目、镇文化馆的查林踮着脚尖，想把乔如风的脑袋按下去。乔如风纹丝不动，猛然一甩脑袋，鼻子里狠狠地出了一口气，居高临下地瞥了查林一眼，查林居然被吓住了，再也不敢去按乔如风的脖子，灰溜溜地走向主席台一侧，路过毕启发身边的时候，顺便照他屁股上踢了一脚，毕启发又是一声号叫——“鬼子来了！”

这一幕成了童年毕伽索——毕得宝脑海里的彩色电影，一次又一次地播映，画面上的乔如风就像样板戏《红灯记》里的李玉和，大义凛然，而他爹则好比《智取威虎山》里的小炉匠栾平，猥琐不堪。那时候他甚至想，他为什么不是乔如风的儿子，而偏偏是毕启发的儿子呢？

毕得宝读高一那年，老省长洪文辉魂归故里，在干街东南方开辟了一块很大的墓地，中学师生到墓地参加安葬仪式。站在毕得宝身旁的韦二毛嘀咕了一声：“看，毕得宝好像，好像洪大爷。”毕得宝吓了一跳，差点儿又跟韦二毛动手了。可是那天他没动手，只是使劲地看了遗像一眼。这一看，真的感觉自己很像洪大爷。仪式结束后，学生整队带回之前，他又若无其事地溜到洪文辉遗像前面细看，这次他觉得他更像洪文辉了。

那天夜里，毕得宝做了一个很奇怪的梦，梦见他背着书包到了一座大城市，并且坐上了那种被干街人称为“乌龟壳”的小汽车，进入一个人间仙境一样的庭院，有人给他开门，毕恭毕敬地喊他少爷，同学中最漂亮的女生像喜鹊一样在他身边叽叽喳喳。

梦里醒来，他发现自己还是躺在自家的破床上，黑乎乎的蚊帐上一动不动地蹲着几只苍蝇般的蚊子，这些不劳而获的寄生虫，趁他做梦的工夫，穷凶极恶地饱餐他的血肉。

他是被他的老爹打醒的，老爹站在床前，瞪着一双金鱼眼睛，手里的棍子还在他的肚子上一轻一重地戳着。老爹的嘴里嘟囔着：“滚去，上、上、学、学、上！”

自从毕得宝记事起，他爹说话就不利索，只会说出极短的句子，而且把句子组合得奇形怪状，还经常倒装，比如他永远说不好“喝水”这两个字，只能说出“水喝”。最好的情况是，他在费力地说出“水、喝、喝、喝”之后，再用尽最后一丝力气突出一个短促的“水”的音节。这已经成为毕启发特殊的语言风格，别人同他交流十分困难，当然，别人也没有必要同他交流，只有毕伽索的母亲于兰花，能够一星半点地破译他的唇语和肢体语言。

美梦被老爹惊醒，让青春期的毕得宝十分恼火。就是那一次，他从床上跳下来，恶狠狠地推了父亲一把，冲他爹吼了一声：“你干什么，有本事跟鬼子干去！”

他爹愣住了，哆嗦着盯着他，上半截身体猛地往前斜了几度，两只胳膊一上一下地在胸前摆动，好像随时准备扑上来把他掐住。

毕得宝并没有被他爹的气势汹汹所吓倒，一边套裤子一边嚷嚷："你这个逃兵，把老子害惨了！"

他爹果然扑上来了，毕得宝一闪身躲过，他爹扑了个空，摔了个嘴啃泥。等毕启发狗刨一般爬起来，一高一低地撵到门外，毕得宝早就跑远了。

干街的人都知道毕启发是逃兵，但究竟他是怎么逃的，却又传说不一。毕得宝师范毕业那年做了两件事情，一是把自己的名字改成了毕伽索，二是到县市两级档案馆去查西华山战役，终于把他爹的那段历史搞清楚了。当时的新四军团长洪文辉后来在《关于毕启发西华山战役中离队经过和处理意见》上的批示是，茅坪战斗有功，西华山战斗离队，功过相抵，复员回籍。

那次调阅档案，毕伽索虽然接受了他爹的逃兵事实，却也有一个重大发现，洪文辉批示中有一句"茅坪战斗有功"，点燃了他的希望之火。

在西华山战役之前一年，日军偷袭淮上抗日根据地茅坪医院，连长于诚志率领七连二十里急行军增援茅坪。战斗打响后，刚刚入伍不久的乔如风和毕启发跟在班长后面迂回，爆破鬼子火力点，眼看就要接近了，一阵弹雨飞过来，毕启发被吓蒙了，听到乔如风在路边喊："毕启发，卧倒！"毕启发不知道往哪里卧，猫着腰找地方。乔如风发现侧面有鬼子包抄过来，掉转枪口，一扣扳机，没响，瞎火了。乔如风大喊："毕启发，左侧，开枪！"毕启发抱着大枪，躲在一棵树下，战战兢兢地开了一枪，再战战兢兢地开了第二枪。乔如风也从战友身边捡了一支枪，拉开枪栓就打，一边打一边大喊："好，打死一个，再开枪！"毕启发一听说打死了一个鬼子，突然跳了起来，大叫道：“老子打死一个鬼子，老子打死一个鬼子！”说完就往前冲，刚冲了十来步，被乔如风从后面扑倒。乔如风说：“卧倒打，你不要命了！”十多分钟后，排长带着几个人从右翼攻了上去，战斗结束了。

战后评功评奖，要记账，那个鬼子是谁打死的，于诚志让毕启发和乔如风自己说。乔如风说：“是毕启发打死的，我亲眼看见的，当时我枪里的子弹瞎火了。”毕启发说：“我没看见打死鬼子，是听乔如风说的。”于诚志哈哈大笑说：“好，瞎猫碰个死老鼠，碰得好，既然是碰的，我看这样，见面一半。”两个新兵一齐说：“好。”

为了感谢毕启发分了半个鬼子的功劳，乔如风后来送给毕启发半包洋烟，还为此作诗一首：打虎亲兄弟，上阵父子兵，见面分一半，咱们是乡亲。

让毕伽索不堪回首的是，后来又发生了西华山战役。西华山战役结束，毕启发被遣送回乡，那时候偶尔还能说几句明白话，说：“老子不是逃兵，老子打干街了，老子指挥三个人，打了鬼子四次进攻，守住了东头学校，救了蒋夫人。”

显然这是一派胡言，没有任何人当真。好在有洪文辉给干街镇的干部捎回来一句话，说毕启发虽然在西华山战斗中溜号，但是在茅坪战斗中还是有功劳的，功过相抵，不要为难他，让他安度余生吧。这样才给他分配了三亩地三间房。人民公社时期，又把他安排到大集体企业，当裁缝，量尺寸。

毕得宝十岁那年，毕启发说话开始出现严重障碍，到了毕伽索上中学后，他基本上只会说“鬼子来了”，有时候还加上一句“卧倒”，其他的话语，一律颠三倒四。再后来，连裁缝也当不成了，全家就靠毕伽索他娘卖油条过日子。

西华山战役中乔如风是七连二排长，带人征粮的任务本来是他的，但是连长布置任务的时候，他恰好在解手，连长等了他五分钟，见他没来，就对身边的毕启发说：“三排长，干脆你去，弄到多少是多少，晚上到长岗会合。”就这一个小小的变动，造成了两个人命运的分野。在西华山战役中乔如风跟着连长坚守长岗阵地，连长牺牲后他接替指挥。抗战结束后部队整编为华东野战军，他留在地方当县长，然后是县委书记。中华人民共和国成立初期，乔如风经常回干街看望老人，偶尔还到成衣店里见见毕启发，对当地的人讲毕启发分了半个鬼子算他战果的故事。后来经过几次运动，乔如风就不太讲这个故事了，因为毕启发颠三倒四的，不承认自己是逃兵不说，还经常扯上蒋夫人。别说这事是假的，倘是真的，恐怕更麻烦，那年头跟蒋介石扯上瓜葛可不是什么好事。

70 年代末乔如风官复原职，然后当了地区副专员。有一年带着一家老小回干街老宅过年，十六岁的毕得宝远远地看见乔如风的女儿乔乔，个子高高的，穿着黑白格子呢大衣，围着紫色围巾，从街上亭亭走过，好像是一棵移动的杨柳。当时毕得宝产生了一个强烈的愿望，就是要当大官，当了大官，首先把查林捆起来打个半死，然后把乔乔娶回家当老婆。可是这两个愿望一个也没有实现。查林后来不当“造反派”了，改行写剧本，剧本写得还不错，70 年代末调到县里去了。而乔乔在毕得宝还没有来得及娶她之前，就已经考上大学走了，后来嫁给一个处长。前几年毕伽索到上海开发业务，拐弯抹角找到乔乔，本来踌躇满志地要把她弄到床上，实现一下少年时期的宏伟抱负，可是见面之后，他就取消了计划，因为这个女人已经胖得让他无从下手了。

八

这些年，随着事业蒸蒸日上，毕伽索对父亲的感情也发生了很大的变化。父亲老了，安静多了，口齿越发不清楚，常常嘟嘟囔囔不知所云。倒是身体还算健朗，饮食不仅正常，而且超常，每顿喝二两茅台是吹牛——毕启发拒绝喝茅台，他只喝老家干街的土酒杂粮烧，每次喝两杯，约二两，标准定量，直到如今还没有减量。

时光荏苒，当年干街的风光人物先后离开人世，韦梦为、洪文辉、于诚志，就连乔如风也走了，可是毕启发还活着，还能喝酒，这是毕伽索最得意的事情。毕伽索琢磨，如果毕启发能活到一百五十岁，不知道这个世界会发生什么变化，那时候，人们还记得西华山战役吗？那时候人们可能只知道这个世界上有个历经磨难而自得其乐的毕启发。思路到了这一层，毕伽索很是兴奋了一段时间。就是那段时间，他开始重新审视父亲当逃兵这个事实，并向亓元讲了这件事情。那是他心理素质最好的时期。

毕伽索把毕启发接到深海的那一年，亓元被任命为行政处副处长。集团抓住这个未婚未恋的劳动力，最大限度地榨取她的才华。毕伽索对副总董华民说：“要一刻不停地使用她，不能让她闲着，要让她迅速成为集团的顶梁柱。”

亓元担任副处长不久，向毕伽索提议，要规范工会建设，要让工会确实起到维护员工福利、保障员工权益的作用。毕伽索半开玩笑问亓元：“你是给老总打工，还是给员工打工？”亓元回答：“我是给集团打工。既然成立集团，那么它就关系到全体员工的利益，只有老总和员工的利益一致，集团才有长久的生命力，集团越做越大，不能搞一锤子买卖。”

亓元的观点引起毕伽索的重视，后来他还是同意了亓元的建议，把形同虚设的工会重新整顿了一番，办了一个《梦为之声》的杂志，下发各分公司和一线学校。杂志除了报道集团重大活动，还设有“把脉问诊”“对症下药”等栏目。特别让毕伽索感到耳目一新的，是杂志的文学栏目，刊登新人新作，小说、诗歌、散文都有。毕伽索看得眼热，几次产生冲动给亓元投稿，读书人，谁没有文学梦呢？

杂志越办越好，成了毕伽索的必读。有一次他在上面读到了一篇作品，名曰“夏日之晨”，时代背景不详，地理背景不详，人文背景不详，写了一个远离喧嚣的小城镇，城堡巍峨，街衢优美，法制井然，人们淡泊名利，耕读狩猎，相亲相爱，俨然是一个原始共产主义阶段。小说还配有版画插图，街道建在小河两岸，情窦初开的男女乘坐小船在街心欢声笑语，小船上摆着鲜艳的水果，桌子上一瓶倒了一半的红酒……看了一半，毕伽索觉得奇怪，回过头来看看作者署名，吓了一跳，作者居然是韦梦为。亓元从哪个故纸堆里找出了这篇小说，他不知道。显然，亓元是欣赏韦梦为的，这个发现让毕伽索有点激动，他甚至把这件事情看成是他的原因，是因为他的存在而引起亓元对韦梦为的重视。

就是受那篇文章的触动，毕伽索又赋予亓元一个特殊的任务，写一篇毕启发的抗战事迹。亓元虽然迟疑，还是接受了，用了一个多月的时间，从网上和图书馆翻阅了大量的资料，并同毕伽索家乡市里的政协文史办取得联系，终于写成了《茅坪战斗中的毕启发》，毕伽索看了之后大加称赞，说："这就是我爹，我爹就是茅坪战斗中的英雄。"

毕伽索说这话的时候，亓元没有接茬，只是平静地看着毕伽索。毕伽索非常想让毕启发给集团总部的员工做一次战斗报告，跟亓元商量，能不能让他爹坐在主席台上做个样子，然后由她来做报告。这个意见被亓元委婉地拒绝了。毕伽索也没有为难亓元，因为当时毕启发正在闹着回家，这件事情就不了了之。

后来毕启发住进了淮上会馆，稳定下来之后，有一天毕伽索把亓元叫到他的办公室，再次提出来，要让他爹做一次报告，而且不是讲茅坪战斗，要讲就讲西华山战役。

毕伽索对亓元说："这件事情我想了很多年，梦里都在想，我爹既然能在茅坪战斗中打死一个鬼子，西华山战役中怎么会当逃兵呢，这太不符合逻辑了。还是你说的话提醒了我，我爹在同主力失散之后，在西华山战役展开那几天，他在哪里，做了什么？我想啊想啊，终于想明白了。那几天他并没有回干街，他在哪儿呢，他干了什么呢？"

亓元说："这确实是问题的关键，毕总你查清楚老人家干什么了吗？"

毕伽索笑了，神秘一笑，从抽屉里取出一张报纸复印件说："你先看看这个。"

亓元拿过复印件，那上面的大标题赫然入目——“西华山大战在即，蒋夫人前线劳军”。

亓元说：“这个我也查了资料，事实上宋美龄在西华山战役之前并没有去前线，这个报道是假的。”

毕伽索说：“你想啊，我爹在还能说话的时候为什么老是念叨他救了蒋夫人，不是空穴来风啊。我们现在来推理，一定是我爹在同主力失散之后，遇到了一群特殊的人，即便他没有同宋美龄本人见面，也有可能听说那是护送宋美龄的队伍，然后他们和鬼子遭遇了，然后我爹他们同鬼子交火了，在战斗中我爹被打断了一条腿，后来又被国民党的军队救下了，不然的话，为什么我爹后来出现在国民党军队的医院里呢？”

亓元静静地听着，再看一遍报纸复印件，然后抬起头来说：“毕总，你的想象有一定的合理性，可是，谁能证明呢？”

毕伽索说：“那次跟我爹去征粮的，还有三个战士，后来都死了，死无对证，只能靠合理想象了。”

亓元的眉头稍微蹙了一下说：“可是，我们总不能把想象当作事实吧？”

毕伽索说：“事实？你怎么知道这就不是事实？如果没有别的解释，我的推理就是事实。亓元，这件事情只有你来做，这篇文章你帮我做。做成了，我回报一百万元，美金。”

亓元愣住了，眼皮跳了跳，把那张报纸复印件往毕伽索的老板台上一放，轻轻地说：“毕总，你解雇我吧，这件事我做不了。”

后来呢？后来发生的事情，毕伽索想想就恨不得给自己一个耳光。后来他还是一意孤行了，他只花了十万元人民币，把干街原“造反派”头目查林请来，让他写了一个八千多字的“纪实文学”——《西华山战役中不为人知的秘密》，文章“合理想象”出毕启发等人在出发前就听说宋美龄要到国民党军队前线劳军的消息，征粮途中巧遇国民党军队转移家眷的队伍，误认为这是宋美龄的车队，后来遇到鬼子偷袭，毕启发等人就地阻击，掩护国民党军队家眷脱身，战斗中三名战士牺牲，毕启发身负重伤，昏迷不醒。战斗结束后国民党军队打扫战场的收容队发现毕启发，将其救起。经国民党军队医院抢救，虽然活下来了，但神经受到伤害，丧失记忆。

毕伽索虽然没有解雇亓元，但是至少冷落了亓元一个多月。亓元应弓珲书记之邀到淮上地区调研，就是那段时间查林把文章写好了。毕伽索很是得意，等亓元从淮上回来，毕伽索亲自把文章送到亓元的办公室说：“看看吧，只要思想不滑坡，办法总比困难多。”

亓元看了之后，抖抖文稿说：“像是真的，不是真的。”

毕伽索讥讽地看着亓元说：“你有什么证据说它不是真的？”

亓元说：“我没有证据说它不是真的，但我有证据说它是假的，因为史料没有记载。”

毕伽索说：“史料记载的都是主战场，这件事情发生在次要战场上，被忽略了。”

亓元说：“我是学新闻的，不会虚构，我不再对这件事情发表意见。”

毕伽索说：“已经用不着你发表意见了，我让你看看，就是要让你知道，离了张屠夫，照吃带毛猪。”

亓元说：“毕总，你准备拿这篇文章做什么用？”毕伽索说：“那就是我的事了。”

亓元说：“毕总，我建议你还是冷静一下，等一段时间再拿去发表。”

毕伽索没有听从亓元的劝告，不仅准备花钱在报纸上买下版面刊登这篇文章，还当真举行了一次“抗战老兵英雄事迹报告会”，不幸中的万幸是，临门一脚，他想起了亓元的忠告，报告会没有在集团礼堂召开，而是在淮上会馆布置了一个小会场，从下面的学校选来一个女教师，先试讲一次。整个会场不到二十人，他爹坐在主席台上，下面坐着查林等老乡和记者，充当听众。

文章写得好，女教师的口才也好，女教师声情并茂地讲述了西华山战役中的一场战斗和战斗中的毕启发，讲得下面鸦雀无声。可是谁也没有想到，讲到半截，毕启发突然犯病，口齿清楚地喊了一声：“鬼子来了，卧倒！”

还没有等人反应过来，毕启发就溜到主席台下。

当时毕伽索就在台下，他计划演讲一结束，就把演讲稿和照片拿到报社，哪里想到会出这样的事情！见势不妙，毕伽索的第一个反应是制止照相和录像，挥舞大手对几个工作人员说：“你们谁把今天的事情捅出去，开除！”

在事情发生的第一时间，是亓元冲到主席台上，把老爷子架了起来。不知道亓元说了什么，老爷子才慢慢地爬起来，由亓元扶着登上了轮椅。亓元对毕伽索说：“毕总，不要折磨老人家了。”

毕伽索表情复杂地看着亓元，嘴巴张了张说：“我爹，我爹他真是烂泥扶不上墙啊，你看这事闹的……”就在这时候，他看见他爹扭头瞪了他一眼，那一眼，不像一个疯子。

洋相还不尽于此。尽管毕伽索采取了封锁措施，风声还是走漏了。试讲会搞砸的第二天，网上出现一篇文章——《为富不仁暴发户篡改历史，丑态百出逃兵爹原形毕露》，后面还有很多跟帖，都是讥讽和谴责这件事情的。毕伽索在网上浏览一圈，惊出一身冷汗，叫来亓元，让她尽快摆平。万一带出别的什么事来，那真是烧香引出鬼来，后果不堪设想。

亓元当时说了一句什么话，毕伽索记不得了。第二天，网上不仅看不到骂声了，还出现一篇点击率很高的文章——《茅坪战斗中的毕启发》，附有作者亓元的声明：这不是虚构的，我对我写下的每一个字负责，如有疑义，我可以配合调查。然后是亓元的手机和座机号。

毕伽索注意看了跟帖，情绪化的网友似乎对毕启发宽容了许多，甚至还有人表示了同情。

毕伽索对这个结果十分满意，到亓元的办公室赔礼道歉，动情地说：“亓元，你是对的。”

亓元似乎也很感动，对毕伽索说：“毕总，我理解你，我只是希望你放下这件事情。”

毕伽索点点头，这以后，他再也不提他爹的抗战事迹了。直到这个多事之秋，干街修建文化街，委实给他出了一道难题。这时候他自然想起了亓元，可是，亓元她如今在哪里呢？

九

亓元走了，查林的位置陡然上升，成了毕伽索的私人顾问。毕伽索对查林讲了他同韦子玉的争吵，查林很快就揣摩出毕伽索的心思。查林说：“老街建文化街，建名人墙，势在必行，老街那些头面人物势必要重新浮出水面，这是不以个人意志为转移的。毕总作为干街最大的成功人士，无论从哪方面讲，都不能袖手旁观。”

毕伽索说：“我也是这么考虑，袖手旁观就是任人摆布。”

查林笑笑说：“其实，以毕总的实力，只要略有表示，他们那个文化街也好，名人墙也好，就不能不考虑毕总的感受。”

毕伽索说：“感受，什么感受？”

查林说：“令尊啊，令尊的形象啊，他毕竟在茅坪战斗中打过鬼子，把亓元写的《茅坪战斗中的毕启发》贴在名人墙上，也是一种态度。”

毕伽索说：“可是，他们会这么做吗？”

查林说：“他们需要经费，招商引资，总得有回报吧。”

毕伽索说：“那你说说，我表示多少为宜？”

查林说：“太多没必要，少了不合适，我看一百万就差不多了。”

毕伽索抬起头来，向远处看了看，把手一挥说：“不，太少了，我出一亿三千万。”

查林吓了一跳，冲口而出，说：“啊，这么多！”

毕伽索说：“查大哥，你说我要钱干什么？我要钱就是买个舒坦。我拿一亿三千万，就是要把这件事情的主动权牢牢地控制在手里，我舒坦，我爹舒坦。为了这个舒坦，我还可以多拿一点。”

查林怔了半天才说：“毕总，这是好事啊。”

毕伽索说：“可是怎么把这个信息告诉韦子玉呢？我已经同他闹翻了。”

查林说：“这个我来做工作，那个小老弟，虽然有点书生气，毕竟是政府的副县长，一亿三千万，那是他给政府引来的一份厚礼，他不会不识相的。”

这就说定了，由查林出面向韦子玉抛绣球。查林给韦子玉打了一个电话，说毕总准备为家乡斥资一亿三千万。说完了，电话那边并没有查林想象的惊喜或者惊呼。韦子玉只是淡淡地说：“现在捐赠文化街的人还真不少，捐赠也不是轻易就能接受的。这样吧，我直接和毕总谈。”

五一节后，韦子玉给毕伽索打来电话，首先对上次不辞而别表示歉意。韦子玉说得很客气，说自己在毕总的面前，还是个小老弟，不成熟。毕总的考虑也是有道理的。

韦子玉有了这样一个姿态，毕伽索也顺水推舟，说：“老弟不必计较，说到底还是大哥我缺乏涵养，确实有点为富不仁。这段时间大哥也在反思，确实应该为家乡做点实事了。”

韦子玉说：“大哥捐赠的事，我已经向县委汇报了，家乡领导和人民对大哥慷慨解囊支持家乡建设十分感谢，我们将把大哥的功德铭记在心上。”毕伽索没有吭气。

韦子玉说：“不过有个情况我得向大哥汇报，文化街第一期工程是名人墙，上墙的名单不仅要县里论证，市里和省里都要过问，红色名人墙上只能是对革命有重大贡献的同志，同毕总心里想的恐怕有很大的差距。我说的这个意思，大哥应该听明白了吧？”

毕伽索沉吟了一会说：“我懂。但是我想知道，名人墙的内容确定了吗？”

韦子玉说：“基本上确定了，韦梦为、洪文辉、于诚志、乔如风这些人都没有太大的争议，现在又多出一个戈璧山来。”

“什么？”毕伽索冲口喊了一声，“戈璧山？那个国民党反动派？”

韦子玉说：“是的，文化街名人墙的方案公布之后，引起各方关注，戈璧山的问题，省政协和统战部过问了，他是原国民党军的旅长，在西华山战役中抗日有功，省里要求我们认真调查，提出明确意见。”

毕伽索说：“那就是说，戈璧山很有可能上名人墙？”

韦子玉老老实实回答说：“是的，从目前掌握的情况看，这种可能性很大。”

毕伽索又问：“名单里还有谁？”韦子玉说：“目前主要的就这些。”

同韦子玉通完电话，毕伽索的脸色十分难看。他居然问“名单里还有谁？”，这话才出口他就后悔了，还有谁，你希望还有谁，你希望还有你爹？这才是真正的癞蛤蟆想吃天鹅肉，痴心妄想。别说名人墙上的名人数量有限，就是把干街的男男女女都搬到名人墙上，也轮不到他爹。就是把自己搬到名人墙上，也轮不到他爹。

现在，情况是越来越明朗了，毕伽索的压抑和愤懑也越来越有了方向，他妈的，连国民党反动派戈壁山都能上干街名人墙，而一个抗战老兵不仅无缘上墙，而且他的可耻历史极有可能因为这个名人墙而被重新抖搂出来，成为笑柄。是可忍孰不可忍！

十

自从亓元离开之后，毕伽索晚上多数时间都到淮上会馆，他在会馆旁边买了一块地，让他娘于兰花种地养鸡，他爹在一旁看。只要老家有人到深海，住在会馆里，吃饭的时候，就让老人出席，啥话也不说，就是看看家乡人。

现在照顾老人的，既不是保姆，也不是司机，而是查林。

查林的爹是干街的修表匠，据说查林出生前后那些年，干街还有不少钟表，可是到了六七十年代，钟表越来越少，修钟表的人自然更少，挨饿的事情是经常发生的，有时候为了一块锅巴，一家兄弟姐妹数人打成一锅粥，哭声骂声尖叫声直冲云霄。

那个年代，不要说读书人，干街所有人的日子都过得斯文扫地。倒是查林，始终怀着远大理想，要当作家，要像浩然那样写出《艳阳天》和《金光大道》，所以他在当“造反派”的时候也写小说、写剧本。20 世纪 70 年代，干街的文艺宣传队经常在县里调演拔得头筹，然后代表县里去地区参加调演，在全地区八个县的代表队中，干街宣传队的名次一般不会落到第三，基本是第一。这就给查林带来了很大的声誉，所以早在 70 年代末，他就被调到县里文化局当了股长。

毕得宝在县城读师范的时候，韦子玉的二哥韦二毛在县城做生意，贩蛤蟆镜赚了钱，有一次请家乡人到城西的小馆子里喝酒，毕得宝被叫去陪同。不知道怎么就谈到那次批斗，毕得宝说："别的都没有什么，我就是想问问，为什么你们把乔如风拉去批斗，却不敢对他怎么样，反而踢了我爹一脚？"查林想了半天才想起这件事情，一拍脑门说："嗨，你说这事啊，我跟你说，别看那时候乔如风是走资派，可是瘦死的骆驼也比马大，你看看那气势，那做派，真是老革命风采啊。至于踢了你爹一脚，我记不得了，你说踢了就踢了。这也是历史造成的，因为你爹他是个……嘿嘿，说了你也别在意，不说了。"

查林说得抑扬顿挫，却是一点歉意也没有，话里话外多少还有点挑衅的意思。毕得宝真想把一杯酒泼到他脸上，可是他不敢，因为人家是县里的股长，而他才是个师范生，将来混得再好也就是个教师，他不敢得罪查林。他只是借酒壮胆，试探着请教查林："现在很多老干部都平反了，我爹的历史问题是不是也该有个说法了？"查林当时愣了一下，明白后哈哈大笑，肆无忌惮地拍着他的脑袋说："平反？老弟你是说给你爹平反？哈哈，笑死我了，你爹有什么反好平的？你以为你爹是谁，是党和国家领导人啊？你爹他是个逃兵啊，在座的听说过有给逃兵平反的吗？"

查林酒喝多了，笑得前仰后合。毕得宝的那一腔热血啊，熊熊燃烧，因为在座的还有两名女同学。他几次端起面前的啤酒杯想砸在查林的脑门上，可最终还是放下了，他在心里一遍一遍地念叨，君子报仇十年不晚。旁边的女生见他两眼微闭，口中念念有词，紧张地问他：“毕得宝你怎么啦？”他睁开眼睛说：“没什么，我喝多了。”

三十年河东三十年河西。没想到查林成了毕伽索的门客。于兰花的菜地和养鸡场同会馆一墙之隔，其实这个会馆就是毕启发的厅堂，于兰花的菜地就是会馆的后花园。毕启发终于安居乐业了，每天坐在门外的台阶上看老伴种地喂鸡，偶尔还到鸡圈外面看鸡打架，气色越来越好，酒量也有增加，好几次定量之后还把杯子推到老伴面前。于兰花跟儿子说了，老爷子要求增加一杯，毕伽索坚决地说：“不行，他老糊涂了，我不糊涂。”

毕伽索对他爹似乎返老还童有点意外的惊喜，他琢磨其中的原因，固然有他事业的成功，光宗耀祖，滋养着老人，可能还有一个重要的原因，让爹娘离开干衔，“逃兵”这座压在他爹头上几十年的大山终于被搬掉了，再过一些年，也许他会彻底忘掉。

一年前毕伽索把查林接到深海，差不多就是被亓元逼的。那时候他已经看到为毕启发恢复名誉的希望了，即便不能恢复名誉，也可以利用集团的资源让老爷子享受一下恢复名誉的快乐，这一切，如果能够得到亓元支持的话，应该是不成问题的。可是亓元偏偏在这个问题上较真，一点通融的余地也没有。毕伽索骑虎难下，情急之下他想到了查林。

毕伽索想到了查林，激动得眼泪都快出来了，倒不是因为查林可以完成亓元不愿意完成的任务，而是，在毕伽索的心里，这一次，他终于可以实现童年的梦想了，他要朝查林的屁股上踢一脚，不，踢两脚，不，不是踢在查林的屁股上，而是要踢在查林的心上。他要把查林对毕家的羞辱加倍还给他。

果然，查林一接到董华民的电话，说毕总要请他到梦为集团当文化顾问，这个刚刚退休的文化官员就喜出望外。这些年，家乡人都知道毕伽索在外面发了大财，光皋唐县，就有一百多名教师辞去公职，投靠到毕伽索的门下。查林现在正闲着，写了半辈子剧本、小说也没有写出大名堂，仅限于在皋唐县小有名气。能给毕伽索当文化顾问，还不仅是挣钱的问题，而是面子，面子大了去了。

查林第二天就带上简单的行李南下了，买的是卧铺票。一路上想着即将到来的荣光，那种感觉不亚于金榜题名。到了深海，接站的不是毕伽索，也不是副总董华民，而是一个自称小江的女孩子，把他接到一个小旅馆住下，晚上小江陪他吃自助餐。小江告诉他，毕总在外地开一个重要的会，等两天后才能接见他。然后就把一堆资料交给他，说毕总有交代，让他先熟悉情况。

查林有点失落，却也没有多想。晚上打开那个厚厚的档案袋，都是抗战的资料，其中一篇是打印稿《茅坪战斗中的毕启发》，还有一张旧报纸复印件《西华山大战在即，蒋夫人前线劳军》，上面有一段批注——“经查，西华山战役前后，蒋夫人未前往西华山前线，疑为以讹传讹虚假报道。毕启发在西华山战役中的表现与此无关。但毕启发在战役前夕因征粮同主力部队走散，三名战士牺牲原因不详，毕启发重伤原因不详。仅国民党军队医院出具的出院证明为战场乱炮误伤，为何误伤，时间、地点、事件均有漏洞。毕启发记忆混乱，战后尚未失去语言功能，但回忆前后矛盾，因此被组织上定性为‘战前离队’，复员回乡。毕启发同主力走散的原因，走散后的表现，存疑难查。”

这段文字是用毛笔写的，小楷，工工整整，能看出功底很深。查林细细咂摸，顿时惊出一身冷汗，原来毕伽索的集团不缺文化人，而且是高手，看这一手字，没准还是个师爷。那么，他这个文化顾问怎么当呢？

那天夜晚，查林辗转反侧，想到即将接手的任务，看样子同毕启发有关。可是，这件事情还真的难办。

“战前离队”是什么意思？是书面语言，是往好听里说，其实就是逃兵。

想到后半夜，查林突然来了灵感，又坐起来看那蝇头小楷，渐渐地把注意力集中在“记忆混乱”“漏洞”和“存疑难查”三句话上，他不得不佩服“师爷”下的功夫，如果为毕启发做文章，那么，这三句话无疑就是最佳的路线图，第一，既然记忆混乱，那么前言不搭后语和自相矛盾就不能作为否定毕启发回忆的依据；第二，既然国民党医院证明毕启发为乱炮误伤的结论有漏洞，那么毕启发负伤就有另外一种可能，就有可能是战斗致伤；第三，既然存疑难查，说明还有重新调查的空间，难查是因为当事人都已作古，毕启发自己说不清楚，那么换个思路，当事人都不在了，死无对证，也就只好由活着的人说了算了……天啦，换个思路，换个思路，整个后半夜，查林被“换个思路”的思路燃烧着，他打算明天见到毕伽索，就把这个思路作为见面礼献给毕伽索。

可是第二天早晨他没有见到毕伽索，中午没见到毕伽索，晚上也没有见到毕伽索。查林这才发现小旅馆条件很差，早晨的自助餐还不如本县宾馆的好，心里就有些发凉，隐隐有一种不祥的感觉，委屈渐渐涌上心头。是你请我来的，不是我自己要求来的，你把我弄到这人生地不熟的地方坐冷板凳，这他妈叫什么事啊！

到了第三天上午还没有见到毕伽索，查林沉不住气了，吃了中午饭，回到房间悲从中来，在镜子面前看着自己的白发，感觉自己就像孔乙己，突然生出一股豪气，对着镜子里的自己念念有词地骂毕伽索："你以为你是谁，一个暴发户而已。就算退休了，老子也是个国家干部，我犯得着来给一个逃兵的儿子当狗腿子吗，算了，此处不留爷，自有留爷处，老子还是回去当退休老干部，安度晚年去。"

那一阵子，查林当真下了决心，并动手整理行李了。可是整理到一半，又住手了。真的打道回府，还不是那么容易的，一则，他临走时已经把话放出去了，是到深海给毕伽索当文化顾问；二则，梦为集团丰厚的待遇到底还是有诱惑力的。查林怀着复杂的心情，把快要收拾好的行李重新打开，睡了一个忍辱负重的午觉。

一觉醒来，小江已经在外面按门铃了。小江告诉他，毕总从上海回来了，今晚在南湖大酒店设宴给他接风。

查林差点热泪盈眶了，他为自己及时地扼制了冲动而感到庆幸，几天来的郁闷一扫而光。他穿上了来深海之前花两千元买的西服，拿不定主意要不要扎领带。小江微笑告诉他，不必那么正规。

在前往南湖酒店的路上，查林问小江："今晚参加宴会的还有什么人？"小江告诉他，这个她也不太清楚，老总的事情向来是董副安排的。

到了南湖大酒店，但见大堂金碧辉煌，乘电梯上了三楼一号包间，小江引查林进门，里面已经高朋满座。查林一眼看见沙发上的毕伽索，穿着样式新潮的衬衣，正在同几个人谈笑风生，见查林进来，毕伽索欠欠屁股，挥挥手说："来了，我给大家介绍一个老乡，老家的作家，老查，这边来，坐。"

查林听毕伽索喊他老查，心里很不是滋味，等毕伽索向他介绍客人，心里就更不是滋味。原来是老家几个县的父母官，其中一个查林认识，是本县的书记弓珲。一见到弓书记，查林愣了一下，尽管他已经退休了，可他还是不由自主地上前两步，弯下腰，把双手伸了出去。倒是弓珲很客气，站起来招呼他说："查局长，老前辈，没想到在这里见面了。您请坐。"查林的心里这才好受了一点。

介绍完毕，毕伽索说："各位书记有所不知，我这个老乡老查，他原来是我们老家的大笔杆子，70年代想当浩然，要写出皋唐县的《艳阳天》和《金光大道》，后来写了不少小戏，从县里演到市里，名气大得很，谱也大得很。"

查林脸上发烫，手足无措地说："那都是年少轻狂，毕总笑话了。"

毕伽索说："老查你不要谦虚，你们文人都有傲骨，有傲骨是好事，有傲骨才能冰清玉洁。你说是不是？不过，李白也有傲骨，可是朝廷一旦召唤，马上就'仰天大笑出门去'，傲骨也是看对谁傲，你说是不是？”

查林马上说：“是的是的，毕总博览群书博闻强识。”

毕伽索说：“老查，你要向李白学习，斗酒诗百篇，今天来的都是家乡的父母官，你一次见到这么多县委书记，也是荣幸，一会你可得好好敬酒啊！”

查林一听这话，心里一下子凉到了冰窟，天啦，说是为我接风，却原来让我敬酒，真是不拿村长当干部啊！嘴上却说：“那是应该的，应该的。”再往下，就不知该说什么好了。

说话间，大门洞开，一个身材高挑的女孩子出现在门口，又稍稍侧身，做了个优雅的手势，接着便鱼贯进来五六个人。毕伽索和老家的父母官们纷纷站起。毕伽索介绍说：“这是深海市的邱市长，张秘书长，马主任。”然后向邱市长等人介绍家乡的县委书记，再向书记们介绍集团副总董华民、财务总监赵虞山、行政处长亓元。毕伽索还特意说：“这个亓元，她的姓氏很特别，一般人不认识，字形就像圆周率，π。”

邱市长说：“这个字我认识，我分管电视台的时候，电视台给我打报告，说这个女孩素质极高，人也漂亮，一定要留在电视台，可是她放弃那么好的工作，跑到你梦为集团来了，可见梦为集团有魅力哦，你毕总有魅力哦！”

毕伽索说：“市长这是挖苦我了，小亓她到梦为集团来，或许是因为私营企业更自由一些。”

张秘书长说：“在梦为集团的年薪，比在电视台多十倍，她当然选择在梦为集团。现在的年轻人，更实际了。我这样说小亓你同意吗？”

亓元微笑说：“这确实是一种可能。”

邱市长打岔说："老张你恐怕还没有说到点子上，小亓到梦为集团，可不是冲着钱来的。这个孩子我知道一些，她的野心大得很哦。好，人到齐了没？"

毕伽索说："到齐了，就坐吧。"

亓元注意到毕伽索没有介绍查林，正要提醒，毕伽索却把目光转到邱市长身上说："今天是邱市长接见我家乡的见学团，市长你坐主席吧。"

邱市长已经站在一号座的背后了，把椅子往后一拖，一屁股坐了下去才说："我是首席，当仁不让，主席还是你来当。"

见邱市长已经落座，毕伽索赶紧招呼弓珲，说："弓书记你看，几个书记……"几个书记一齐推搡弓珲说："老弓，你是毕总家乡父母官，这二把交椅你不坐谁坐啊？"弓珲看着查林说："查局长是刚刚从老家来的吧。您是大哥，这个座还是您坐吧。"

听弓珲这么一说，查林心里一热，嘴上却赶紧推辞，说："弓书记，你就是处分我我也不敢，弓书记，您就坐吧。"

弓珲说："那就恭敬不如从命了。"然后招呼同行的几个县委书记，基本上按年龄大小排座。

毕伽索招呼董华民、赵虞山和亓元穿插陪同当地和家乡两拨官员，眼看大家都落座了，只有查林还没有着落，站在一边看别人让座，强作笑颜，脸皮越来越木，越来越僵硬。

毕伽索安排亓元坐在张秘书长的身边，亓元迟迟不落座，走到查林面前说："查局长刚到深海，您往上坐坐吧，我在下面好招呼。"

查林的心里五味杂陈，却没有挪步，僵硬的脸上动了动，说了一句：“谢谢孩子，我就坐在这里，我是毕总的老大哥，我在这里不是客人。”

这句话说完，查林的眼泪都快出来了。

亓元说：“查局长，您以后就是我的老师了，查老师您往上坐坐吧。”

查林还是没动，看了毕伽索一眼。毕伽索这才挥挥手说：“老查，你就往上坐坐吧，你跟她一个小字辈客气什么啊！”

十一

那顿晚宴，是查林终生难忘的。在宴会开始之后，他暗暗给自己定下三条原则，一是滴酒不沾，就说自己血压高。读书人是有骨气的，他打算以罢酒来表现自己的骨气。第二，绝不主动敬酒，不吃菜不喝酒不说笑不动地方，他将像一根木头杵在那里。第三，酒过三巡就借口肚子疼，开溜。

可是，宴会开始不到三分钟，他就意识到这三条原则一条也兑现不了。毕伽索代表家乡五百万人民感谢深海市对老区的支持、对外地打工劳动者的关爱、为家乡见学团提供方便，提了三杯酒，大家共同敬邱市长。

直到三杯酒喝完，查林才想起他的三条原则，刚才端杯子的时候，他完全忘了。在这个场合，不要说他的手，连他的大脑都不属于他自己了。至于说到敬酒，虽然他坚持了一会没有主动，可是当弓珲端着酒杯走到他面前之后，他慌忙站了起来，弯下腰说：“弓书记为家乡人民连日奔波，辛苦了，你随意，我喝干。”弓书记没有随意，而是一饮而尽。他一激动，接着给自己倒了两杯说：“那好，弓书记你喝一杯我喝三杯。”等到邱市长等人敬酒，他更是受宠若惊，连续三杯三杯地喝，一口菜没吃就晕乎了。这时候他不能溜，溜不动，也不想溜了。

不过，在最初的半个小时之内，他只是晕乎，还没有完全喝醉，他坚持没给毕伽索敬酒。毕伽索似乎注意到了他有点不正常，端着杯子走到他的面前说：“老大哥辛苦了，老弟敬你一杯。”

查林的心在滴血。你他妈的现在叫我老大哥了，你总算知道给我敬酒了，可是你知道吗，老子不领这个情，老子受够了！

他听见自己的嗓子眼里拼命地往外冒这几句话，可是这些话并没有从嘴巴里冲出来，冲出来的话是：“毕总，谢谢你，请毕总多多关照。毕总有事，尽管吩咐。愿为毕总效犬马之劳。”

说完这几句话，他抓过酒瓶，干脆把茶杯里的剩茶倒在地上，咕咚咕咚倒了一满茶杯，摇摇晃晃地举到毕伽索的面前，像牛饮一样往下灌。

毕伽索预感到要出事，赶紧示意亓元把杯子从查林的手里夺下，查林挣扎着又把杯子抓到自己的手里，然后——他威武不屈地向四周看了看，这时候四周在他面前一片波浪，翻滚着升腾着——他费力地睁开双眼，迈动发软的双腿，走一步突然腿一软，差点儿单腿跪在地上。他昂起头来，瞪着一双茫然的眼睛，再向四周看去，突然笑了一下，就像宁死不屈的仰天大笑。然后他端着茶杯，向邱市长走去，向弓书记走去，向张秘书长走去……所有的人都看清楚了，他走一步就要瘸一下，好像一条腿长一条腿短，走起来一高一低，走一步喝一口。

毕伽索的脸顿时白了，厉声吼道："老查，你要干什么？别喝了！"

亓元等人赶紧围上去想夺下查林的茶杯，他用胳膊肘挡住了，哈哈大笑说："别夺我的杯子，毕总让我敬酒，我要喝个够，轻伤不下火线，老子绝不当逃兵！"

后来的事情就一发不可收拾了。

查林是在第二天上午醒过来的，当时还在输液。毕伽索就坐在他的床边，等着他醒来。查林感觉哪里不对劲，睁开眼睛，看见毕伽索，癔症了半天，突然从床上翻下来说："毕总，毕总，你怎么在这里？"

毕伽索面无表情地说："我倒是要问问你，你说你为什么在这里？"

查林说："不知道啊，奇怪啊，我记得昨天晚上咱们在一块喝酒，我怎么会到这里，这是哪里？"

毕伽索冷冷地说："这是医院。"

然后又指着输液瓶问查林："知道这是什么吗？"查林怔怔地看着输液瓶说："离得太远，你把它拿下来我看看。"

毕伽索还是毫无表情地说："不用了，这是稀释酒精的药，溶剂是生理盐水。可是医院里给醉汉解酒，通常都用葡萄糖。"

查林看着毕伽索，一脸无知，突然瞪大了眼睛说："啊，不是给我输葡萄糖吧，我有糖尿病啊。”

毕伽索说：“这个你放心，你昨天住进来的时候，我就交代过他们，不能给你输葡萄糖。你知道吗，如果一个人想弄死一个人，他有一千个办法，所以他不会采用最愚蠢的办法。”

查林倏然睁大了眼睛，惊恐地问：“毕总，你这话是什么意思？”

毕伽索并不理会查林，两眼望着输液瓶，继续沿着自己的思路说：“一个人不想弄死一个人，他也有一千条办法，而且每条办法都是好办法。”

查林半天没吭气，好像想起了什么，不安地看着毕伽索说：“毕总，我是不是做错了什么，让你不高兴了？”

毕伽索说：“无所谓，我毕伽索，大丈夫能屈能伸，逃兵的儿子我当了五十年，我还在乎什么？”

查林彻底醒了，突然号啕大哭，继而掩面而泣，说：“毕总，我昨天喝多了，出丑了，我对不起毕总的厚爱，刚到深海就给毕总丢脸。毕总，我对不起你啊……”

毕伽索面无表情地看着查林，似乎在判断什么。等查林的哭声稍微拉长了节奏，毕伽索说：“当然，我也有粗心的地方。老查，我请你来，可不是让你喝醉的，只要你把事情做好，怎么都好商量，钱不是问题。但是，如果你想在我毕伽索面前做点什么文章，那后果你是清楚的。”

毕伽索说这话的时候，亓元陪同弓珲来看查林，刚刚走到病房门外，两人不约而同地放慢了脚步。弓珲做了个手势，把亓元引到病房外面说：“小亓，昨天晚上喝酒，查林同志好像有点不太正常，他和毕总之间到底是什么关系？”

亓元想了想说：“查老师是毕总请来的。”

弓珲见亓元回避，就把话题扯开，关切地问集团的一些情况，还问了一些个人的事情。末了问了一句：“去过毕总的家乡吗？”

亓元回答：“没有，但是很想去，我就是因为毕总的家乡才到毕总的集团上班的。”

弓珲惊讶地说：“啊，还有这么回事？”

亓元说：“我在网上搜索‘梦为集团’，没想到搜索出一个‘韦梦为’，我把梦为集团和韦梦为联系在一起，所以，我就选择了梦为集团。”

弓珲意味深长地问：“你现在还这么认为吗？”

亓元沉默了一阵，避开话头说：“那个韦梦为，太让我敬佩了。”

弓珲若有所思地说：“哦，原来是这样。我代表韦梦为的后人，欢迎你到韦梦为的故乡，也希望你能领略韦梦为的时代。”

亓元说：“我会去的，事实上我已经去了很多次，梦里。我还会唱他写的歌，鲜花岭上鲜花开，平等的世界人是人。”

弓珲不说话了，看着亓元。亓元看着远处。远处是上午的蓝天，水洗一般纯净。蓝天下面堆积着初夏的白云，宛如簇拥的城堡。

作为皋唐县的一把手，弓珲对韦梦为自然不陌生，但他没有想到亓元是因为韦梦为才误打误撞到了梦为集团，毕伽索的事业，沾了“梦为”这个品牌不少光。弓珲说：“是啊，这个人，确实不同寻常，一个连咖啡和牙粉都要进口的阔少，把全部家产都交给革命了，天下为公，追求平等，这种境界，非凡夫俗子能够理解的。”

亓元说：“我很小的时候，奶奶给我讲过一个童话，小动物联合起来战胜老虎的故事，让我非常着迷。后来我研究生毕业，找工作的时候，查询梦为集团资料，引出一个链接，这才知道，那个童话的作者是韦梦为，童话的名字叫“鲜花岭上鲜花开”，我觉得这太神奇了，好像冥冥中我和这个人有一种联系，必然让我找到他。”

弓珲说：“是很神奇啊，我没有读过那个童话，但是我知道他写的一首歌，‘鲜花岭上鲜花开，花开时节红军来，红军来了为平等，平等世界人是人’。还有他那句名言，‘一个人幸福是不道德的幸福’。”

亓元说：“我很喜欢他翻译的作品《苦难英雄》，对照了几个版本，包括修订本，还是韦梦为翻译得最好，我感觉其中有他自己的体验。据说，他是最早提倡红军干部读文学作品的。”

弓珲说：“惭愧，这个情况我还真的不太了解，没想到韦梦为还是个文学家。”

亓元说：“很多革命家都是文学家，比如陈独秀、毛泽东、瞿秋白、方志敏、沈泽民，这些人让我对中国革命有了新的认识。”

弓珲叹道：“如今这个世界，还有你这样的年轻人，真是难能可贵。”

亓元笑笑说：“我喜欢，喜欢就是理由。”

弓珲说："听说毕总对他父亲的事情一直没有放下？"

亓元说："是的，已有的结论确实有疑点，可是证据不足。"

弓珲说："哦，是这样啊，我倒是希望能够弄个水落石出。我们党讲究实事求是。如果亓处长有兴趣，到实地考察一下，也许会有新的发现。"

亓元说："等时机吧，我暂时还脱不开身。"后来就到了查林的病房。

弓珲对查林说："我们在深海的见学任务已经完成，下午就要回皋唐了，特意来向查老师告辞。"弓珲交代查林，"毕总在为家乡人争光，家乡人要给毕总提供正能量。老家那边请放心，有什么事，组织上会关照的。"

那一年的春天，毕伽索的事业进入良性循环状态。毕伽索的办公室里有一幅巨大的中国地图，上面密密麻麻地插着小红旗，标注着集团麾下学校的分布情况。毕伽索在集团中层以上管理人员大会上说："知道我们为什么叫梦为集团吗？因为我的家乡有个韦梦为，田地横跨三省五县，商号遍布大江南北。我毕伽索的梦想，至少在中国，凡是有人的地方，就有梦为集团属下的分公司和学校。"

毕伽索的讲话很有煽动性。在这次讲话之后，梦为集团的新人们才知道，梦为集团之所以叫梦为集团，原来有这样一个背景。但是有一点毕伽索没有告诉大家，韦家这庞大的产业，实际上是败落在韦梦为的手里。韦梦为把他的家产都送给革命了。

那一年亓元认识了弓珲，恰好不久之后因为毕启发的宣传问题同毕伽索闹了点意气，弓珲邀请她去皋唐县看看毕总的家乡，她就向毕伽索递了请假条。一个意外的收获是，在干街，她遇到了一个人——乔司令的儿子乔大豹，小伙子是理科留学生，假期回国，被乔大桥强行派到干街调研西华山战役的历史，更让她意外的是，乔大桥给儿子指派的任务是，调查毕启发离开队伍那几天的去向。虽然她不知道乔大桥此举的目的，但是这个课题还是吸引了她，两个年轻人很快就达成共识，并且一道考察了西华山战役旧址，果然有了新的发现和线索。不尽人意的是，后来因为乔大豹假期满了，这项调研半途而废了。

亓元在淮上采风的日子，正是查林峰回路转的日子。等他彻底酒醒之后，毕伽索派人把他接到一个去处，这回是个总统套间。

安顿下来之后，小江拿出一份协议书，让查林过目，他一条一条看了，最关心的当然是年薪那一款，还没看完心脏就突突地跳了起来，二十万，天哪，二十万元人民币，这在皋唐县，差不多可以买一套房子了。

小江告诉他，这只是底薪，毕总有话，如果工作出色，还有额外奖励。

查林睁着一双受惊的眼睛，抠抠眼窝问："可是，到底让我干什么工作？"

小江说："毕总说了，他的心思你最懂。"

查林不说话了，发了一阵呆，突然站起来对小江说："孩子，你转告毕总，我老查，老骥伏枥，一定不负众望，坚决完成组织上交给我的任务，捍卫毕老爷子的一世英名，一定，一定……”

查林的声音越来越小，说到最后，小江感觉就像有一只蚊子在她的耳边嗡嗡。

查林果然进入了他一生中创作的泉涌阶段，前十天里，他每天都要把《茅坪战斗中的毕启发》和上面的批注看上一遍。那时候他知道了，那些漂亮的小楷字不是出自老学究，而是亓元写的。他简直不敢相信，觉得那个脸上始终挂着平静的微笑的女孩不是人，简直就是一个狐仙。批注上面的每一个字都熠熠闪光，每一个字都能幻化成灵感，灵感就像夏天原野上空噼里啪啦的闪电，照亮了他思维世界的天空。终于，在亓元从皋唐县回来之前，他完成了《西华山战役中不为人知的秘密——“逃兵”毕启发九死一生的奇迹》。把稿子发到毕伽索信箱之后，他决定狠狠地奖励一下自己，独自到街上的小酒馆喝了两瓶啤酒，回到豪华包间，坐在马桶上，眼泪无声无息地流了十几分钟。

第二天下午，毕伽索把他叫到集团的办公室，客气地让他坐下，然后拿出他的稿子问他：“老查，你觉得你写得怎么样？”

他忐忑地观察毕总的表情，毕总没有表情。他的心顿时又慌乱起来，结结巴巴地说：“毕总，我水平有限，可是，我是尽心尽力的，我可以改，只要您不满意，我就继续修改，直到您满意为止。”

毕伽索站了起来，还是一副公事公办的面孔，说：“是需要改，必须改！”

他的心呼啦一下提到了嗓门眼，惶惶地站了起来，说：

“毕总，您吩咐，我一定实现您的愿望……”

毕伽索看着查林，像看一只奇怪的动物，看了好久才把稿子往桌子上一拍，大喊一声：“老查！”

查林吓得腿都打战了，冷汗直冒，说：“毕总，我在。”毕伽索走到他面前，拍拍他的肩膀，左一下又一下，拍得查林神情恍惚。毕伽索拍够了，把查林的脸搬起来，看着他的眼睛说：“老查，查大哥，你终于开窍了，你终于干了一件正经事情。记住这个日子吧，这是你创作生涯中最值得纪念的一天。”

转眼之间恍若隔世，查林的嘴巴张了几下，什么也没有说出来，只是嘟哝了一句：“毕总……”

毕伽索说：“哈哈，我也不跟你卖关子了，这是一篇非常科学、非常客观、非常艺术的文章。”

查林还是不放心，试探着问：“毕总，您不是说需要改吗？”

毕伽索说：“是需要改，只要改一下标题，把‘逃兵’两个字去了就行了。”

查林如梦初醒，长长地呼出一口气来。这时候他才明白，毕伽索实在太在意“逃兵”这个字眼了，加上引号也不行。

离开毕伽索办公室之前，毕伽索扔给他一张支票，三十万元。查林拿着支票的手不禁剧烈地抖动起来，三十万元是个什么概念？这是他几十年笔耕全部稿费的若干倍，如果让他重新回到文化局，恐怕他写到死也挣不来这么多稿费。他眼泪汪汪地说：“毕总，您待我真是天高地厚，您指向哪里，我就打向哪里。”这篇文章，后来被亓元评价为“像是真的，不是真的”。查林对这个评价感恩戴德，他知道，毕伽索之所以充分肯定这篇稿子，关键就在于亓元说的这个“像”字，这个字太重要了。不是真的，像是真的，多么精辟的语言，唯其“像”，才是艺术啊！

不料才过去一个星期，风向大变，先是毕伽索精心组织的试讲会被老爷子搞砸了，幸亏是试讲，洋相仅限于小范围。接着网上出现质疑，弄得毕伽索也很紧张。毕伽索网上挨骂的第二天早晨，他就悄悄地到银行，把账转到老伴的账户上，他寻思，万一毕伽索反悔，要收回那三十万，那他就横下心来，要命一条，要钱没有。

好在毕伽索并没有反悔，似乎早就把那三十万忘了。

这件事情发生在一年前，这一年里，毕伽索很少再提“不为人知的秘密”了，而是让他协助亓元办报纸，经常去陪老爷子和老太太吃饭，年薪仍然二十万元。

十二

这段时间，亓元第二次出走，而且一去不返，《梦为之声》再次由查林负责。集团麾下几千名教师，政治、历史、地理各个专业的人才都有，但是文章写得一般。查林盘算，毕伽索给他年薪二十万，还是合适的，他当这个主编是称职的。自从得到干街要建名人墙的信息，隐藏在他心里的那颗种子又蠢蠢欲动了。毕总待他不薄，毕总的心思他最懂，他要为毕总分忧，要主动作为。帮助毕总搬掉压在他心上的那块大石头，当然还是要从老爷子那里打开突破口，所以这一个多月，只要有时间，他就到老爷子家里吃饭。

毕伽索难得回来吃饭，照例要喝一杯。吃过饭，于兰花推着老爷子在院子里溜达，毕伽索和查林跟在后面散步。毕伽索说："老查，干街要建文化街的事情你知道了吧？"查林说："知道了。"毕伽索说："你对这件事情怎么看？"查林说："经济发展了，有钱了，各个地方都在搞文化建设，这也是趋势。"

毕伽索说："是啊，是好事，可是……"毕伽索不说了。

查林说："毕总是考虑名人墙的事吧？"毕伽索看看查林，又抬头看着远处。

查林说："这些天我也在想这件事情，修名人墙，有些历史就会被重新提起，可能会有一些负面的东西。不过，老爷子在茅坪战斗中的表现，组织上是有结论的。可以扬长避短，不提西华山战斗，把茅坪战斗的事情放大，以毕总的影响，我想当地政府不会不顾及毕总的感受。"

毕伽索说："这个我想过，确实存在这种可能，但我心里还是不舒服。茅坪战斗不能说明问题。"

查林无语，他知道，毕伽索的心结还是在西华山战役上。

毕伽索说："我就一直不明白，我爹参加新四军之后，很快就在茅坪战斗中立了一功，为什么会在西华山战役之前开小差，不符合逻辑啊。"

查林没法回答，心想，这有什么不符合逻辑的，战场是复杂的，人的心理也是复杂的，什么情况都有可能发生。只是，这话他不敢对毕伽索说。查林说："还是亓处长那句话，关键要搞清楚，老爷子在同主力失散之后，在西华山战役展开那几天，他在哪里，做了什么？”

毕伽索说：“查大哥，你陪我爹吃了那么多饭，有没有什么新线索啊？”

查林说：“毕总，你看老爷子，能吃能喝，就是不能说，他要是能说，不早就说清楚了吗？”

毕伽索怔怔地看着查林说：“那你说，这件事情就这样了？”

查林心里一咯噔，听出了毕伽索的不快，沉吟片刻才说：“毕总，我不是这个意思，我觉得，老爷子在西华山战役中的表现一定另有隐情，那年你把我调到深海来，我连夜看了那篇文章《西华山大战在即，蒋夫人前线劳军》，还有亓处长写的《茅坪战斗中的毕启发》，那一夜我都没有睡好，我一直琢磨亓处长写在文章外面的‘记忆混乱’‘漏洞’和‘存疑难查’，这三句话，可以说为老爷子翻案提供了理论依据。虽然我的那篇文章没有得到认可，我有责任，但是，我并不认为那是彻底的失败，而是成功的开始。”

毕伽索来了精神，说：“嗯，你是这么看的？”

查林说：“亓处长对我那篇文章的评价有八个字，‘像是真的，不是真的’，原先我们都满足于一个‘像’字，错就错在这里。现在，只要毕总你下决心，我就再做一次努力，要把这句话变成‘像是真的，就是真的。’”

毕伽索的脸上不易觉察地闪过一丝惊喜，说：“你有把握？”

查林说：“关键还是亓处长说的，那几天老爷子在哪里，他既没有回部队，也没有回干街，他总不能到天上转一圈等战斗结束后再下来吧？”

毕伽索回忆了一下说：“国民党的医院不是有证明吗，被乱炮误伤。”

查林说：“亓处长的批注写得明白，国民党医院的证明不足为信啊！”

毕伽索皱着眉头说：“不要老是被亓元牵着鼻子走，再说，她已经背叛集团了。你就不能换个思路？”

查林这次却没有退却，以肯定的口气说：“不，亓处长说得对，必须把那几天老爷子的行动搞清楚。”

毕伽索说：“你是不是有线索了？”

查林说：“是的，这段时间我一直在做功课，终于发现，我们过去都是被那张旧报纸带到迷雾中了，被老爷子说的救了蒋夫人这句话给害了。”

毕伽索异样地看了查林一眼。

查林马上改口说：“老爷子那个说法，把我们的思路引偏了。毕总我向你报告，昨天，我的研究有重大突破。”

毕伽索吃了一惊，停住步子，侧过脸来，看看查林问：“重大突破？”

查林说：“昨天，我在网上看见一篇文章，西华山战役前期，还发生过一次规模虽小却很激烈的战斗，那是国民党军队家眷在转移的途中，被日军一个班和汉奸一个中队追击，在长岗北侧黄庄发生激战，眼看日军快要追上家眷队伍，从敌后传来枪声，打乱鬼子阵脚，国民党军队一个排掩护家眷突围，由国民党军队蜀涧埠阵地派出主力，将家眷接走。”

毕伽索问："这同老爷子有什么关系？"

查林说："关系重大。敌后，敌人的背后，传来的枪声，是谁打的？完全有可能是老爷子和他的三个战士，因为征粮来到黄庄，遇到鬼子尾随国民党军队家眷，出其不意从背后包抄，从而掩护了国民党军队家眷转移。"

毕伽索眯起眼睛想了一会说："我爹他说救了蒋夫人。这个怎么解释？"

查林说："至于宋美龄到前线劳军，是个谣传，可能是国民党军队旅长戈璧山他们为了鼓舞士气放出的烟幕弹，参战的新四军应该也听到了这个谣传，遇到有女人的队伍，想当然认为这就是宋美龄和她的卫队，所以他们认为救了蒋夫人。"

毕伽索说："有点道理，可是我爹还说是在干街打的啊！"

查林说："这个确实是个疑点，只能解释为老爷子在那次战斗之后神经错乱，张冠李戴了。"

毕伽索不说话了，看他娘推着他爹从远处缓缓地走过来，然后对查林意味深长地笑笑说："老查，你别急，还是把事情搞清楚，免得又是一个'像是真的，不是真的'。"说完，到他爹娘面前打个招呼，进门夹起皮包，走了。

查林碰了个软钉子，很是郁闷，回到住处，打开电脑，再去看那篇新出现的文章。这篇文章虽然发在"历史勾陈"网站上，公开征询信息，可在查林的心里，隐隐感到这篇文章就是为他而发的。

关于西华山战役，《淮上抗战史》是这样记载的：1945

年 4 月，日军侵华部队已经进入穷途末路，为了实施战略撤退，集中三个联队的兵力和汉奸部队三万余人，进攻淮上守城寿春，企图打通东进路线。国民党淮上守军暂停反共摩擦，在西华山一线阻击日军，戈壁山第一三六旅担负北线阻击任务。新四军淮上支队以民族大义为重，派出洪文辉独立团扼守蜀涧埠、流波、马念道等要地。战斗前期，独立团先后打退敌人十几次进攻，战斗中负伤兵员，皆转送一三六旅战地医院抢救。战斗第七日，日军突破顾山防线，独立团伤亡过半，残部仅三百余人。为确保主峰西华山，新四军淮上支队命令洪文辉增援西华山南侧界岭，并构筑长岗阵地，钳制敌进攻西华山主峰兵力。当夜日军集中兵力围攻长岗高地，并实施炮火袭击，洪文辉在战斗中负伤，七连连长于诚志在高地即将落入敌手之际，命战士在阵地埋上地雷，二排长乔如风带领仅剩的三名战士边打边撤，吸引敌人进入阵地，于诚志在工事里拉索引爆，蜂拥而来的日军和汉奸百余人丧生，于诚志与敌同归于尽。

这个记述同毕启发没有任何关系。

自然，长岗战斗不是西华山战役的全部。查林殚精竭虑，在三十多场大大小小的战斗中，试图找到毕启发的踪迹，但是没有。

恰巧就在这天夜里，查林发现信箱里面出现了一个电子邮件，提示他注意发生在流波的战斗。

流波战斗发生在西华山战役前期，一架美军战斗机被日军击落，飞行员跳伞后被流波民众藏匿，国民党军队派出马彪少校率领一个特务排和翻译黎露女士前往流波寻找，遭遇日军搜查部队，双方在流波基督教堂南侧的林家大院僵持，持续巷战，战斗一昼夜，马彪少校率部救出美军飞行员，获青天白日勋章一枚。

这件事情跟毕启发有什么关系，查林想破脑袋，还是没有想明白。

十三

韦子玉这次给毕伽索打电话，客气多了，问他那一亿三千万到底考虑好了没有。

毕伽索想了想说："再考虑考虑。"

韦子玉在电话里说："大哥，前几天选址，我回老街了，老街现在只有一些老人和孩子，稀稀落落十几幢破房子，有的还是草顶土墙。西头你家那块，一间房子都没有了，杂草齐腰深，看着好凄凉。"

毕伽索说："是啊，年轻人都到新街去了，老街很快就彻底消失了。以后，只能回忆了。"

韦子玉说："我有个想法，还不成熟……"

毕伽索说："咱们兄弟谁跟谁啊，有话尽管说。"电话里传来刺刺拉拉的声音，感觉韦子玉下了很大的决心，才把话说出来，很神秘的样子。韦子玉说："大哥你在深海老乡中一呼百应，能不能考虑为干街做点实事？"

毕伽索警觉地说："做什么事？我们要在马岩湖建度假村，不就是为干街做事吗？可是你们不支持。我打算拿一亿三千万赞助你们的文化街，可是你们连我最起码的要求都不能满足。我还要做什么事？”

韦子玉说：“实话说，我不是太希望你拿钱赞助文化街，况且文化街也用不了多少钱。我的真实想法……”话到此处，韦子玉打住了。

毕伽索静静地等待。

韦子玉说：“我有一个梦想，可是我没有能力实现。我的梦想其实也是大哥你的梦想，而且你有能力实现。”

毕伽索说：“县长老弟，又跟我绕什么弯子？”

韦子玉说：“在跟你通这个电话的时候，我不是县长，我是你的干街乡亲，是你的街坊老弟。”

毕伽索说：“你这么一绕我明白了，你还是想搞你的那个唐宋村，解决空巢老人和留守儿童的问题。这不是我力所能及的事情。”

韦子玉说：“你带个头，就会有更多的企业家开辟这个事业。”

毕伽索说：“我就算带这个头，也没有人会响应，企业家是要赚钱的。”

韦子玉说：“金钱本来就是泥土，一切都是泥土，包括原子弹，也包括你和我，都将成为一抔黄土。要钱何用？”

毕伽索说：“要钱没用你还跟我谈什么？”

韦子玉说：“要钱有用，做有用的事，做有价值的事。”

毕伽索说：“企业不是慈善机构，你跟一个企业家谈这个问题，合适吗？”

韦子玉说：“我认为是合适的，因为你是个有长远眼光的人，是个大企业家。”

毕伽索说：“子玉老弟，你是家乡政府的副县长，我认为你应该做的事情，首先是集中精力把文化街建好，而不是满足乔大桥还有你的小资情调。那东西是害人的。”

韦子玉的声音突然变了，好像注入了一种叫作情感的东西，毕伽索似乎从韦子玉的声音里看出了他神往的眼睛。韦子玉说：“憩园，憩园，你知道憩园是什么吗？”

毕伽索心里一震，猛地喊了一声：“你说什么，亓元，亓元在哪里？”

韦子玉说：“憩园就在你的家乡，唐宋村就是你的憩园。”

毕伽索傻了，愣了半天才说：“老弟，我看你是走火入魔了，我真的要提醒你，你有今天不容易，你不能跟着乔大桥不着边际了，他已经退休了，你的路还很长。”

韦子玉没有理会毕伽索的劝告，仍然沉浸在一种忘我的情绪中，喃喃地说：“憩园，不仅是你的憩园，它也是我的憩园。在我们这个车轮滚滚物欲横流的世界里，我们最需要的就是心灵的一块净土。毕大哥，毕总，今天我是鼓足很大勇气来跟你交流感情的，我不是叫花子，我不是来找你化缘的，事实上，我是在帮你。帮你找回一颗爱心，有爱心的企业家才是真正的企业家而不是商贩。”

说完这话，韦子玉把电话挂了。

毕伽索情不自禁地把手机举到了眼前，似乎想从屏幕上再把韦子玉拉回来，抓住他的衣领问问他，亓元到底在哪里。一分钟后再拨韦子玉的号码，韦子玉已经关机了。

这一切来得那么突然，消失得那么彻底，让毕伽索恍若隔世。

愣了半晌，毕伽索把妻弟唐斌的电话拨通了，说：“怎么回事，韦子玉的脾气突然大起来了，是不是受到什么刺激了？”

唐斌想了一下说：“脾气大了吗，我没怎么觉得，倒是感觉他有点消沉了。这兄弟别看当个副县长，还是个书呆子。”

毕伽索说：“书呆子不错，可是也不至于胡言乱语啊。”

唐斌惊讶地问：“怎么胡言乱语了？”

毕伽索说：“我问你，梦为集团的亓元最近有没有出现在干街？”

唐斌一头雾水，说：“没有啊，你那个能干的助手我是见过的。”

毕伽索说：“她已经辞职了。可是，就在刚才，我跟韦子玉通电话，他居然说，我的亓元在干街，干街就是我的亓元，我们大家都需要亓元。这不是胡说八道吗？”

唐斌愣了半晌，在电话那边叫起来了：“姐夫，我明白了，他说的那个憩园，不是你说的那个亓元，他那个憩园就是他的唐宋村，它不是人，是一个……唉，我也说不清楚它是个啥，反正不是你说的那个亓元。”

毕伽索怒吼道：“到底怎么回事，一个个都不会说话了，简直中邪了！”

唐斌说：“前几天韦子玉又去了干街一趟，他听镇长郑弋阳说，省里电视台有人到干街考察，要在老街搞个项目——憩园，主要目的是帮助空巢老人和留守儿童。据说这个项目同当初乔大桥提出的唐宋村有很多相似的地方。自从那次之后，子玉就有些魂不守舍，经常跟我们念叨，说这个创意好，名字好，政府给土地和税收方面的优惠政策，吸引成功人士归根，就可以带动老街建立一种怀旧的生活方式，人类应该诗意地栖居啊。我们也觉得他有点魂不守舍了。”

毕伽索这才明白，他说的亓元同韦子玉说的憩园确实是两码事，但是他还是被韦子玉的憩园拨动了一下。毕伽索问唐斌：“韦子玉到老街干什么，他以为他是乔司令，衣锦还乡啊！”

唐斌说：“主要是找洪雨声了解老街的历史。那个洪雨声你记得吧？”

毕伽索说：“有点印象，供销社的老职工，一辈子没娶老婆，疯疯癫癫的。”

唐斌说：“就是他，棺材里放个电话机，说他经常跟韦梦为通电话，韦梦为告诉他，革命就是要让所有的人过上好日子。你听听，韦梦为死了都七十多年了，通个鬼电话啊。上次乔大桥去干街，他又这么说，把乔大桥都吓了一跳。不过老街现在确实像个鬼街，一群黄土埋在脖子的人住在里面，也没有电，夜晚阴森森的，万户萧疏鬼唱歌啊！”

毕伽索问：“韦子玉就是为这事消沉吗？不至于吧，当今像老街这样的空城多的是，他一个副县长能管得过来吗？”

唐斌说：“所以我说他是书呆子呢。那个唐宋村，虽然在招商引资洽谈会上立项了，但是各级政府都把注意力放在文化街上。子玉可能是受乔司令的影响，对所谓的唐宋村偏偏格外上心，好像真的有点反常了。”

毕伽索说：“什么唐宋村，异想天开。”

唐斌说："是啊，完全是痴人说梦，眼下，各级关注的都是文化街。只有乔大桥和韦子玉，好像得了复古病，偏偏这时候，有人提出要在干街建憩园，美其名曰，提供另一种生活方式的样板，所谓诗意地栖居，同乔大桥和韦子玉之流不谋而合。"

毕伽索怔了半天，说了一句："见鬼了。"

放下电话，抽了一支烟，毕伽索习惯性地按了一下按钮，说了声："到我办公室来一下。"

进来的女孩让毕伽索吃了一惊，是小江。这时候他才想起来，亓元已经辞职两个多月了。

毕伽索挥挥手，让小江离开了。

直到亓元离开十多天后，毕伽索才从董华民的嘴里知道了亓元当初来到集团的原因。原来在她硕士毕业前夕，市电视台已经非常看好她了，但是程序很复杂，宣传部一位副部长暗示她可以帮忙，至于条件，副部长说："你是聪明人，聪明人会办聪明事。"亓元对这么赤裸裸的暗示给予赤裸裸的回答，亓元说："像我这样一直读书的女孩子，钱是没有的，色嘛有一点，可是，我的原则是，虽然有一万个女下属同领导睡觉，但我不会。只有一个例外，就是我找你，但是现在我没有找你的打算。"

副部长说："我不是那个意思，我的意思是，以后你就是我的人了，你得听我的话。"

亓元说："那就更不可能了，我不是任何人的人，包括我未来的丈夫。我是我自己的人。"

副部长还从来没见过这么油盐不进的女孩，有些恼羞成怒，但是最后还是给自己找了一个台阶，说他就喜欢这样有个性的女孩，他会帮助她进电视台的，如果电视台进不了，他分管的所有的和文化有关的单位都可以考虑。

亓元说了声谢谢，转身走了，不久就到了梦为集团。

董华民介绍的这个情况，同此前毕伽索分析的可能性八九不离十，但是董华民又讲了另外一件事情，则是毕伽索始料不及的。董华民说："我听小江说，亓元爱上了一个人。"

毕伽索问："谁？"

董华民说："韦梦为。"

毕伽索怔住了，目光空洞地说："爱上了一个死了七十多年的人，这可能吗？"

董华民说："当初她之所以选择梦为集团，是因为她在网上查询梦为集团的时候，网页上弹出了'韦梦为'。小江说，她的资料夹里，关于韦梦为的资料，有上千万字。"

毕伽索倒吸一口冷气，叹道："这个人，这个人啊，她想干什么，她要考古吗？"

一个火花从记忆深处炸开，毕伽索终于想起了一件事情。那是在亓元进入梦为集团不久，有一次他到行政处的办公室，发现亓元的写字台上有一张黑白照片，一个戴着金边眼镜、西服革履的年轻人，从领带样式看，应该是20世纪初的人物。他当时好像还问了亓元一句，亓元是怎么回答的，他记不清了，应该没有正面回答。以后，他再也没有看见那张照片了。难道，那是韦梦为？联想到他在《梦为之声》杂志上看到的小说《夏日之晨》，毕伽索的心脏突然一阵悸动，那时候他认为，是因为他的存在而引起亓元对韦梦为的重视，而真相极有可能是，因为她发现了韦梦为，才选择了梦为集团。她到梦为集团是来寻找那个幽灵的。

终于，毕伽索想起来了，亓元当初辞职离开他办公室的时候，楼道里口哨的旋律是——《鲜花岭上鲜花开》。

十四

这天毕伽索没有回父母那里，而是把查林叫到集团的餐厅，两个人喝酒谈事。毕伽索说："老查，我现在越来越反感名人墙，你知道为什么吗？"

查林一惊，他当然知道毕伽索为什么反感，可那是说不出口的理由啊。查林说："名人墙上人，未必皆英雄。"

毕伽索说："那倒不是，他们拉的那个名单，都是硬邦邦的。可是，在干街的历史上，名人多了去了。中华文明五千年，谁家没有几个七品官呢。你知道这话是谁说的吗？"

查林笑笑说："韦梦为啊，这句话在淮上地区家喻户晓，当年还拿出来作为批判韦梦为的依据。"

毕伽索说："对了，这些天我在想，韦梦为他们闹革命的时候，想过要上名人墙了吗，扯淡。韦梦为他们闹革命，就是要把自己搞成穷光蛋，有福同享，有罪同受。可是现在为什么还要分高低贵贱呢？"

查林的眼睛瞪得老大，他发现毕总好像突然换了一个人，思想境界超凡脱俗，不得了啊！他只是不明白，毕总的境界为什么突然间升华了。

关于那一亿三千万，到底要不要投进去，查林自然不能替毕伽索拿主意。两个人聊了一会就散了。

有一点查林判断对了，随着干衔文化街逐步推进，压在毕伽索心头的石头也就越来越重，在这个时候，唯一能为毕总排忧解难的就是他，如果他再不拿出有力的证据来刷新毕启发在西华山战役中的表现，那么毕总随时都有可能把他一脚踢出门外，二十万年薪从此灰飞烟灭。

这天夜里，查林辗转反侧。后半夜披衣下床，查林打开电脑的同时打开一瓶啤酒，他突然发现，信箱里又出现一封信，就是简单的几句话：时间，时间，空间，空间。

查林稳稳神，开始按照电子邮件提供的链接，打开一篇文章《西华山战役之流波战斗》，上面详细地介绍了国民党军队马彪少校率领小分队寻找美军飞行员的过程，把马彪的功绩吹得天花乱坠。在这篇文章的下面，还有马彪等人在流波镇基督教堂南侧同日军激战的照片，那是美军飞行员拍摄的。查林对照了一下时间，发现那个时间正是毕启发等人不知去向的时间，也就是说，那几天，毕启发完全有可能出现在流波，参加了一场遭遇战，同马彪一起营救美军飞行员。至于国民党的报纸为什么只字不提，只能理解为马彪贪天之功为已有。

查林一个激灵，找出放大镜，开亮了房间所有的灯，撅起屁股去看那张照片，依稀看到一个角落，几个士兵正伏在断墙上射击。他翻来覆去地研究，试图认出其中的一个，果然他成功了，或者说他感觉他成功了，那里面有一个人，他越看越像毕启发，后来他简直认为，那就是毕启发。

天哪，那一瞬间，查林差点儿晕了过去，把半瓶啤酒喝完，拿起手机就要给毕伽索打电话，按了两个按键之后，他又把手机挂了。

查林冷静下来，考虑的第一个问题是，谁给他发了这篇文章？他坚信不疑，是亓元，那个来无影去无踪的神秘女子，只有她会这样做。至于她为什么要这样做，他不清楚，也不想清楚，总之是有原因的。

查林考虑的第二个问题是，最好能找到马彪，但他很快就打消了这个念头，因为从网上查了无数次，里面既有记者的报道，也有马彪等人的回忆文章，绝口不提关键时刻有人相助，那时候讳莫如深，现在更是死无对证了。第三个问题是，如果说毕启发参加了流波营救美军飞行员的战斗，那为什么毕启发口齿尚清的时候老是说“老子不是逃兵，老子打干街了，老子指挥三个人，打了一天一夜，守住了东头学校，救了蒋夫人”。这是白纸黑字留在档案上的毕启发的自供状，就是因为这句话，所有的人都认为毕启发胡扯。关于“救了蒋夫人”，查林一直坚持认为，当时确实有宋美龄到西华山国民党军队部队劳军的传说，这个传说新四军的部队应该也有耳闻。甚至，像毕启发这样没有见过世面的人，在前线遇见过家眷，把女翻译当成宋美龄，都是有可能的。

现在剩下最后一个问题，那就是毕启发为什么一直强调“老子打干街了”，整个西华山战役，干街并没有发生战斗，毕启发此言从何而来？

直到天亮，查林也没有想明白，他感到自己确实无能为力了，这个问题不解决，所有的假设只能是假设。他庆幸自己没有贸然向毕伽索报喜，否则又会遭到毕伽索的鄙视。

一个星期后，毕伽索打电话告诉查林，皋唐县近日要召开“干街文化街研讨会”，邀请他参加，他现在有点犹豫，请查大哥也帮他权衡一下。

毕伽索问查林：“最近有没有新的发现？”查林老老实实地说：“有一线火光，可是很快就熄灭了。”然后就一五一十地讲了这段时间网上得到的信息。尽管他一再强调，还是没有解决老爷子为什么说“老子打干街了”的疑问，但是他能感觉到，毕总对这个情况非常重视。

果然，放下电话不到半个小时，毕总的汽车就在楼下了。毕伽索到了查林的房间，二话不说，盯着网上的文章和照片，看着看着眼睛就直了，喘气就粗了。

毕伽索惊愕地看见，在一个网页上，干街的老照片和流波的老照片放在了一起，在照片的下面，一个署名“初心”的人在《迷雾》一文中这样写道：这就是所有迷雾的根源，也是所有迷雾的答案。

毕伽索怔了一会，突然一拍桌子，激动地问查林：“查大哥，你看见了吗，所有的答案都清楚了，都清楚了！”

毕伽索大声喊着，手舞足蹈。

查林却傻傻地看着毕伽索，不知所措。他没有从照片里看出他想看出来的东西。

毕伽索说：“我爹他不是逃兵，我爹他确实参加了流波战斗，他同鬼子打了一个遭遇战，他在流波抗击鬼子，协助国民党军队马彪少校营救了美军飞行员。”

查林怀疑毕伽索走火入魔了，小心翼翼地说：“毕总，你怎么啦，就这两张照片，就能说明问题吗？”

毕伽索说：“太能说明问题了。你不懂吧，我告诉你，你看这教堂，看看教堂旁边他们战斗的这个建筑，这是学校，这个教堂和学校，跟干街的教堂和学校是一个人设计的。时间，是同一个时间；空间，被误认为同一个空间。我明白了，我明白了，我总算明白了……我明白得太晚了……不，现在明白正是时候……我爹他没有出过远门，他在征粮的途中，在山上，看到了山坳里的教堂和学校，他以为那就是干街，他要回到干街去征粮。可是，就在他前往的途中，遇到鬼子搜寻美军飞行员，在那里展开战斗。营救美军飞行员的，不仅有国民党军马彪少校的部队，还有我爹指挥的小分队啊！”

毕伽索语无伦次了，上气不接下气，两眼迷离，泪花闪烁。

查林傻眼了，怔怔地看着满脸通红的毕伽索，不知所措，嘴里喃喃地说：“毕总，像是真的，不是真的啊，你这样说牵强附会啊！”

咚的一声，毕伽索把鼠标扔在桌子上，大喊一声：“胡说，我说是真的，就是真的！”

查林说：“可是，所有的资料，所有的报纸，没有说老爷子参与了这场战斗啊！”

毕伽索咬牙切齿地说：“查林，老查，你查的资料，你查的报纸，都是国民党的。那时候，国民党表面统一抗战，背地里摩擦反共，他能把真相告诉世人吗？他能像我爹那样把打死一个鬼子的功绩分一半给乔如风吗？不可能！”

查林怔怔地看着毕伽索，诚惶诚恐地说：“毕总，你这么说，我太高兴了，我太……也许，这件事情真的要水落石出了。”

毕伽索斗志昂扬地说：“你等着，我必须回去参加他们的研讨会，不仅我回去，我还要让我爹回去，让我爹站起来告诉他们，他不是逃兵，他是西华山战役流波战斗的英雄。”

再往后的局势就不是查林能够控制的了。

第二天，查林怀着一颗五味杂陈的心，跟着毕伽索把老爷子推到机场，推上飞机。坐在头等舱里，他才没话找话地问：“毕总，你说，是谁帮咱们把这段历史搞清楚了？”

毕伽索说：“除了她还有谁？”

查林说：“可是她，她为什么帮我们，她已经离开了啊。”

毕伽索说：“你问我，我问谁？”

查林说：“这太奇怪了。”

毕伽索没有马上回答，突然仰起脑袋，望着远处说：“一个幽灵，在干衔，在西华山，在梦为集团，在我们的头顶上游荡……”

查林愣住了，他感觉这话有点耳熟，可是眼前的毕伽索却让他感到陌生了。

十五

这年的七月七日，皋唐县召开“干衔文化街研讨会”，参加会议的省市县各级领导和专家共有二百多人。住进宾馆后，毕伽索翻阅会议资料，意外地发现乔大桥也来了，就住在同一楼层。放下会议秩序册，毕伽索的心里五味杂陈，他突然产生了一个冲动，按图索骥找到了乔大桥的房间。开门的是一个理着寸头的年轻人，自我介绍是乔大桥的儿子乔大豹。问明来意，乔大豹高兴地说："你就是毕伽索叔叔啊？我爸爸去干街了，明天才回来。"毕伽索心里一动，问："你爸爸去干街干什么？"乔大豹说："去找洪雨声爷爷，还是为唐宋街的事。"说到这里，乔大豹神秘一笑说："毕叔叔是大老板，当心哦，你们见了面，我爸爸恐怕要敲诈你。"

毕伽索拍了拍乔大豹的肩膀说："这小子，你以为你爸是军阀啊，你爸就算是军阀，你毕叔叔也不是财阀，他敲不出多少油水。"

乔大豹说："那可不一定。我爸爸退休了，他要打家劫舍，把你的钱敲出一部分给干街的空巢老人和留守儿童。"

毕伽索哦了一声，半天才回过神来说："啊，你爸爸还这么看得起我？"

乔大豹说："我爸爸说，毕叔叔是他的发小，是干大事的。"

毕伽索笑笑说："这小子，你是帮你爸爸忽悠我吧？"

乔大豹说："哪能呢，我说的是真话。"

离开乔大桥的房间，回到自己的房间，回味乔大桥的儿子说的几句话，毕伽索心里觉得怪怪的。

第二天早餐过后，毕伽索在宾馆院子里散步，一辆车子缓缓驶进了大门，在毕伽索的身边停下来，一个头顶闪亮的半大老头冲出车门，大呼小叫地扑过来，说："毕得宝，毕得宝，你这家伙，三十年没见了，发大财了。"毕伽索顿时明白了，这是乔大桥，这家伙，已经老得让他认不出来了。

毕伽索说："乔大桥，乔司令啊，没想到在这里见到你了。"

乔大桥说："什么乔司令，我现在是光杆司令了，叫我乔大哥啊，你是我失散三十年的兄弟啊！"

毕伽索怔怔地说："失散三十年的兄弟？哈哈，乔司令，乔大哥，你还是那个率领我们在干街走南闯北的胡传魁啊！"

乔大桥哈哈大笑。韦子玉凑上来说："乔司令，毕总早就不叫毕得宝了，他现在叫毕伽索。"

乔大桥眼睛一瞪说："什么毕伽索，不伦不类的，我就叫他毕得宝。"

韦子玉看看毕伽索，不怀好意地说："毕总，你看，你们兄弟之间……"

毕伽索说："毕得宝就毕得宝吧，乔司令他是不忘旧情，我听着舒服。"

这就见面了。上午无事，毕伽索请乔大桥喝茶，两个人讲了很多话，讲了这三十多年各自的经历，然后就进入主题，讲到了"西华山战役中的毕启发"。毕伽索讲得很细，讲得很动感情，讲到了毕启发多年的屈辱，讲到了他调查掌握的证据。讲到最后，毕伽索说："说到底，我父亲和你父亲是一起参加革命的，冒昧地说，我们两个的父亲是战友，乔大哥你说是不是？"乔大桥说："这话还用讲吗？我父亲活着的时候，经常给我们讲他和你家老爷子一起打鬼子的事。"

毕伽索受到鼓励，神色庄重地说："那我就把话挑明了，你要帮帮我，重写这段历史。"

乔大桥没有马上搭腔，沉思一会才说："老弟，你做这个事情，想达到什么目的呢？"

毕伽索说："不同的阶段有不同的目的，我的初衷是改变我父亲的逃兵身份，但是现在，我只想做一件事情，还历史以真相。你不会认为我无理取闹吧？"

乔大桥说："你觉得有把握吗？如果没有把握，我建议你此事还是不提为好。"

毕伽索说："原先是没有把握，牵强附会，但是现在，我看到希望了，我掌握了足够的材料。"

乔大桥说："那我再问你一句，这件事情如果澄清了，你是不是要把老爷子的像挂到干街的名人墙上？"

毕伽索迟疑了一下说："这个，我还没有想好。"

乔大桥说："此前我听说，你不遗余力地做这件事情，就是为了达到这个目的。"

毕伽索老老实实地说："是的。可是，就在这两天，我突然有了更多的想法，我对我做的事情不怀疑，我怀疑的是结果。"

乔大桥深沉地看了毕伽索一眼，点点头说："哦，原来是这样，那就再想想，我们都静下心来想一想，我们做这件事情的目的是什么。"

乔大桥和毕伽索喝茶的时候，预备会也在紧锣密鼓地进行。其他的议程都很顺利，但是在名人墙名单上出现了意外。韦子玉宣读了毕伽索来之前提交的意见，他坚持要把他爹的像挂在名人墙上，这个意见成为预备会的一个笑话。县政协一名常委义愤填膺地宣布，如果皋唐县敢把毕启发的照片挂在名人墙上，他将退出筹备组。

中午饭后，县委书记弓珲安排了一个小小的会谈，专题研究这个情况，请副省长何敏一起听取了毕伽索的理由，最后何敏拍板，给毕伽索一个机会，让他讲述“西华山战役中不为人知的秘密——毕启发九死一生的奇迹”。决定性的时刻到来了。

七月八日下午，在皋唐县小礼堂里，一百多人济济一堂，各自怀着复杂的心情，等着看毕伽索的表演。毕伽索深深地吸了一口气，登上讲台，打开电脑，先放了一段西华山战役的资料片，然后播放流波战斗的推理片。毕伽索娓娓道来，从毕启发奉命征粮离开主力部队讲起，讲到误入流波镇，阴差阳错同国民党军队马彪少校相遇，共同阻击日军，并掩护马彪少校和美军飞行员撤离的全过程。

毕伽索最后说：“我爹的悲剧在于他没有文化，不能准确地表述他的战斗经历，他的关于‘在干街打鬼子，救了蒋夫人’等胡言乱语，把我们带到一团迷雾之中。而今天，这个迷雾被太阳驱散了。我爹失踪的那天，他没有逃跑，而是执行征粮任务到了流波，到了那个被他误认为是干街的地方，在那里同日军相遇，阻击了鬼子，掩护马彪少校护送美军飞行员离开了战场。我爹他是个抗日英雄。”

毕伽索讲完了，会场一片安静，过了很长时间，才有人小声嘀咕：“这是真的吗？这太传奇了。”

韦子玉站起来说：“毕总，你的推理确实很精彩，可是，推理不等于事实，我们不能把你的推理作为证据。”

毕伽索面无表情地说：“我不是推理，这是事实。”韦子玉说：“我们尊重事实。你的证据呢？”

毕伽索指着屏幕说：“证据都在上面，你们什么都能相信，为什么就不能相信我？”

韦子玉说：“我们只相信证据。”

就在这时候，从后排传来一个声音——“我这里有证据。”

大家愣住了，举目望去，后排站起来一个亭亭玉立的年轻女子。

弓珲站起来介绍说：“各位领导，我现在介绍一个专家，亓元同志，她已经受聘为我们‘干街文化街’的文史顾问。请亓元同志为我们介绍她的最新研究成果。”

毕伽索愣住了，亓元走过他身边的时候，他控制了自己的情绪，说了一声：“亓元，我读不懂你啊！”

亓元笑了笑说：“你用不着读懂我，你能读懂这段历史就行了。”

亓元走到坐在轮椅上惴惴不安的毕启发的面前问：“老人家，您还认识我吗？”

毕启发的眼睛突然睁大了，看着亓元，嘴里嘟嘟囔囔不知说些什么。

亓元笑笑，拍拍毕启发的肩膀说：“老人家，请你看一样东西。”

说完，亓元转身，走上讲台，走到电脑旁边，插入U盘，播放了一段视频。画面上出现一个满脸紫斑的外国老人，吃力地向亓元比画着，佝偻着腰蹒跚走向书柜，从里面找出一个相册，取出一摞照片，一张一张地翻检。突然，画面上的亓元将其中的一张照片重新找回来，久久地凝视。亓元又找了几张照片，向美国老人征询意见。

外国老人书写了一段话，交给画面上的亓元。屏幕下面，现实中的亓元移动鼠标，出现了另一张画面，在一条“抗战老兵英雄事迹报告”的横幅下面，毕启发趴在地上，做射击状。

亓元说：“这一切要从两年前毕总组织的这次‘抗战老兵英雄事迹报告’试讲会讲起。在讲到流波战斗的时候，老人家突然反常，当时就是这个姿势，这个姿势让我十分震惊。他喊‘鬼子来了’，并不是怕鬼子，因为他在喊完这一声之后，还有一句‘卧倒’，并且是射击的姿势而没有抱住脑袋。于是我想，在抗日战争时期，在西华山战役中，他作为一名排长，下达的是战斗的命令，卧倒之后是射击。正是因为这个发现，我对毕启发的逃兵身份产生了怀疑。”

毕伽索诧异地看着侃侃而谈的亓元，百感交集。电脑旁边的亓元说：“历史留下了很多漏洞，就从那一天起，我走近了其中的一个。此后，我从政协文史资料委员会调出一篇关于流波战斗的回忆文章，顺藤摸瓜找到了原美军飞行员威廉的消息，在弓珲书记的帮助下，我于一周前到美国找到了这位老人，终于，一切迷雾都澄清了，就像毕总推理的那样，像是真的，也确实是真的。”

毕伽索望着神情自若的亓元，恍若隔世。

亓元没有顾及毕伽索，又点击了几下鼠标。

屏幕上，照片被不断放大。前面远处，隐隐约约看见钢盔，那是树林里的日本兵。照片上近处的军人，正伏在一截断墙后面射击，枪口处飘着一缕硝烟。他的臂膀被放大了，臂章上面的字迹模糊不清。镜头移动，放大，再放大，虽然那是一张面孔的大半个侧面，但是没有人认识这张面孔。

随着画面移动，出现几行英文笔迹，下面配有中文翻译：就在日军快要追上我们的时候，从右边的树林里冲出来几个士兵，向日军猛烈射击。我亲眼看见领头的士兵，在变换位置的时候腿上中了一枪，他仍然向其他的士兵呼喊什么，同时向日军连续扔了两颗手雷，他的战斗姿势给我留下了极其深刻的印象。当时我问马彪少校，这几个士兵是不是他的下属，马彪少校只是含糊地告诉我，那是友军的士兵。我判断这个“友军”应该是新四军的部队。我不顾马彪少校的催促和阻挠，匍匐到侧面拍下了这一组照片，我希望以后找到这些英勇的士兵。后来在国民党军队的一个指挥部里，翻译黎露女士告诉我，那确实是新四军的士兵，带队的是一个排长。此后国民党军队打扫战场，发现他们中间已有三人阵亡，排长的伤腿再次负伤。我委托黎露女士到医院调查，但是迟迟没有消息，后来我就回国了。直到二十年后，黎露女士才从台湾给我寄了一个包裹。

偌大的播映厅里，静悄悄的。亓元移动鼠标，屏幕上的美国老人，用满是皱纹的手颤颤巍巍地打开一个箱子，一层一层地打开绸布，里面出现了一个破旧的臂章，正面“新四军”字样清晰可见。镜头旋转，呈现出臂章背后的表格，向人们眼前推出三个字：畢啟發。

亓元说：“我所了解到的，就是这些了。”

大厅里传来轻微的骚动，轮椅上的毕启发嘴里发出含糊不清的声音，用手拍打着轮椅。主持会议的韦子玉站了起来，走到毕启发的面前，毕启发不再作声了，瞪着韦子玉，显然他已经认不出韦子玉了。

韦子玉转过身去，对亓元点点头说：“亓元同志，我相信你说的一切。只是，我还有一个小小的问题，你和毕总都坚持说，老爷子误把流波当成干街，所以造成了迷雾，我也接受这个观点，因为这两个地方确实像，老人家过去没有到过干街以外的集镇，他把二者混为一谈是完全有可能的。我的问题是，你们是如何判断出老人家这个误会的，这是揭开谜底最重要的一个环节。”

毕伽索说：“这个我来说。我最初的困惑就是，我父亲脱离部队，那三天他在哪里，亓元和查林也被这个问题难住了。直到前不久，有一个神秘的人连续给查林发来了几个邮件，附了两张老集镇的照片，下面的说明文字只有八个字：时间，时间，空间，空间。就是这两张照片和这八个字，让我醍醐灌顶，茅塞顿开——时间，是同一个时间；空间，被误认为同一个空间。这就是问题的症结所在。所以我们得出结论，老爷子嘴里的干街，其实就是流波。”

韦子玉说：“我完全相信这个判断，可是，到底是谁，发来这八个字和两张照片呢，亓元同志，是你最早发现的吗？”

亓元说：“这是一道十分复杂的方程，不是我能够解开的。也许，乔大豹博士能帮我们揭开最后的谜底。”亓元说完这句话，大家便都转过头去，只见小礼堂中间靠后的位置上，站出来一个理着寸头的年轻人，微笑着走上讲坛。年轻人站定，笑容可掬地说：“干街乡亲，我是乔如风的孙子，乔大桥的儿子乔大豹，奉我父亲之命，今天来向家乡父老乡亲汇报。关于毕启发爷爷的事情，我爷爷在世的时候一直惦记着，他多次对我父亲说，他不相信毕启发会当逃兵，因为在茅坪战斗之后，两位爷爷又参加过几次战斗，他们互相见证了对方的成长和勇敢。刚才大家看到的毕爷爷臂章上的‘畢啟發’三个字，就是茅坪战斗之后我爷爷帮毕爷爷写上去的。可是，由于毕爷爷记忆混乱，使问题越来越复杂，越来越说不清楚，我爷爷无能为力。爷爷去世前仍然交代我父亲，要关心这件事情。直到有一年假期，父亲让我回到干街，研究这段历史，恰好遇到亓元姐姐。她告诉我，最后的难题就是毕爷爷说的那句‘在干街打仗’，无法解释。我后来向我父亲禀报了这个情况，我父亲调来西华山战役资料，在家研究了很长时间，有一天他告诉我，他终于明白了，毕爷爷把流波误认为干街了。我问父亲，他是怎么发现这个奥秘的，父亲告诉我，他是军人，军人对时间和空间比常人更加敏感，正确的时间到达正确的位置，就是胜利。在那场战斗中，毕爷爷没有在指定的时间到达指定的位置，却意外地到达了更需要他的位置。”

乔大豹说完，会场的空气出现了凝固。在人们期待的目光中，乔大桥站了起来，走到前排，向毕启发走去。在毕启发的面前，乔大桥缓缓地举起右臂，敬了一个礼，庄重地说：“毕叔叔，我代表我父亲向你道歉，直到今天才为你恢复名誉。老人家，请看，这是我父亲留给你的最后的礼物。”

屏幕上出现了两张照片，一张是乔如风和毕启发的合影，另一张，就是亓元刚刚介绍过的威廉拍摄的战地照片。台下的人们很快就发现，原先不认识的那个正在射击的战士，现在认识了，他和乔如风身边的那个人是同一个人——年轻时的毕启发。

不知是谁带的头，一个人站起来了，两个人站起来了，接着，所有的人都站起来了，大家把目光投向毕启发。就在这个时候，出现了意想不到的一幕——毕启发双手撑着轮椅，扭动着，挣扎着，突然站了起来，并且伸出一只手在胸前拼命地舞动，嘴巴一张一合，声音很大，却没有人听得明白。亓元挤到前面，抓住毕启发的手，听了一会，直起腰说："老人家，你是说，还有三个，对吗？"

毕启发顿时安静下来，混浊的眼睛看着亓元，突然咧嘴笑了，笑着笑着，两行老泪滚滚而下。

十六

毕启发的这个插曲，使研讨会的方向在不知不觉中发生了变化。但是有一个共识，既然毕启发是抗战英雄，上名人墙应该是顺理成章的，如此，满足了毕伽索的夙愿，毕总捐赠的一亿三千万也是水到渠成的。

乔大桥没有参加后来的会议，带着儿子向毕启发父子告别之后，就到干街去了。

组织上委托韦子玉到毕伽索下榻的宾馆去跟毕伽索磋商，没想到毕伽索却变卦了。毕伽索问韦子玉："你认为这个名人墙能说明什么问题？"

韦子玉被他问得愣住了，反问毕伽索："你想让它说明什么问题？”

毕伽索说：“不管它能不能说明什么问题，我都不想花这个钱了。我的钱，也是血汗钱，我得把它用到需要它的地方。”

说完这番话的当天下午，毕伽索就带着老爷子离开了皋唐县城，亓元和弓珲一直送到机场。

话别的时候，亓元对毕伽索说：“毕总，把那一百万元给我吧。”

毕伽索诧异地问：“你，亓元，你需要钱？”

亓元说：“我为什么不需要钱？”

毕伽索怔怔地看着亓元，亓元还是不见波澜地微笑，紫蓝色的连衣裙在微风中像一面款款飘动的旗帜。毕伽索点点头说：“我明白了，如果我说给你一千万，你不会觉得我是冒犯你吧？”

亓元说：“我只接受我应该得到的那一部分。”

毕伽索抬头看看天，又转头看看亓元说：“好的。”

亓元说：“谢谢。”

毕伽索挥挥手，向弓珲和亓元致意，然后就推着轮椅过安检了。

一年后干街文化街建成，不过，远远不是当初设计的规模。名人墙的项目被取消了，只是在韦梦为故居的基础上塑了一尊韦梦为的雕像，建了一块占地五亩的广场，周边安上了路灯，供老人跳广场舞，据说全部预算也就五十万元。一度成为空巢的干街渐渐地又活泛起来了，文化街东西两侧，分别竖起两座门楼，东边是十几幢摩肩接踵的仿古房屋，商铺、饭馆、茶楼、药店、戏台、手工作坊一应俱全；西边多是一些实用而时尚的建筑，学校、医院、工厂、宾馆和超市错落有致。东边的日子逍遥自在，西边的事业红红火火。两年后，干衔被省里评为特色集镇，很多在外地打工的年轻人又回到了故乡。

图书在版编目（CIP）数据

司令还乡 / 徐贵祥著 .— 武汉：长江文艺出版社，
2019.8
ISBN 978-7-5702-0697-1

I. ①司… II. ①徐… III. ①短篇小说 - 小说集 - 中国 - 当代 IV. ① I247.7

中国版本图书馆 CIP 数据核字 (2018) 第 255935 号

司令还乡

徐贵祥 著

选题产品策划生产机构 | 北京长江新世纪文化传媒有限公司
总 策 划 | 金丽红 黎 波 安波舜
责任编辑 | 张 维 装帧设计 | 郭 璐 媒体运营 | 刘 冲 刘 峥 洪振宇
法律顾问 | 梁 飞 内文制作 | 张景莹 责任印制 | 张志杰 王会利
总 发 行 | 北京长江新世纪文化传媒有限公司
电 话 | 010-58678881 传 真 | 010-58677346
地 址 | 北京市朝阳区曙光西里甲 6 号时间国际大厦 A 座 1905 室 邮 编 | 100028

出 版 | 长江出版传媒 长江文艺出版社
地 址 | 湖北省武汉市雄楚大街 268 号湖北出版文化城 B 座 9-11 楼 邮 编 | 430070
印 刷 | 三河市百盛印装有限公司
开 本 | 880 毫米 ×1230 毫米 1/32 印 张 | 8.5
版 次 | 2019 年 8 月第 1 版 印 次 | 2019 年 8 月第 1 次印刷
字 数 | 170 千字
定 价 | 42.00 元